ゴーストハント 2
人形の檻

JN030338

角川文庫
22205

目次

プロローグ

もしも、あなたの家に幽霊が出るとする。

するとやはり、あなたは困るのではなかろうか。気味は悪いし、いろいろと不都合なことが起こるかもしれないし、他人に知れれば外聞だって悪い。あなたは当然、なんとかしたいと思う。

……どうやって？

ここで、具体的な方策をあっさり思い浮かべることのできる人は稀《まれ》だと思う。お祓《はら》いみたいなことをすればいいのでは——そう漠然とイメージできても、自分でそんなこと、できるはずもなし。お寺や神社に駆け込めば、とは思っても、近所のお寺や神社を思い浮かべてみるだに、どうも管轄が違う感じ。あそこもここも、突然訪ねて「幽霊をなんとかしてください」と言い出せそうな感じがしない。こういう場合は霊能者か、と思い至っても、どこに行けばその霊能者とやらに会えるのか。

どうにかしたいが、どうすればいいのか分からない——そんなあなたには、山手線に乗ることをお勧めする。もしもあなたが東京近郊の住人でない場合には、まず東京駅または上野駅に行ってもらわねばならないけど。

どこからでもいい。山手線に乗ったら渋谷で降りる。もちろんその他の路線でも構わない。要は渋谷駅に着きさえすればいいのだ。辿《たど》り着いたら、かの有名なハチ公前へ。そして、あたりの優しそうな人を捕まえて、「道玄坂はどこですか」と訊《き》こう。

道玄坂がどこだか分かったら、教えに従って坂を登る。しばらく歩くと、煉瓦《れんが》色のちょいとレトロな雰囲気のビルが見えるはず。一階が広場みたいになったビルだ。

広場に着いたら、噴水脇のエスカレーターで二階へ上がる。一階の広場を取り囲んだ喫茶店やブティックに眼をくれてはいけない。なかなかお洒落《しゃれ》なお店ばかりで、つい入ってみたい気分になるけど。

エスカレーターを降りたら周囲を見廻してみよう。小広くなったホールの奥のほう、袖廊下をちょっとばかり入った突き当たりに、ブルーグレイにペイントされた木製のドアが見えるはずだ。ドアの上半分には上品な模様入りの磨《す》りガラスが入っていて、さらにそこに金色で、繊細かつ凝った字体の「SPR」というロゴが入っている。その下に同じく金で「Shibuya Psychic Research」とあるはず。

真っ直《す》ぐドアを目指そう。

——喫茶店じゃないかって？

とんでもない、喫茶店ではございません。そもそも喫茶店では、幽霊に困っているあなたの役には立たないし。

しかも喫茶店と間違えて飛び込むと、冷たい扱いを受けることになっている。場合によっては英語が読めないのか、と嫌味を言われることもある。

「Shibuya Psychic Research」——すなわち、「渋谷《しぶや》サイキックリサーチ」。「サイキックリサーチ」は「心霊現象の調査」。「渋谷サイキックリサーチ」というのは、渋谷にある心霊現象の調査事務所、ということだ。いや、所長が渋谷という名字だから、ひょっとしたら渋谷さんちの心霊現象調査事務所、という意味なのかもしれない。まあ、どちらにしても、時折電柱なんかで見かける例のやつだ。

——憑《つ》き物　幽霊　よろず相談申し受けます
幽霊を退治したり、憑き物を追い払ったりするやつ。

さて、あとは勇気を出してドアを開けるだけだ。

中は広い上品なオフィスになっている。普通はあたしがお客を出迎えるんだけど、そうでない場合もある。あたしはアルバイトだから、常にいるというわけじゃないのだ。あたしがいないときには、背が高くて痩《や》せてて愛想のない男の人が迎えてくれる。その彼さえいなくて、誰も出迎えてくれないことも、たまにはある。そういうときはたいがい、正面の応接セットに壮絶に顔のいい男の子がふんぞり返っている。

歳の頃は十六、七。若いからといって、彼をアルバイトと間違えることだけは絶対にしちゃ駄目だぞ。彼は恐ろしくプライドが高いので、そういう過ちを犯した人間を断固として許さないからだ。

なんたって彼は、天上天下唯我独尊的ナルシスト。略してナルちゃん。ナルの機嫌さえ損なわなければ、あなたは安心して相談ができる。彼はあなたの悩みを解決してくれることだろう。

……気が向けば。


「渋谷サイなんとかっていうのは、ここでいいのよね？」

ドアを開け、オフィスに入ってきてそう言ったのは、いかにもお金持ちっぽい五十がらみの御婦人だった。高そうな香水の匂いと一緒に、梅雨明けの熱気と都会の喧噪《けんそう》が吹き込んでくる。

あたしはこの日、バイトの日で、しかも休憩時間中でもなく、したがってオフィスの中にいたので、おばさんはあたしに出迎えてもらえた。

「――はい。御相談ですか？」

あたしは営業用の笑顔を作る。彼女の眼はしかし、立ち上がったあたしを素通りして、この日はたまたまソファで本を読んでいたナルのほうに向かった。

「ちょっと、坊や」

……知らない、というのは危険なことだ。おばちゃん、そいつに向かって「坊や」なんて言うのはやめたほうがいいぞ、危ないから。虎に向かって「タマ」と呼ぶがごとし。

あたしは、

「失礼ですが、どのような御用件でしょう」

丁寧な声と爽《さわ》やかな笑顔で訊いてあげたのに、おばさんはちらっと視線を寄越しただけであたしを無視した。

……ほほう。

あたしを完全にシカトしたまま、おばちゃんはナルに歩み寄る。

「ちょっと坊や、この事務所の人？」

ナルは本に視線を落としたまま顔すら上げない。「坊や」などと呼ばれて反応するはずがない。

あたしは健気《けなげ》にも、おばさんに優しく声をかけた。

「あの、失礼ですけど」

おばさんは、またも無視。

……いい加減にしろよっ！　いい歳をして礼儀も知らんのか、こいつっ。

「御用件でしたら、私が承りますが」

怒鳴ってやりたいが、そこは我慢だ。お仕事とはこういうものだ。忍の一文字であたしは丁寧に問いかける。おばさんは、やっとのことであたしを振り返り、無遠慮な眼でジロジロと見た。そしてフン、と鼻で嗤《わら》う。

……こいつーっ。

それから、あくまでもナルに、

「ちょっと坊や、私は客なのよ!」

居丈高な宣言に、ようやくナルが一瞬だけ視線を上げた。

「客……?」

ナルのどこか投げ遣《や》りな、冷たい声。

「そうよ。返事ぐらいしたらどうなの? 感じ悪いわね」

……どっちがさ。

ナルは視線を再び本に戻して、極めて素っ気ない声を出した。

「お引き取りを」

「どういうこと? 私は客だって言ってるでしょ!」

「最低限の礼儀すら知らないような下品な客の依頼を受けるほど、仕事に困っていませんから」

……えらい。よく言った。

おばさんは真っ赤になったが、決して恥じ入ったわけではあるまい。

「失礼な! 責任者はどこ? 責任者を出してちょうだい」

……愚かなことよのう。

ナルがすらりと立ち上がった。おばさんのほうに向き直る。冷え冷えとした眼差《まなざ》し、
それだけでどんな人間も黙らせる威圧感がある。特上が付くほどの端正な顔、漆黒の髪

と漆黒の眼、上から下まで黒ずくめの彼は、どっか別世界の住人みたいで。

「僕が所長の渋谷ですが」

おばさんが、驚き呆《あき》れたように口をあぐあぐさせた。

「どうぞ、お引き取りください」言うと同時に、ナルは隣にある資料室に向かって声をかける。「――リン！　お客さまにお引き取り願いなさい」

無礼なおばさんは、のっぽで限りなく無愛想な助手のリンさんに無理矢理送り出されてしまった。

「ナル、いいの？」

あたしは訊く。ナルさまは平然と読書の続きに勤《いそ》しんでいる。

「何が」

「今のおばさん、お金持ちそうだったよ」

こういうのをビジネスチャンスと言うのでは（違うか）。

「関係ない」ナルの口調は、あくまでも素っ気ない。「それより、麻衣《まい》。お茶」

お茶ぐらい、たまには御自分でお淹《い》れになれば。

思ったけれども、口にするのは危険だ。今日のナルは機嫌が悪い。本日はお客がひっきりなしで、しかもその全部が酷《ひど》い客。常日頃、所長室に籠《こ》もって出てこないナルが、客が来るたび呼び出され、下らない相談の相手をさせられて、もはや所長室に籠もって逃げ隠れするより、いっそ表にいて所長室から出てくる手間を省略したほうがましだ、と諦観《ていかん》に達するほどの惨状が続いている。

さっきのおばさんのように途方もなく無礼な奴とか、何を勘違いしたのか「浮気の調査をしてくれ」だの、「腰痛を治してくれ」だの、さらには「息子の結婚相手の運勢を観てくれ」だの。新興宗教と勘違いして人生相談をしていくお方もいて、唯一それっぽい依頼が、「娘が最近、反抗的になった。何かに憑かれたに違いないから落としてくれ」。

そのたびにあたしは、ナルの不機嫌なオーラを背負ってぐちゃぐちゃと説明しなくちゃいけない。ここは心霊現象の調査事務所であること。幽霊や何かが関係すると思われる不可解な現象を科学的に調査するのが目的の団体なのだということ。

ええ、探偵事務所ではありません。

とんでもない、心霊治療はやっていません。

すいません、占いは管轄外です。

いえいえ、宗教団体ではありません。

……いい加減にしてよね。ナルでなくても怒るってば。

「どうぞ」

あたしはテーブルに紅茶を置く。ちなみに、このオフィスで「お茶」と言ったら紅茶のことだ。緑茶はほとんど消費されない。

ナルは頷《うなず》いたのみ。顔も上げない。ありがとう、ぐらい言ってくれてもいいんでないかい。不機嫌な上司の荒《すさ》んだ気分を察して、心を込めてお茶を淹れたんだからね。

……ま、確かにこれが仕事なんだけどさ。

あたしの仕事は雑用係だ。コピーを取ったり、お茶を淹れたり。大して有益なことができるわけではない。だからこそ、常日頃からお茶の一杯とて蔑《ないがし》ろにせず、心を込めて淹れさせていただいているのですが。その時々で葉っぱを代えたりしてさ。そういう心遣いに対し、一度くらい礼を言う気にならんのかね。

——あたしがナルに出会ったのは、この春のことだ。舞台はあたしの高校だった。と言ってもべつにナルが転校してきたとか、そういうんじゃない。彼は——「渋谷サイキックリサーチ」の所長さんは、不吉な噂のある旧校舎を調査に来たのだ。

ひょんな縁であたしはこの事件のときナルの助手を務めた。それで、今もこうしてアルバイトとして来てるわけなんだけど。

最初は嫌な奴だと思ったんだよな。顔はいいけど、とにかく性格が悪い。口は悪いしプライドは高いし、傲岸不遜《ごうがんふそん》で傍若無人、唯我独尊。とんでもない奴だ、と思ったのだが。

人生って分からない。どうやらあたし、この所長さんに……らしいのよね。

何がどうしてそんなことになったのやら。我ながら自分のココロが見えんわ。

当然のことながらナルは、あたしの気持ちなんて御存じでない。あたしのことも、単なるアルバイトとしてしか見ていない（たぶん）。

ひょっとしたら、そもそも女の子に興味なんてないのでは、という気もする。

なにしろ、普通の男の子とは違うからなー。

まず、十六歳にして心霊現象調査事務所の所長でしょ。本来ならあたしよか一つ上、高校二年生のはずなのだが、どう見ても学校に通っているとは思えない。そりゃ、ちゃんとした（？）仕事がすでにあるんだから、いまさら学歴なんか関係ないだろうとは思うけど。

しかもどうやら、仕事一途の性格のようで。テレビは観ない、映画は観ない、小説は読まないし、もちろん漫画だって読まない。音楽だって、ジャンルを問わずまったく聴かない。およそ友人がいる様子もなく、仲間とツルんで遊ぶなどということがあるとも思えない。スポーツをしている様子もまったくない。

んじゃ、仕事のないときは何をしているかというと、まあ、だいたい所長室に籠もっているわけだ。所用あって出入りする際に目撃したところでは、そこでコンピュータに向かったり、本を読んだり、分厚いコピーの束を読んだりしている。心霊関係の、それも横文字の専門書だ。

趣味と言えば旅行と手品らしいのだが。

これがまた妙なんだ。旅行案内やロードマップや、そんなものは山のように持ってる。依頼があれば場所を問わずに出掛ける主義らしいが、それにしたって尋常でない数だ。時折、地図やなんかを広げて指先で辿りながら、じーっと考え込んでいたりする。でもって時々ふらっと短い旅行に出るんだけど、およそ観光などしている様子がない。なにしろ、京都に行っておきながら、清水寺も金閣寺も嵐山も観てこないんだから。

手品だって、あたしたちに披露してくれるわけじゃない。ときどきトランプなどを弄《いじ》っているのは見かけるし、それよりも頻繁にマジックショップなるところから荷物が届いたりするけれども、他人に実演して見せているところにお目にかかったことがない。なかなか不透明な人柄だ。謎めいた、と言って言えないこともないわけで、そこがいいのかなあ、なんて思ったり思わなかったり。

てなことを考えてると、我ながら女の子っぽくて照れちゃうわ。

ガラッパチのあたしにしちゃ珍しいことだ。我ながら感心、感心。

第一章

1

そのあとはしばらくお客が途絶えた。ややこしい客さえいなければ、オフィスの中はクーラーも利いているし、静かだし、お茶は備品で飲み放題だし、なかなか良い職場環境だ。現時点では来客用のソファに不機嫌のオーラを纏《まと》った御仁が陣取って、重苦しい威圧感を放っているものの、これは無視してしまえばそれまでだし。だってナルの不機嫌は、あたしのせいじゃないもんね、と知らぬ顔の半兵衛を決め込み、黙々と本の目録を作る。オフィスには、日々大量の本が送られてくる。どれも心霊関係の本ばかりだ。新刊本あり、古書あり。その整理もあたしの仕事。

届いた荷物の梱包《こんぽう》を解いて、本を引っ張り出して。カードに書名と著者名を引き写し、目次と奥付を開いてそれぞれを書き写す。作ったカードを本に挟んで処理済みの山に載せ、新たに未処理の一冊を取り上げたときだ。

ちりん、とドアベルが鳴った。ドアを開け、怖々《こわごわ》という様子で顔を覗《のぞ》かせたのは、若い女の人だった。

「あのう……」

まだ二十歳《はたち》過ぎぐらいだろうか。すっきりした麻の大人っぽいスーツを着ているけど、なんとなく服に着られている感じがする。妙に戸惑っている様子なので、あたしは今度こそ喫茶店と間違えて入ってきた客なのだと思った。

「はい？」

あたしが立って出迎えると、彼女は不安そうにあたしを見、さりとて慌てて踵《きびす》を返すでもなく、オフィスの中と、たった今自分が通り抜けてきたばかりのドアとを見比べた。

「あの、ここが渋谷サイキックリサーチでいいんですよね……？」

あらま。お客だ。

「はい。そうです」

「こちらで奇妙な出来事について調べてくださると聞いたんですけど……」

はいはい。調べます、調べます。

あたしはおとっときの笑顔を作って彼女にソファを勧めた。ナルが立ち上がって彼女を迎える。いつにも増してぶっきらぼうな物腰だ。今日は酷《ひど》いお客ばかりだったもんねえ。ちゃんとした依頼だといいね。

心の中で呟《つぶや》きながら、あたしはお茶を淹《い》れに行った。

「それで、どういった御相談でしょう」

ナルの声はどこかしら投げ出すような調子だった。早くもウンザリしている感じ。問われた女の人──森下典子《もりしたのりこ》さんというらしい──は、ソファに坐って俯《うつむ》いたまま、途方に暮れた様子でチラチラと視線をナルに向けて投げている。

「あの……家が変……なんですけど……」

「変、と言いますと」

家を買った日に家族が事故に遭ったとか、引っ越して以来、体調が悪いとか家族の挙動が不審だとかいうんじゃないだろうな、とナルの口調は秘《ひそ》かにそう滲《にじ》ませている。多いんだよな、この手の依頼は。でもってお祓《はら》いをしてほしい、と。当然ナルは断ってしまうけど。

典子さんは、おずおずと、

「その……変な音が、するんです」

「具体的に」

無慈悲な声に、典子さんは、ちょっと小さくなった。

「……壁を叩く音、なんですけど……。床を踏み鳴らすような音がすることもあります。……誰もいないはずの部屋から聞こえるんです」

──お？

「ドアをノックする音がして、でも、ドアを開けても誰もいない、とか……誰も行ったはずはないのに、階段を昇る足音がする、とか」

反応を窺《うかが》うように、典子さんは何度もナルを上目遣いに見上げながら、言い淀《よど》み、言い淀みして言った。

「たまたまそんなふうに聞こえただけで、気のせいなんだと言われればそれまでなんですけど、でも……昨年、転居してからなんです。だから、その……」

家に何かあるのじゃないか、と。

ナルの眼の色が深くなった。どうやら興味を持ったらしい。

「新居は集合住宅ですか？」

「いいえ。戸建てです」

「新築？」

典子さんにもナルが前向きになったのが伝わったのか、やっと竦《すく》めたように固まっていた首筋から力が抜けた。

「いいえ。かなり古い建物です」

「古い建物なら、当然、家鳴りもしますね？　木造ですか？」

「ですけど、……家鳴りだとはとても」典子さんは軽く首を振った。「誰かが拳で壁を叩いたとしか思えない音なんです。けれど家族は全員その場に揃《そろ》っていて、壁を叩いた誰かなんているはずがない……そういうことが何度もあって……」

なるほど、それは変だ。

ナルも納得したように微《かす》かに頷《うなず》いて、

「家で以前に事故や事件があった、というようなことは？」

「聞いていません」

「変な音以外の異常はありますか？」

「開けたはずのないドアが開いていたり……物の位置が変わっていたり。そんなことなら始終あります。部屋が揺れた気がして、地震だと思ったら地震なんてなかった、ってことも……」

「物の位置が変わるというのは？」

「置物の位置が変わっていたり、間違いなくしまったはずのものが失《な》くなっていたり、反対に絶対にあるはずのないところにあったりするんです。何かを捜しているときって、そんなものですけど、でも……あるはずの抽斗《ひきだし》を捜してもなくて、別の場所を見て、改めて最初の抽斗を開けたら、一番上に無造作に置いてあったりするんです。置き時計の向きが、ちょっと眼を離した隙に変わっていたり……」

「地震というのは？」

「ちょうど地震のときみたいに、カタカタ家具などが揺れる音がして……確かに揺れているように感じることもあります。でも、テレビを点《つ》けても地震情報なんてありません。それどころか、他の部屋はまったく揺れてない、ということもあるんです」

……うわお。

ナルはちょっと考え込んで、

「異常のせいで怪我をされた方はいますか？」

「いいえ。その……特に実害があるわけではないんです。差し迫って不都合があるというわけでもないんですけど……。ひょっとしたら本当に気のせいで、実は何でもないことなのかもしれません。そんな曖昧《あいまい》なことでも調べていただけますでしょうか」

「もちろん御依頼さえいただけば調べますが。――実は何でもなかった、という結論になっても構いませんか？」

典子さんはきっぱりと頷いた。

「きちんと調査さえしていただければ、どんな結論でも不満は申しません。とにかく家に来て、徹底的に調べてほしいんです。気のせいならそのように納得したい……そうでないと、気味が悪くて……」

ナルは頷き、あたしに控え室にいるリンさんを呼ぶように言ってから、典子さんのほうへ軽く身を乗り出す。

「依頼書を作成するために、お話を録音させていただいてよろしいですか？」

典子さんは虚を衝《つ》かれたように瞬《またた》いた。

「え……ええ。もちろん」

「では、まず家族構成から伺います」

森下典子さんが帰ったあと、すぐにナルはリンさんと調査の打ち合わせを始めた。本当に典子さんの依頼を受ける気になったらしい。

この坊ちゃんはどうも仕事の選《え》り好みが激しい。好みの基準がどこにあるのかよく分からないのだけど、気が向かないと絶対に腰を上げないのだ。あたしがこの事務所でバイトを始めてから三ヵ月。なんとこれが、初めての本格的な調査だったりするのだった。

2

我々が森下邸に出掛けたのは、典子さんがオフィスを訪ねてきた三日後、ちょうどあたしの通う学校が夏休みに入った日のことだった。

東京から車で二時間。閑静な、という言葉がしっくりする古い家並みの街だった。郊外にはお定まりのように新興住宅地が広がっていたけれど、市街地の中心に向かうにつれ、家並みは古びてくる。落ち着いた感じの市街地を抜けて山際に向かうと、さらにひっそりとした風情だった。閑静な坂道が登る。両側には古色を帯びた高い塀や石垣が続いていて、その上から大きく育った樹木が枝を張り出していた。住宅街のようだけど、塀や樹木に遮られて肝心の建物はほとんど見えない。庭木の上から屋根の天辺《てっぺん》が覗いていたり、門から建物の一部が垣間見《かいまみ》える程度だ。よほど敷地の広いお家《うち》ばかりなんだろう。いかにも由緒ありそうで、格式のあるお屋敷街という感じだった。お屋敷街とはそういうものなのか、道を行き交う車もまばらで、人通りはほとんどない。しんと静まりかえった坂道に蟬《せみ》の声だけが響いていた。その坂道を登り切った高台の外れに森下邸はあった。

煉瓦《れんが》造りの高い門を抜け、アーチを作った庭木の間を通って短いアプローチを抜ける。現れたのは古い洋館だった。大きいけれどもシンプルな形の二階建て。ただし尖《とが》った屋根が高いので、ゆうに三階ぶんはあるように見える。明るい煉瓦色のペンキを塗った板張りの外壁、規則正しく並んだ白い窓枠と白い鎧戸《よろいど》。

古いとは聞いていたけれど。

あたしは自分がまったく勘違いしていたことを悟った。だって「古い家」といったら、(失礼ながら) 古びたボロ家を思い浮かべるのが当然ってもんじゃないですか。けれどもこの家はぜんぜんボロ家なんかではなかったし、古いことは確かでも、年月を経て傷んでいる、という意味の古さではなかった。そもそも「古い」のスケールがぜんぜん違う。古い、というより時代がかっているのだ。手入れは行き届いていて、歪《ゆが》んだところも傾いたところもなく、ペンキだって真新しい。由緒ある、と言うべきか。とても落ち着いていて存在感がある。絵に描いたような「お屋敷」だ。

なのに、どういうわけかその家の第一印象は、何よりも「暗い」ということだった。ひょっとしたら梅雨の名残《なごり》を引きずった空が、薄ぼんやりと曇っていたせいなのかもしれない。あるいは家に覆い被《かぶ》さるほど鬱蒼《うっそう》と茂った大きな庭木のせいなのかもしれない。濃い緑陰が家にも前庭にも落ちていた。——まるで古いお墓みたいだ、となんとなく思った。

車を降り、玄関先に突っ立ったまま家を見上げていると、

「どうした？」

ナルが振り返った。

「ああ……うん」

迎えに出てくれた典子さんの眼の前で、暗い家だね、とは言いにくかった。それで曖《あい》昧《まい》に返事をしたのだけど、当の典子さんがふわりと笑う。

「古い家でびっくりしたんでしょう。戦前に建った家なんですって。私は、ちょっとロマンチックかな、と思ってたんだけど」

「……そうですね」

風が吹いて庭木が潮騒《しおさい》のように鳴る。

「――さ、入ってください」

典子さんに促されて、あたしたちは玄関の白いドアを入った。

一歩家の中に入ると、ずいぶんと雰囲気が違った。吹き抜けになった広い玄関ホールは壁も天井も真っ白で、外よりも明るく感じる。正面に白い手摺《てすり》の階段が折れ曲がりながら二階へと続いていて、そこに高窓からの光が射し込んでいた。ホールに据えられた家具はどれもアンティークだろうか、つやつやした木の色が濃くて、白い壁との対比がとてもシックだ。

「靴のままどうぞ」

典子さんが言う。

「映画みたい。すごーい」

我ながら現金なことに歓声が漏れてしまう。典子さんは微笑《わら》った。

「ありがとう」

壁に品良く配置された絵や、棚の上に綺麗《きれい》に生けられた花や。凝った図柄で落ち着いた色遣いの絨毯《じゅうたん》はふかふかだ。これ、本当に土足で踏んじゃっていいのかなあ。

「こんなお家に来たの初めてですよー。素敵ですねえ」

そう、と笑って、典子さんはふっと目許《めもと》を曇らせた。

「変なことが起こらなくなるといいんだけど……」

ああ……そうだよな。いくら素敵な家でも、気味の悪いことが起こるんじゃなあ。古い洋館だけに雰囲気満点で、余計に嫌だよな。

「今、兄がいないから心細くて」

典子さんのお兄さん、すなわち、この家の御主人である森下仁《ひとし》さんは、現在仕事で海外に長期出張中なのだそうだ。御両親は早くに亡くなっていて、残る家族は女ばかり三人。典子さんと、お兄さんの奥さんと娘さんと。唯一の男性がいない間の不可解な出来事。さぞかし頼りない気分がすることだろう。

典子さんは気を取り直すように笑って、

「どうぞ、こちらへ」

あたしたちを玄関ホールの奥まったところにある部屋に招き入れた。

「……あら」

「げっ」

「――え!?」

応接間(だろう)に入るなり、あたしは思わず声を上げてしまった。意外な人物を部屋の中に見つけたからだ。

「……久しぶりじゃない」

「こりゃ、奇遇だねえ」

二十代半ばの女と男だ。

……なんであんたらが、こんなところにいるんだ?

「お知り合いですか?」

典子さんは困惑したように、あたしたちと応接間に坐った男女を見比べた。答えたのはナルだ。少しばかり声の調子が低気圧。

「以前、仕事で一緒だったことがありますから」

そうなんですか、と居心地悪そうに言ってから、典子さんは、

「じゃあ、御紹介の必要はないでしょうか」

「結構です」

紹介の必要なんかあるもんかい。とぼけた顔の男は滝川法生《たきがわほうしょう》、もと高野山の坊主。派手な女は松崎綾子《まつざきあやこ》、巫女《みこ》。

——あたしが通う学校の旧校舎には、呪われているという噂があった。その調査に来た霊能者がこいつらだ。性格が悪いうえに無能でねえ。

そのあんたらが、どうしてここにいるんだ？

答えを得られないものか典子さんのほうを振り返ったけれども、彼女は困惑したような笑みを残して部屋を出ようとするところだった。

「お掛けください。今、飲み物をお持ちしますね」

ぱたん、と申し訳なさそうに小さな音を立てて閉まったドアを見やってから、ナルは男女を振り返った。

「……なぜお二人がここにいるのか、お訊《き》きしてもいいですか？」

冷たい声音に巫女さんがむくれる。

「久しぶりに会ったんだから、嬉しそうな振りぐらいできないの？」

「生憎《あいにく》と」

ナルの表情はあくまでも冷たい。

「綺麗な顔して、あいかわらずつれないねえ」

ぼーさんが溜息《ためいき》をついた。ナルは無表情に底冷えのする視線を投げるのみ。激しく険のある眼つきで無言のまま二人に答えを促す。

「だからー」

巫女さんとぼーさんは、ちょっと顔を見合わせた。

「あたしはー」と、巫女さんが自分を指差す。「旦那《だんな》さんの秘書とかいう人から相談を受けたの」

「俺はここに通ってる家政婦のおばちゃんから」

「それで奥さんに会ったら」

「こういうことは人数が多いほうが解決も早いかもしれないわね、とか言われて、だな。ちょうど義理の妹さんが呼んだ霊能者も今日、来るってえことで」

「それに合わせて、ここに来ることになったわけ」

「そしたら驚くじゃねえか。この、おつむの軽い色気巫女が」

「この軽薄な破戒僧が」

仲良くハモって、二人は睨《にら》み合った。

「……ここにいた、と」

あたしは二人の言葉を継いでやった。

……やれやれ。典子さんも一言相談してくれればいいのに。したら、こいつらは煩《うるさ》いだけで役に立たないって教えてあげたのに。

「いいじゃない。料金はちゃんとそれぞれ払ってくれるって言うんだから」

巫女の綾子さんが能天気な声を上げた。そうそう、とぼーさんも頷く。

「拝み屋は普通チームプレイはしないもんだけどさ、前回はそれでやったわけだし」

……ほう。あれをチームプレイと言いますか。あんたらナルに、おんぶに抱っこだったくせに。

「極端に足を引っ張る奴が一緒だと、解決までにかえって時間がかかるかも、ってのは念押ししといたし」

「すごく足手まといになるようだったら、謝礼に色を付けてくれるってよ」

綾子は得意そうに言ったが、確実に足手まといになるのは、あんただ。

「……問題ないだろ？　そういうことなんで、よろしくな」

ぼーさんが、すっとぼけた顔でにんまり笑った。ナルはものの見事にそれを無視する。

これは……怒ってるなあ。うちの所長ときたら、プライドはエベレスト並みだから。自分の仕事に他人が割り込むのは面白くなかろう。ましてや、ぼーさんも巫女さんも以前に会ったときの事情が事情だ。つまり、ナルがあまりに若いので信用したものか疑わしく、それでぼーさんと巫女さんを呼んだ、という。今回は事情が違うようだけど、あたしですら、この二人の顔を見ると、信用されていないのね、という気分になるもんなあ。

……どうなることやら。溜息をついたとき、軽いノックの音がして典子さんが小さな女の子を連れてきた。

うわ。……可愛い。

小さくて、ふわふわしてて、天使かお人形みたいな女の子だった。白いワンピース姿で、細い手にはアンティークドールを抱いていて、まるで絵画の少女像のようだ。

「姪《めい》の礼美《あやみ》です」

典子さんが紹介してくれる。礼美ちゃんは、ことんと頭を下げた。緊張した顔つきで、一所懸命にお辞儀をしている様子なのが可愛い。

あたしがぼーっと見惚《みと》れているのを典子さんは笑ってから、背後を振り返った。典子さんの後ろには気の強そうな女の人が立っている。

「義姉《あね》の香奈《かな》です。その向こうがお勝手を手伝ってくださっている柴田《しばた》さん」

香奈さんの横から、ワゴンを押したおばさんが入ってきた。ワゴンの上には涼しげなアイスティーのグラスが並んでいる。柴田さんが無言でそれを配る間に、もう一人、若い男の人が入ってきた。暑い盛りなのにきっちりとしたスーツ姿だ。

「兄の秘書をしている尾上《おのうえ》さんです」

典子さんのお兄さんである森下仁さんは、若い身空で会社を経営する社長さんらしい。仁さんの奥さんが香奈さんで、娘さんが礼美ちゃんだ。と言っても、礼美ちゃんは香奈さんの娘さんではない。前妻の娘、というやつだ。礼美ちゃんのお母さんとは、ずいぶん前に離婚していて、二年ほど前に再婚した相手が香奈さんなのだとか。

典子さんが礼美ちゃんの手を引いてソファに坐る。香奈さんがアームチェアに腰を降ろした。尾上さんがその傍らに立ち、グラスを配り終えた柴田さんがその脇に控える。

典子さんがこちらサイドのメンバーを紹介すると、それぞれが控えめな会釈をした。

3

「御家族はこれだけでしたね？」

最初に口を開いたのは、ナルだった。

はい、と典子さんが頷く。

「柴田さんと尾上さんはこの家に住んでいるわけじゃありませんけど。柴田さんは、以前は住み込みでお願いしていたんですが、今は通っていただいています。他にも、家と庭の手入れをしてくださる曾根《そね》さんとおっしゃるお爺《じい》さんがいます。今日は用があるとかで、おいでいただけなかったんですが。この方も通いですが、不定期なので」

「不定期？」

「はい。あの……ええと、曾根さんは、私たちが越してくる以前から、こちらの建物の手入れをなさっている方なんです。もともとは大工さんでいらしたのですけど、庭の手入れなどもなさいます。ずいぶん前に工務店のほうはお辞めになったようですが。なにぶん建物が古いので、ボイラーや配管などの設備は、そのへんの業者にお願いしても分からないことが多くて。それで家を買ったときから、メンテナンスをお願いしています。何かあれば呼んで来ていただきますが、基本的に曾根さんが都合の良いときに、勝手にいらっしゃることになっているんで……」

「勝手に、ですか」

はい、と典子さんは困ったように笑う。

「そろそろ庭木を刈らないといけないとか、あそこを点検しないといけないとか、曾根さんが御自分で判断して、都合の良いときにいらっしゃるんです。そういうお約束でお願いしているので……」

……ふうむ？　使用人に対するとは思えない言葉遣いといい、ちょっと気兼ねするようなお爺さんなのかな？

「御家族がお留守のときは？」

「合鍵を一揃いお預けしています」

慌てたように口を挟んだのは秘書の尾上さんだった。

「以前の持ち主さんからも、絶対に信用のおける人だと紹介されてますので。極めて控えめな方で、家の中のことに口を挟んだり、必要以上に興味を抱いたりするような方でもありませんから、皆さんに御迷惑をかけるようなことは」

尾上さんが言うと、香奈さんが軽く笑った。

「無愛想で偏屈ってだけでしょ」

言ってから香奈さんは、きりりとした眼であたしたちを見た。

「無駄口は叩きません。こちらから話しかけても、ほとんど返事もしないくらいで。挨挨拶もなしに来て、何も言わずに帰っていって。いないも同然です。けれども、きちんと仕事をしてくれる人なんです。詮索《せんさく》も一切しませんし、関係のないものを弄《いじ》ったり、必要もない部屋に立ち入ったりしたことも一度だってありません。——不用心だ、という話なら、安心してもらって構いませんわ。どうしても本人を見ないと安心できないというのでしたら、呼びますけど」

ナルは素っ気なく頷く。

「用心の問題はさておき、お話を伺う必要があればお願いします」

言いながら、ファイルにメモを取っている。完全に事情聴取の態勢だが、ぼーさんと綾子のほうは見もしない。勝手にこの場を仕切るつもりのようだ。

「依頼では、家の中で異音がする、物が勝手に移動する、ということでしたが、それを実際に経験なさった方は？」

ナルが問うと、大人全員がそっと肯定の意思表示をした。礼美ちゃんだけが、きょとんと典子さんとナルを見比べている。

「尾上さんも、ですか？」

はい、と彼は頷いた。

「あるはずのものが失くなったり、思いもよらない場所で見つかるのはしょっちゅうです。私は別段、毎日伺うわけではないのですが」

「どれくらいの頻度で、いらっしゃいますか」

「社長から、御家族のお世話をするよう言いつかっておりますので、最低でも週に一度は伺います。他にも御用を言いつかったり、こちらからお知らせすることがあったりで、均《なら》せば週に二度は伺いますでしょうか。このところは、皆さん、心細いと仰《おっしゃ》るので、少し増えてはいます。なにぶん女性ばかりのお宅ですから、万が一の用心に泊めていただくこともあります」

「……ということは、何か危険な感じがある？」

尾上さんは首を傾《かし》げた。

「いえ……直接的に、危険な感じを受けたことはございません。本当に物音がしたり、物が消えたり現れたりするだけなので。多少、気味悪く思うこともありますが、どちらかと言うと不思議な感じです。ただ、私がそう感じるのはこちらに住んでいないからで、実際にお住まいの皆さんは気味悪く思って当然かと」

尾上さんが意向を量るように女性陣を見ると、典子さんと柴田さんが頷いた。

「柴田さんはいかがです？」

おばさんは手の中でエプロンの端をくしゃくしゃにしている。

「……私は、気味が悪いです。べつに危害を加えられたわけじゃありませんけど、いつ何が起こるか分かったものじゃありませんから。だいたい、動くはずのないものが勝手に動いたり、するはずのない音がするなんて、可怪《おか》しいじゃないですか。怖くて怖くて、それでお暇をいただきたかったんですけど……」

典子さんは労《いたわ》るように柴田さんの手を軽く叩いて、

「……無理にお引き留めしたんです。柴田さんは、以前の家に住んでいるときから、ずっと住み込みで手伝ってもらってるんですもの。こちらでも住み込みだったのを、近所から通っていただくことにして」

柴田さんは頷く。

「今度は何が起こるか、始終びくびくしているんですよ。妙な音がしやしないか、嫌なものを見るんじゃないかと思って怖くて。胃はキリキリするし、夜にはどっと疲れて、なのにちっとも寝付けないんです。だから、本当にお暇をいただきたかったんですけど、どうしても、と。……なので、霊能者の方を呼んでもらえるなら、ってことで……」

「異常が起こり始めたのは、いつ頃ですか？」

ナルが訊くと、全員が何やら考え込む風情だ。

「香奈さん？」

ナルに名指しされ、香奈さんは険しい表情のまま、

「分かりません。……どこ、と区切るのは難しいわ。いつの間にか、という感じだから」

依頼にやってきた典子さんも同じことを言っていた。最初がいつとは分からない。依頼に来る契機となるような事件があったというわけでもない。何かが可怪しいという感じが積もり積もって、それが我慢の限界を超えた——そういう感じだと典子さんは言っ

た。

「こちらに越して来られたのは――」

「昨年です。昨年の十月」

香奈さんは言って、溜息をついた。

「可怪しいと言えば、越して来てからずっと可怪しかったような気もします。引っ越しの後片付けをしているときから、いろんなものが失くなって、妙に手間取る感じがしたから。さっきまで使っていたカッターナイフが消えてしまったり、箱から出して片付けたはずのものが、入れた覚えのない場所に動いていたりした記憶があります。最初は、慌ただしいので勘違いしてるんだろうと思っていたのだけど」

言葉を切って、香奈さんは肩を竦めた。

「いえ。……本当に勘違いだったかもしれないわ。引っ越しの後片付けなんて、そんなものでしょうし。後片付けには大勢の手伝いが来てました。主人の会社の人や、私の店の子や……」

そう言う香奈さんは、輸入雑貨店のオーナーらしい。三軒あるお店はそれぞれ店長に任せてあって、香奈さん自身がお店に出ることはないという話だ。月に一、二度、顔を出す程度らしいけど、仕入れだなんだと忙しく飛び廻っているとか。

「同時に沢山の人が動いていれば、気づかないうちに物が動いていても不思議はないでしょうね。私が置いたナイフを別の誰かが使って、自分の手許に置く――そんなものでしょうから。人手の割にちっともスムーズに片付かないような気もしましたけど、人手が多すぎただけなのかもしれないわ。実際、一通り片付いたら気にならなくなりましたから。ごくたまに、物が消えたり変な場所から出てきたりしますけど、そんなの、よくあることでしょう？　物音がするのだって、当たり前のことです。前に住んでいたマンションでだって何だか分からない物音はしてました」

ナルは無言で頷く。香奈さんは軽く息を吐いて蟀谷《こめかみ》を押さえた。

「それが少しずつ、頻度が高くなってきたんです。頻繁になっただけじゃなく――こういう言い方でお分かりになるかしら――あからさまな感じになってきたんです」

「あからさま？」

「ええ。確かに人の足音のように聞こえたのに、誰もいない、とか。ドアストッパーで留めておいたはずの扉が閉まっていたり、ついさっき位置を確かめて吊《つ》るしたばかりの額が傾いていたり。でも最初は、これだって気のせいなんだと思ってました。新しい家に来て、気分が落ち着かないせいなんだろう、って。御覧の通り古い家だし、使い勝手だって日本の普通の住宅とは違っています。だからこれまでの常識とは合わないことが起こるだけなんだと自分に言い聞かせてました。さもなければ、雰囲気に呑まれてるんだと。――だって、信じられます？」

……そうだよなあ。

挑むようにあたしたちを見た香奈さんは、ふっと視線を落とした。

「物が勝手に動くはずがないって、懸命に自分を説得してました。でも、私だけじゃないようなんです。典子さんと柴田さんも、始終何かを訊いてるんですよ。あれはどこ、って。さっき呼んだかとか、部屋に来たかとか。異常だと言い出したのは柴田さんですけど、そう言われる前に、こんなことはあり得ない、って分かってました」

「柴田さんが異常だと言い出したのは、いつ頃？」

いつだったかしら、と香奈さんは首を傾げる。尾上さんが、

「私が相談を受けたのは、先月です。──皆さんの様子が変だとは思っていたんです。私もこちらに伺うと、妙なことがあるなとは思っていました。気のせいだと思っていたので、皆さんの様子とは結びつけていなかったのですが。御相談をいただきまして、……」

……私もようやく腑《ふ》に落ちたと申しますか……」

尾上さんが口を噤《つぐ》むと、倦怠感《けんたいかん》のようなものが部屋の中に立ちこめた。

「何かあったんじゃないですかねえ……」

口ごもるように言ったのは、柴田さんだ。

「以前、この家で何か。物が動くのだって、見えない誰かが、あたしが眼を逸《そ》らした隙に動かしてる感じなんですよ」

「私が調べた限りでは、そういう事実はないんですが」

尾上さんが困ったように微笑《ほほえ》んだ。

「以前お住まいの方は、社長のお知り合いで。妙なことがあったなどという話は聞いて

おりません。それ以前にも格別異常はなかったということです」

「でも……誰かがいる感じがするんです。そりゃあ、誰かを見たとか、そういうことじゃないですけど。……何か良くないことが、あったんですよ……」

「どなたか、人影を見たとか、声を聞いた、ということがありますか？」

ナルが問うと、全員が困惑したように眼を見交わした。ただし、礼美ちゃんだけはあいかわらず兎《うさぎ》か何かみたいな邪気のない眼をぱちぱちさせている。

「では、異常の原因に心当たりのある方は？　過去に何かあったのだろう、という憶測ではなく」

ナルが訊いた瞬間、何とも言えない沈黙が流れた。——その感じをどう表現したらいいのか分からない。誰が何を言ったわけでもなかったし、目配せをしたとか、妙な挙動をしたというわけでもない。でも、何かしら緊張感を伴った、押し殺した吐息が音もなく流れたような気がした。何かを言おうと口を開こうとした、息を吸ったけれども口を閉ざした——そんな感じ。声音にはならないまま、小さな呼吸音がぴたりと途切れて不自然な無音が訪れてしまったような。

ナルはそんな人々を見渡し、何も言わずにファイルを閉じた。

「あとで個別にお話を伺うかもしれません。——森下さん、部屋を御用意いただけたでしょうか」

あたしたちが調査に使う部屋のことだ。

「はい」と、典子さんが弾《はじ》かれたように身動きして、いつの間にか礼美ちゃんの身体に廻していた腕を解いた。「御案内しますね。――こちらへ」

4

あたしたちが案内されたのは、玄関ホールの脇にある広い部屋だった。鬱蒼《うっそう》とした前庭に向かって窓があり、壁の一方には凝ったガラス扉付きの本棚が並んでいる。こぢんまりしたソファのセットと大きなデスク、家具も小物も重厚だし、ひょっとしたら仁さんの書斎だろうか。

「中のものは御自由にお使いください。隣は寝室になっています。兄が仮眠に使っていた部屋ですので、シングルのベッドが一つしかありませんけど」

「どのみち交替で休みますから、それで結構です」

そうですか、と答えて、典子さんはあたしのほうを見て笑った。

「谷山《たにやま》さんの部屋は二階に用意してるわ。安心してね」

え？ あたしも個別に部屋をいただけるんですか？ うわーい。

これが無人の幽霊屋敷の場合、ナルは安全が確認されるまで泊まり込みはしない（のだそーだ）。今回は現在も人が住んでいる――八つの女の子でさえ住んでいる家だから、さすがにそう危険ではないと判断したのだろう。あたしたちは今夜からこの家に泊まり込むことになっていた。

「森下さん。この家の見取り図がありますか？」

ナルが訊くと、

「あると思います。探してお持ちしますね」

典子さんはそう答えて、簡単に家の中の説明をしてから出ていった。ナルは部屋を見廻して頷いてから、当たり前の顔をしてあとをついてきた闖入者《ちんにゅうしゃ》二名を振り返った。

「何か御用でも？」

またまた、とぼーさんは顔をしかめる。

「そんなつれないことを。協力するんだからいいじゃん」

そういうこと、と偉そうにソファに身を沈めながら、綾子が太平楽な声を上げた。前回同様、派手なメイクだ。なんとも場違い、というか。これから合コンか宴会ですか、という感じ。

「もっとも、協力するほどのことなのか疑問だけど。——物音がして物が動いて？　聞いたでしょ？　ぜんぜん大した事件じゃないわよ」

「松崎さんの勘ですか」

ナルに言われて綾子は詰まった。前回の事件で、綾子の勘は当てにならないことが確定している。

「何とでも言って。あのときは特殊な例だったからよ。今度は外さないわ。怪現象の犯人は地霊よ」

「前にもそう仰いましたが、違っていましたね」

ナルの物言いはニベもない。おまけに綾子を見もしない。ぼーさんが馬鹿笑いした。

綾子はそれを睨んでから、

「そういうあんたはどうなのよ、破戒僧」

「俺か？　俺は学習って言葉を知ってるからねえ。今のところは意見を保留しておくさ」

言ってから、ぼーさんはあたしを見る。

「お嬢ちゃんはどう思う？　たしか、麻衣、だったよな。ナルの助手だっけか」

「今は単なる雑用係です。——話を聞いた限りでは、ポルターガイストみたいだけど」

ほう、へえ、と声を揃えて、ぼーさんと綾子が眼を丸くした。

「一端《いっぱし》の口を利くようになったじゃねえの」

ふふん。人間は進歩する生き物なのだよ。

ポルターガイスト。日本語で騒霊。文字通り「騒がしい幽霊」という意味だ。物が勝手に動いたり、騒々しい音がする怪現象。

フランスにティザーヌという変わったお巡りさんがいたそうな。このお巡りさんがポルターガイストで起こる現象の分類をした。これが「ティザーヌの九項目」。爆撃、ノック、騒音、ドアの開閉、物体の移動、運動、出現、侵入、動いた物体が温かくなる——

─以上の九つ。

「典子さんたちの話によれば、この家で起こっているのはノックと騒音、ドアの開閉、物体の移動と運動でしょ？　ポルターガイストなんじゃないのかな」

なんだかあたしって、それっぽいぞ。ちょっぴり胸を張ってると、ぼーさんが揶揄《からか》うように手を叩いた。

「こりゃますます驚いた。そんじゃ、ポルターガイストなんだったら、犯人は誰だい？」

へへー。よくぞ訊いてくれました。

「典子さんかも」

「ほお？」

「ポルターガイストの半分はRSPK、でしょ？　その場合、その家の住人が犯人であることが多い。特にストレスの溜まった女性よね」

一般にポルターガイストという言葉で一括《ひとくく》りにされてしまう現象には、いろんな原因があるらしい。必ず幽霊が原因、というわけじゃないのだそうだ。ある種のポルターガイストは別名をRSPKとも言って、実は人間が犯人であることが多い。極端にストレスの溜まった人間の無意識が行なう。もちろん、悪戯《いたずら》なんて話でもない。あくまでも超自然的な力で騒音を立てたりするわけだ。

「すると、だいたいの予想はつくじゃない。義理の姉と折り合いの悪い妹。ね？」

折り合いが悪いなんて聞いてないけど。でも、常識的な想像の範囲内で。

「なるほどねえ」と、綾子が感心したように頷く。「香奈さんって、結構キツそうだしね。逆に典子さんは、おとなしめなタイプだし。すっぱり物を言えなくて、いろいろ胸の中に溜め込みそうな感じ。ストレスが溜まっているとすれば、典子さんのほうか」

「可能性あると思うんだよね。義理の関係だもん、トラブルはなくたって、やっぱ円満とは言いにくいと思うんだ。それなりに緊張感はあって当然じゃないかな」

「典子さんにとって、香奈さんは侵入してきた異分子だものね。大なり小なり含むところがあって当たり前だし、そうなれば香奈さんだってピリピリする。そもそも香奈さんにとっては典子さんは小姑《こじゅうと》だし、小姑なんて煙たいものに決まってるし」

でしょ、でしょ。得意満面、ナルを見たら、凍えそうな眼つきで睨まれてしまった。

「受け売りにしてもよく覚えていた、と言いたいところだが」と、ナルは冷ややかな声を出す。「RSPKのエイジェントであることが多いのは、圧倒的にローティーンの子供だ。つまり、思春期前期の子供。典子さんは二十歳。エイジェントだと考えるには成長しすぎているようだな」

……う。

「霊感の強い女性がエイジェントである場合もあるが。——いずれにしても、まだ結論を出すには早すぎる。現段階ではポルターガイストと思《おぼ》しき現象が起こっているらしい、としか言えない。まず、それが本当に起こっているのかどうかを確認するのが最優先だ」

　綾子が不服そうな声を上げた。

「全部気のせいだってこと?」

「その可能性も排除できない」

「まさか。あり得ないでしょ、いくらなんでも。分別のある大人が全員、可怪しいと訴えてるのに」

「ごく当たり前の現象を過大に捉《とら》えている可能性はある。あるいは事実として異音や物体の移動などが起こっているにしても、それは常識内で説明可能な現象なのかもしれない。まずは常識に沿った検討を加える必要がある。常識では説明できないとなったとき初めて、ここではポルターガイストが起こっている、と言えるんだ」

　さようでございまするか。これは至らぬことを申しまして。

「とにかく、調べてみないことには何も始まらない。先入観を持たずに常に全ての可能性を視野に入れていろ」

「ですってよ、新米助手」

　綾子はニンマリしたが、その綾子にもピシャリとした声が飛ぶ。

「松崎さんもです。軽率粗忽《そこつ》な霊能者とは協力できない」

「……はいはいはい」

　そんなあたしたちをニヤニヤして見ていたぼーさんは、デスクまわりの寸法を測っていたリンさんのほうを振り返った。

「そっちのにーさんは？　たしかナルの助手だったよな？」

気軽に声をかけたぼーさんだったが、返ってきたのは、まったくの無言と無表情だった。つまり、シカト。

「あんたはどう思うんだ、この家？」

ぼーさんに重ねて訊かれ、リンさんは低い声で短く答えた。

「返答する義務があるのですか？」

ぼーさんと綾子があんぐりとした。

「……さすがはナルの助手よね。いい性格してるじゃない」

はいな。リンさんはこういう人なんですー。

リンさんは前の事件のとき、不慮の事故で調査期間のほとんどをリタイアしていた（事故の原因については秘す）。それでぼーさんや巫女さんとはあまり面識がない。ほとんど初対面に近いから、まあ、驚いて当然だろう。ナル以上に素っ気ないというか、愛想がないというか——無礼というか。未《いま》だにあたしとは、ほとんど口も利いてくれないもん。おかげであたしは今日に至るもリンさんの本名すら知らない（たぶん林《はやし》さんとか鈴木さんとかいうんだろう）。本人に訊くタイミングは逃したまま、ナルは本人に訊けばよかろう、という態度。おまけにナルは基本的に依頼者に対して、あたしたちをわざわざ紹介したりしない。せいぜいが二人纏《まと》めて「助手です」でおしまい。おかげで依頼者に紹介するついでに名前を知る、などというチャンスもない（そもそも本格的な調査自体、今回が初めてだったりするし）。それでナルが「リンさん」と呼んでるから、「リンさん」と呼んでいるというお粗末さ。

あたしに対してはもちろん、ナルに対してさえ笑顔を向けたり軽口を叩いているのを見たことがない。そもそも、ナルとだって用がないと喋《しゃべ》らない。オフィスにいても資料室に籠《こ》もったまま出てこない。ひどい場合は、ほとんど姿を見なかったりする。

当のリンさんは何事もなかったかのようにクリップボードに書き込みをしている。顔の片側を覆うほど長い前髪、極端に無口で無表情。この御仁もナルと同様、黒っぽい身なりをしていることが多い。ナルとリンさんが並んでいるとまるでお葬式みたいで、意味もなく暗い気分になっちゃうんだよな。

思いっきり白けたその場の空気を完璧《かんぺき》に無視して、リンさんはクリップボードをナルのほうに差し出した。

「設営機材です。これでどうでしょう」

ナルはボードを受け取り、ざっと眼をやって、

「麻衣、機材を運ぶ」

……きた。

ここからが大変なんだよなあ、ウチの場合は。

ナルはゴーストハンターらしい。よく分からないけど、要は心霊現象の調査をする人だ。心霊現象の調査は普通の霊能者でもやるわけだけど、ナルは霊能者ではない。少な

くとも本人はそう頑強に主張する。実際、ウチの調査においては、霊能力なんてものの出番は、まったくない。代わりに高価な特注品のビデオカメラだの、意味不明の機械を山のように使って一風変わった調査を行なう。その機材を運ぶのが重労働なんだよな。

手伝ってくれないのかしら、と自称・協力者二名を見たものの、二人は見事に視線を逸らす。仕方なくナルとリンさんに従って前庭に停めたバンに向かうと、荷室にぎっしり詰め込まれた機材の運び込みにかかった。書斎にはラックを組み、そこに機械を押し込んでいく。ラックに押し込まれた小型のテレビ——もとい、モニターだけでも十二台余り。その他に、門外漢には用途不明の機械が無数。機材を見渡せるデスクの上にはコンピュータ。部屋はあっと言う間にどこぞの科学研究所のような有様になって、お昼に軽食を運んできてくれた柴田さんと典子さんを唖然《あぜん》とさせた。

5

書斎に入ってくるなり、「あら、まあ」と柴田さんは小声を上げて、お昼の載ったワゴンをおそるおそる部屋の中に運び入れた。ナルは入口に立ったまま眼を丸くしている典子さんに、

「森下さん。建物の見取り図はありましたか?」

「あ、はい」

ワゴンを置いて出ていく柴田さんと入れ違いに、典子さんが大きな冊子を抱えて入ってきた。それをデスクの上に置く。

「お借りします」ナルは言って、軽くめくり、「ずいぶん新しいようですが」

「ああ……ええ。以前、お住まいの方があちこち手を入れたので。そのときの図面なのだそうです」

「以前にお住まいの方は、お兄さんの知り合いだったんですね？　どういった方か御存じですか？」

典子さんは頷いた。

「十和田《とわだ》さんとおっしゃる御夫婦です。兄よりは二廻りほど年上なんですけど、仕事上のお付き合いから始まって家族ぐるみで親しくさせていただいてました」

「その十和田さんがこちらを建てた？」

「いいえ。十和田さんも業者さんから購入されたんです。建ったのがいつなのか、私は聞いていないので分かりません。戦前だったのは確かなようですけど。建てた方がどういう方なのかも知りません」

言って、典子さんは困ったように微笑んだ。

「柴田さんがあんまり気に病むので、先月、尾上さんがその業者さんを訪ねてくださいました。そのときに、ひょっとしたら詳しいことを聞いているかもしれません」

ナルは頷き、

「十和田さんはこちらに長くお住まいでしたか？」

「いえ。三年ほどだったと思います」

ナルは怪訝《けげん》そうな表情をした。

「三年？　——ずいぶん短い」

そうなんです、と典子さんは複雑そうだった。

「ただ、べつに妙なことがあったとか、そういうことではないと思うんですけど。……いえ、あったと言えばあったことになるのかしら……」

「それは、どういう？」

「そもそもは十和田さんもお歳だし、そろそろ仕事を息子さんに譲って引退したい、という話だったんです。引退したあとはどこか静かな所で、夫婦二人、ゆっくり過ごしたいって仰って。そのために探したのがこの家だったんです」

環境は素晴らしいし、建物も素晴らしい、と十和田さんは大喜びで、引っ越した当初はずいぶん人を招いて自慢していたのだそうだ。その折に仁さんも何度かやってきて、同じように気に入って大いに羨《うらや》ましがっていたんだとか。自分もあんな家に住みたい、と帰ってくるたびに言っていたらしい。

「しばらくは都心の自宅とこちらを往復しながら、少しずつ息子さんに仕事を引き継いでいって、時期を見て本格的に引退しよう、ということだったようです。ところが、越されてすぐ奥さまが大病をなさって……」

「大病？」

「ええ。もともと肝臓が少しお悪かったんですけど、それが急に悪化なさって。幸い、治療して快復はなさったんですが、以来、夏の暑さが堪《こた》えるようになられたみたいなんです。夏になると必ず体調を崩して寝込まれるので、予定よりは少し早いのですが、仕事を引退することにして御夫婦で信州のほうに引っ越されました。それで兄がここを譲ってもらうことになったんですけど。……引っ越して急に大病をした、というのが、少し……」

典子さんは不安そうに口を噤んだ。

「タイミングがタイミングなだけに気になる？」

「……ええ。今になって思えば、ということですけど、意味深な感じがして……」

「もともとお悪かったのなら、たまたまだと考えるべきでしょう。あるいは、引っ越しの疲れが溜まってそれが影響したのかもしれません。あまり何もかもを異常と結びつけて考えないほうがいいと思いますよ」

ナルが言うと、典子さんはほっとしたように微笑んだ。

「……そうですね」

「その三年の間に、何か異常なことは？」

「ないと思います。以前、それとなく訊いたときにも、なかったふうでしたし。十和田さん御夫妻は、この家をとても気に入っていらしたんです。思いがけず短期間で手放すことになってしまって、それは残念がっていらっしゃいました。せっかく建物に手を入れて、設備なども新しくしたのに、って。だから、できれば見ず知らずの他人じゃなく、親しい誰かに譲りたいと仰って兄に声をかけてくださったんです」

「お兄さんも気に入っておられたから？」

「はい。次に住むのが兄なら、訪ねていらっしゃることができるでしょう？　ですから兄も、春か秋の気候の良い頃には遊びにお越しくださいって申し上げていましたし、実際、春には御夫婦でおいでになる予定だったんです。兄が急に出張することになったので、今回は見送りになりましたけど」

……なんだか贅沢《ぜいたく》な話だなあ。ていうか、住む世界が違う感じ。んでも、この家を気に入ってて、引っ越したあとにも遊びに来ようってんだったら、嫌なことがあって逃げ出したわけじゃないんだろうな。

「十和田さんの前に、どういう方がお住まいだったかは御存じですか」

「いいえ。尾上さんが何か聞いているかもしれませんが」

「曾根さん──でしたか。その方は、当時も？」

「のようです。曾根さんには一度、訊いたことがありますけど、普通の御家族だった、と言ってました」

言って、典子さんは苦笑する。

「もっとも、曾根さんはほとんど無駄口を叩かない人なので……」

あんまり情報源にはならないか。ふうむ？

「変なことが起きるのは、主にどの部屋ですか？」

ナルが訊くと、典子さんは困ったように首を振った。

「特にどことは……。印象としては、どこでも、という感じです」

彼女の言葉にナルは少し考え込んで、

「──麻衣。食事が済んだら、とりあえず基礎データ」

ふあい。あたしは慌ててサンドイッチの最後の欠片《かけら》を呑み込み、ついでにのんびりとランチを満喫している協力者二名をねめつけた。

所長は基礎的なデータを御所望だ。つまり、各部屋の気温を測り、妙な音や臭《にお》いや電波がないかを確認しろ、ということ。温度計を持って家中を放浪する傍ら、妙な臭いのする箇所はないかチェックし、高周波電波や低周波が検出されないか電磁波計と騒音計でもって調べていく。何のためなのか、理由は不問だ。そんなの、あたしに分かるはずがない。事前の打ち合わせでやれと言われたことをやるのみ。身体はくたびれるし、住人の皆さまの奇異なものを見るような視線も痛い。おまけに指示をもらうために戻るたび、自称協力者二名が涼しげな顔でソファにふんぞりかえって食後のお茶をしてるから腹が立つ。何しに来たんだ、あんたらは。

一時間以上かかってやっと一息。科学研究所──ナルはベースと呼ぶ──によろよろと戻ると、「遅い」という所長の叱責《しっせき》が待っていた。とっくに機材のチェックが終わったらしい。

ナルは厳しい眼であたしを見てから、データを書き留めたクリップボードを受け取り、そして視線をソファに戻した。そこには、太平楽な二名だけでなく、居心地悪そうに尾上さんが坐っている。

「──失礼しました。では、業者にも建物の来歴は分からないわけですね？」

「ええ。……はい」

「十和田さん以前の住人は？」

「名前や連絡先は教えていただけませんでした。ただ、前にお住まいの方はごく普通にお過ごしだったようです。事故や事件もなかったと。もっとも、業者のことですから、何かあってもないと言うのかもしれませんが」

「その方はどれくらいここにお住まいでしたか？」

「詳しいことは聞けませんでしたが、二十年以上お住まいだったようです。ここで子供を育て上げた、ということですから。旦那さんが病気で亡くなってここを引き払われたとか。最初は貸家にしようという話もあったのですが、相続税の関係から手放すことになったのだそうです」

……ふうむ？ てことは、家には問題がないってことかな？ こんなに古くて雰囲気があって、いかにも由緒というか、曰《いわ》くありげなのになあ。

「曾根さんからは何かお聞きになっていませんか」

「それが、何も。気になって訊いてみたんですが、そういうことは言えない、ということで。お宅だって他人に家の中のことを喋ってほしくないだろう、と言われてしまうと強くも言えませんので……」

そりゃそうだ。ナルも頷き、クリップボードにざっと眼をやってから、

「特に問題のありそうな箇所はないな。――二階と一階の廊下にカメラを一台ずつ。玄関ホールに一台。それで当面、様子を見てみよう」

簡単そうに言ってくださる所長の指示に従い、あたしは汗だくになって機材を運ぶ。あれとかこれとか言われるものを言われるままに運んで据えて。ようやっと機材の設置を終えたところで、鬼所長にしばしの休憩時間をもらうことができたのだった。

第二章

1

作業に一区切りついたのを察したのだろう、典子さんがあたしを部屋に案内してくれた。典子さんについて階段を上がり、二階に向かう。階段を上がってすぐの、建物の裏手に面した部屋だった。

壁と同じく白く塗られたドアを開いて驚いたね。

「ここ……？　ここを、あたしが使わせてもらってもいいんですか⁉」

どうぞ、と典子さんは微笑《ほほえ》む。

「ゲスト用のベッドルームだから、殺風景で申し訳ないんだけど」

とんってもない。

部屋の広さは八畳くらいで、応接間や書斎に比べると幾分コンパクトな感じだ。けれど、天井は高いし、手狭な感じはしなかった。むしろ庶民のあたしとしては、このくらいのほうが「部屋」って感じで落ち着いたりして。他の部屋のようにお洒落《しやれ》な小物が飾られているようなことはなかったけど、柔らかい色遣いの壁紙が貼られた壁には、すっきりとした風景画が掛かっていたり、あちこちに可愛らしく花が生けられたりしている。白いレースのカーテン。凝った細工のクローゼットとドレッサー。広めのベッドと小さめのテーブルと椅子と。これでゲスト用か。てことは、常日頃は使ってないのか。お金持ちってすごいなあ。

窓は映画にでも出てきそうな上げ下げ窓だ。カーテンを開けて窓から外を覗《のぞ》いてみると、窓の外には大きな池が広がっている。湖と呼ぶほどの規模ではないけど、ちょっとボートなんかを浮かべてみたくなる広さだ。深い蒼緑色《あおみどり》の水面には周囲の山が映り込んでいた。

「こりゃー、いい眺めだ」

窓際の椅子に坐ってみると、なんだか避暑地にでも来た気分。

「春と秋にはもっといいのよ。桜が咲いたり、紅葉したり」

典子さんもあたしの脇に立って窓の外を眺める。

「兄はこの眺めに惚《ほ》れ込んでいたの。私たちもね。それで引っ越すことに決めたのよ。庭が池の縁まで続いているの。池のこちら側に建っている家はどこもそうみたい」

「水辺を独占できるんだ。すごい、贅沢《ぜいたく》ですねえ」

窓の外を見降ろすと、整えられた庭木と芝生の広い庭が、なだらかに下って水面まで続いていた。

「あまり綺麗《きれい》な水じゃないし、泳いだりできるわけじゃないんだけど。御近所では桟橋を造ってボートを繋《つな》いでいるお家もあるみたい。釣りぐらいならできるかな」

「涼しいでしょう」

「夜はね。——でも」

「でも？」

振り返った典子さんは複雑そうな笑みを浮かべていた。

「近頃はちょっと気味が悪くて。ほら、よくあるでしょ？　池で溺《おぼ》れた人が仲間を呼んで……なんていう話」

ああ、水辺によくある怪談話。

「それにここって、もともとは灌漑《かんがい》用に造られた溜池なんですって。そういうのって旅行に行くとよくあるじゃない。前に九州旅行に行ったときにも、こういう感じの溜池を見たことがあるわ」

「へえ？」

典子さんの表情は、いっそう硬くなった。

「そのときに聞いたの。……水を堰《せ》き止める堤に人柱が埋まってるって」

ふわっとカーテンを揺らして、湿った冷たい風が吹き込んできた。

「人柱って……」急に気温が下がった気がしたけど、これはたぶん気のせいだ。「……ええと、工事が上手《うま》くいくように人を生贄《いけにえ》にして埋めちゃうやつ、ですよね」

「そう。その娘さんの幽霊が出るとか、霊を慰めるためにお祭りがあるとか。本当のことなのか単なる伝説なのかは分からないけど、池の畔《ほとり》に神社があったな」

「まさか、ここも」

典子さんはふっと笑った。

「ないわよ。神社なんかもないし」

ああ、とあたしは間抜けな声を漏らした。

「……でもね、なんだか最近それを急に思い出しちゃって。もともと池が気に入って越してきた家だけど、近頃は前ほど好きになれないの……」

だろうなあ。

「ねえ？　そういうのって関係あると思う？」

どうでしょう、とあたしは口の中で呟《つぶや》いた。

「あたし……単なる雑用係なんで。でもきっと、なんとかなりますよ。うちの所長、解決できなかった事件はないそうなんで」

「すごいのね」

「所長の場合、自信が過剰気味ではあるんですけどね」

くすりと笑って、典子さんは軽く指を組んで両手を伸ばした。

「……ちょっと気が楽になったみたい。兄がいないから、本当は心細くて」

「心細がる余地なんてすぐになくなっちゃいますよ。ほら、綾子とぼーさんがいるから。あの連中、頼れるかどうかはさておき、すっごい喧《やかま》しいんです。賑《にぎ》やかすぎて笑っちゃうくらい」

「そうなの？」

「そうなんです。ぜんぜん霊能者っぽくないんですよー。太平楽で能天気で。ほら、霊能者って抹香臭いというか、威厳漂うイメージがあるじゃないですか。そういうのとは別世界ですから。……と言っても、実はうちが一番霊能者っぽくないんですけどね」

「確かに——霊能者、って感じじゃないものねえ」

典子さんの顔が少し明るくなった。きっと本当に心細かったんだろう。ポルターガイストの犯人は典子さん——なんて、申し訳なかったかなあ。いや、犯人でなく、エイジェントと呼ぶべきか。典子さんがエイジェントだとしても、べつに本人にそのつもりがあるわけじゃないし、ぜんぜん典子さんの責任じゃないんだけど。

典子さんは窓の外に視線を投げ、吹っ切るようにあたしを振り返った。

「麻衣ちゃん、お茶はどう？　ちょうどおやつの時間なの。礼美が一緒でよかったら」

わお。それはもう、喜んで。

「御一緒しますー」

2

「礼美ちゃんは変な現象に遭遇してないんですか？」

キッチンでお茶を淹《い》れて、おやつを用意して二階へと運ぶ。

「どうかしら」

典子さんはカップの並んだトレイを捧げ持って階段を昇っていく。

「いろんなものが失《な》くなったり移動するってことには気づいているみたいだけど、あまりそれを不思議なことだとは思っていないみたいなの。あれ、って声を上げてから、妙に納得した顔をすることがあるから、そんなものだと思っているのかもしれないわね」

「まだ八歳ですもんねえ」

きっと物が消えたり現れたりすること以上に不思議なことが、世の中にはいっぱいあるんだろうなあ。

典子さんは二階に上がって廊下を左手に折れる。曲がって最初にある部屋が礼美ちゃんの部屋だった。典子さんが軽くノックしてからドアを開ける。おやつの載ったトレイを抱えて、あたしもそのあとに続いた。

礼美ちゃんの部屋は、客用の寝室より一廻りは広かった。柔らかいピンクの壁紙にアンティーク風の白い家具が上品で可愛い。正面には白いフランス窓が二つ並んでいる。窓の外は広いベランダになっていた。

「礼美、おやつよ」

典子さんが声をかけると、カーペットの上にぺたんと坐り込んでいた礼美ちゃんが顔を上げた。床に絵本を置いて読んでいたようだ。こちらを振り返った顔の、少しきょとんとしたふうな眼が、本当に小動物か何かみたいだ。可愛いなあ。

典子さんは部屋を横切って、トレイを窓辺のテーブルの上に置いた。白い丸テーブルに小振りな椅子が四脚。小花模様の入ったテーブルクロスは椅子に載ったクッションとお揃いだ。そのすぐそばの壁際には、やはり小振りなソファがあったし、部屋の逆サイドには白いベッドと机が並んでいる。絵に描いたような「少女の部屋」で、贅沢で可愛いけれども夢みたいで現実感がない。

実物大のドールハウスとお人形さんみたい。——思っていると、そのとびきり可愛いお人形さんはまじまじとあたしを見ていた。

「こんにちは、礼美ちゃん。おやつの仲間に入れてね」

あたしが言うと、礼美ちゃんは、ぱっと笑う。傍らに寝かせてあった人形を抱き上げ、とことことやってきた。さっきも抱いていたアンティークドールだ。フランス人形と言うのだろうか。こういう人形って少し怖い顔をしているものだけど、この人形は愛らしい。礼美ちゃんは、お人形の右手をあたしのほうに差し出した。

「コンニチハ」

あたしは慌ててケーキを載せたトレイをテーブルに置き、お人形に向かって屈《かが》み込む。

「初めまして。お名前は？」

「ミニー」

お人形が小さな手を振った。

「ミニーちゃん、よろしくね。あたしは麻衣だよ」

「ヨロシクネ、麻衣チャン」

小さな手と指先で握手。

「礼美ちゃんは御本を読んでたんだ?」

礼美ちゃんは人形と一緒にこっくり首を頷《うなず》かせる。何を読んでいたの、と訊いたら含《はに》羞《か》んだように黙り込んで典子さんのスカートの陰に隠れてしまった。典子さんが微笑んで礼美ちゃんを見る。

「ちょっと緊張してるんだよね」

「そっかー。知らない人だもんねー。……突然知らない人がいっぱい来て、びっくりしたでしょ」

訊くと、照れたように頷く。ウン、と答えたのはやはりミニーだった。

「イッショニ読ム?」

「……絵本? 読む読む」

答えると、礼美ちゃんが空いたほうの手で恥ずかしそうにあたしの手を取る。絵本のほうへ引っ張るようにした。

「礼美、先におやつを食べちゃったら?」

典子さんが言ったときだ。ふわっと窓から風が吹き込んで、白いレースのカーテンを膨らませた。そんなに強い風だとも思えなかったのに、ばさっと典子さんの上に打ちかかる。と、同時だった。

礼美ちゃんが突然、あたしの手を放した。急に顔を強張《こわば》らせる。両手でぎゅっと人形を抱いて、くるりと背を向け絵本のところに駆け戻った。

……どしたの？

「礼美？　おやつは？」

典子さんの声にも背を向けて、もとの位置に坐り込む。それきり、典子さんが追いかけて行って何を話しかけても黙って俯《うつむ》いたままだ。熱心に絵本を読んでいるかのようだったけど、頁はまったく動かない。礼美ちゃんに向かって屈み込んでいた典子さんが、苦笑まじりの溜息をついて身体を起こした。

「じゃあ、礼美のぶんは置いておくね。お姉ちゃんは麻衣ちゃんとお外で食べるから、気が向いたら出ておいでね」

言って、典子さんは気まずそうに戻ってくる。トレイから礼美ちゃんのぶんだけをテーブルの上に並べて、ベランダを示した。

「外でもいい？　風があるから暑くはないと思うわ」

広いベランダの上は風が通って気持ちよかった。石張りのベランダは幅も広いうえ、隣の部屋まで続いている。礼美ちゃんの部屋のほうにはベンチ形のブランコが置いてあったけど、隣の部屋のほうには椅子とテーブルのセットが置いてある。茂った庭木がほどよい木陰を作って、陽射を遮ってくれていた。

「……ごめんなさいね」

テーブルの上にお茶を並べながら、典子さんが言った。

「いいえ。ごめんって言われるようなことじゃないですけど、……でも、どうしたのかな、急に」

何か悪いことを言ったかなあ、と振り返ってみるけど、分からない。典子さんが先におやつを食べろと言ったので気分を損ねちゃったんだろうか。そんなタイプの子にも見えないんだけど。

「気にしないでね。この家に来てから気難しくて。なんだか、いつもああなの。さっきまで機嫌良く遊んでいたと思ったら、急に黙り込んだり……」

「引っ越してから、ですか？」

そう、と呟いて典子さんはベランダ越しに見える池に眼をやった。

「もともとは人懐こい子だったんだけど、急に人見知りが激しくなって」

「そういう年頃なのかなあ？」

そうね、と典子さんは気のない様子で頷いて、

「引っ越して友達がいなくなったせいかとも思うんだけど。前の家のときにお付き合いのあったお友達とはみんな縁が切れちゃったし。まだ子供同士で勝手に連絡を取り合ったり、会いに行ったりできる歳じゃないでしょ？　以前はお友達がたくさん遊びに来て

たんだけど、ここに引っ越してからは誰も……。学校の先生にも友達がいないのが心配です、って言われていて」

「そっか。近所にも子供がいそうにないですもんねえ」

「そうなの。せめて地元の小学校に入れれば良かったのかもしれないけど、礼美は私立に入れてしまったから。しかも遠いから車で送り迎えするでしょ？　すると放課後に同級生と無駄話をする時間も持てないのよね……」

なるほどなあ。授業が終わる頃には迎えの車が待っているんだもんなあ。きっと他の子もそうなんだろうし、放課後に友達と遊ぶこともできないか。

思っていると、典子さんは何やら深刻そうな表情で考え込む様子だ。

「……どうかしましたか？」

あたしの問いに思い詰めたような顔を上げる。

「ねえ？　本当のところ、この家で何が起こっているんだと思う？」

あたしは顔の前で手を振る。

「まだ分かるはずないですー。今朝来たばっかりですもん」

「そう……そうよね」

典子さんは呟いて、悩ましげに髪を掻《か》き上げた。

「何か異常なことが起こってるのは確かよね……？」

「みたいに見えますけど……でも、話を聞いただけではなんとも」

「それは、異常なことなんて起こってない、ってこと？　そんなこと、あると思う？」

「分からないです。ええと……異常そうに見えても実は理屈で説明のつくことだったとか、悪戯《いたずら》だったとか、あるし……」

「……悪戯」

　あたしは慌てて手を振った。

「いえ、べつに悪戯を疑っているわけでは」

　典子さんは考え込むように頰杖を突いたままだ。

「いずれにしても、本格的に調査が始まれば、少しずつ分かってくると思いますよ。ええと、ウチの場合、ややそのスピードが遅めなんですけど」

「遅め？」

「はあ。所長が石橋を叩いて叩いて叩き壊す寸前にならないと渡らない性格なもんで。でも、慎重なぶん、動き出したら確実ですから。……って、あたしが言うと身贔屓《みびいき》みたいで信憑性《しんぴょうせい》激減ですね」

　典子さんは、くすりと笑った。

「麻衣ちゃんを信じることにするわ」

おやつを食べて一息ついて、思いのほか時間を取ったことに気づいて慌ててベースに戻ると、そこでは野次馬《やじうま》二頭が当たり前の顔をしてソファに陣取り、優雅にティーブレイクをしていた。

……ていうか、こいつらぜんぜん働いてないぢゃん。

おまけに「いつまでさぼってる」とか、所長には怒られるしさ。

3

「申し訳ございません」

「日が暮れたら、もう一度、気温測定」

へい。所長によれば、心霊現象が起こる場所は気温が下がることがあるんですと。

あたしは陽が落ちるのを待ち、温度計を手に二度目の巡回に出ていった。全ての部屋を廻るとなるとこの家は広い。一階にはベースになっている書斎（と仁さんの仮眠部屋）の他に、最初に入った応接間、広々とした居間とそれに続くダイニング（とキッチン）、それとは別にちゃんとした広い食堂があって、さらには、もともとは使用人部屋だったという香奈さんのオフィスになってる小部屋と、おまけに離れっぽい二間続きの和室まである。二階には典子さんの部屋と礼美ちゃんの部屋、仁さん香奈さんの寝室になっている続き部屋があって、さらにそのうえ客用の寝室が二部屋もあるばかりでなく、広々とした屋根裏には物置と、これもかつては使用人部屋だったという小部屋が二部屋まであるという豪勢さだ。広い玄関ホールに面した大きな主階段の他に、普通サイズの階段が一つ。これは使用人が使うサービス階段なるものらしい。ここまで来ると、あたしの知る「家」とは完全に別次元で、現実感がない。掃除するのは大変だろうなあ、ぐらいしか感想が出てこないんだよな。

全ての部屋を計測して廻り、ぐったりしてベースに戻ると、また「遅い」と叱られる。はあああい。

「あいかわらず扱《こ》き使われてるな」

振り返ると、ぼーさんがニヤニヤしていた。

「下っ端は辛いねえ。雑用係のお嬢ちゃん」

「仕事ですから。──それより、お坊さん、働かないの？」

「働くよ？　出番が来たら」

それはいつ来るんですかね。

「巫女《みこ》さんは？　除霊しないの？」

するわよ、と綾子は意地悪く笑った。

「とりあえず、あんたたちの無駄働きを堪能《たんのう》したら、ね」

無駄働きだとー。

「あんまり漠然としてるんだもん。これだけ大層な機材を投入して調べてるんだし？

ひょっとしたらヒントぐらい拾ってくれるかもしれないじゃない。それを待っても遅くないわよね。ここ、ホテルとしては悪くないし」

……無責任なことを言いおって。

あたしは野次馬二名を無視し、デスクに腰を引っかけてファイルを眺めているナルのそばに寄った。

「なんか分かった?」

あたしが休憩をもらっている間、ナルとリンさんは建物を調べていたはずだ。

「異常はないな。建物は水平。古い建築だが傾いている様子はないし、基礎もしっかりしている。背後は池だが建物自体は堅牢な地山の上に載っていて安定しているようだ」

「そんなとこまで調べたんだ」

あたしが感心すると、ナルは典子さんが持ってきてくれた図面を示した。

「改修の際に地盤調査を専門家に依頼したらしい。そこにデータが入ってた」

「……なるほろ」

「配管などは古いが、問題の起きそうな箇所は補修の際に全部新しくしてある。建物自体が怪現象を引き起こす可能性は低いだろうな」

「てことは、やっぱりここ、何かいる……?」

思わず腰が引けてしまうのは、当然のように怖いからだ。妙ないきさつで心霊現象の調査事務所なんてとこでバイトしてたりするけれど、あたしは霊能者じゃないし、その道のオーソリティーでもない。ごく普通の高校生だ。なので当たり前のことながら、怖いものは怖い。人が犯人であるRSPKならともかく、幽霊とかそういうのとは、できるだけ関わり合いになりたくない。避《さ》けて通りたいと切実に思ってる。

幸いナルは、どうだろう、と首を傾《かし》げた。

「何かがいるとまで言い切れるかどうか」

「前の住人は――十和田さんだっけ？　何もなかったんだよね？」

「のようだな。その前の住人も異常を感じていた様子はない」

言って、ナルはデスクに控えたリンさんを見た。リンさんは典子さんの依頼を受けてから今日までに、予備調査と称し、とりあえず近隣の住人などに聞き込みをしたはず。

「ありません」

リンさんが短く答えた。ナルは頷き、

「一家はごく平穏に暮らして当たり前の事情で転出していった。不吉な噂のようなものもないようだ」

「じゃ、べつに御近所で有名な幽霊屋敷とか、そんなんじゃないんだ」

建物はいかにもそれらしいけど。

「ないようだな」

ぼーさんは不服そうだ。

「こんだけ古い家で、事故や事件がゼロってことがあるかねえ？　何もない、ってのは、かえって嘘くさい気がするがなあ」

あたしは首を傾げた。

「それ、御近所が隠してるってこと?」

「あり得るだろ。たとえ事故や事件がなくたって、死人の一人や二人はいて当然だし、実際、前の前の住人だって死んでるわけだろ。そうすりゃ病死した住人が出るとか出ないとか、面白半分の噂ぐらいあって当然だと思うがな。こんだけ思わせぶりな建物だし。逆に、本当に何かあれば表立っては言わない。言えないもんなんじゃねえ?」

……それは、そうかも。

とにかく、とナルは軽く息を吐く。

「憶測でものを言っても始まらない。本当にポルターガイストが起こっているのか、それを確認することのほうが先決だろう」

言ってから、ややウンザリしたようにファイルを閉じた。

「……もっとも、現象自体が軽微なようだから、実際にポルターガイストが起こっているにしても、確認するまでには時間がかかりそうだが」

そこからは、とこしえの「待て」状態だった。機材を見守りながら、ひたすら何かが起こるのを待つ。砂を嚙《か》むような味気ない時間を耐え忍び、森下家の御厚意で夕飯などをもらって、ようやく時計の針が十時を過ぎて、こんだけ待ったのに夜明けまではまだ半分か、と溜息をついたところで、唐突にバタバタと足音が近づいてきた。ドアを叩き付ける勢いで開いて、ベースに飛び込んできたのは香奈さんだった。

「ちょっと、来て！」

香奈さんの顔色は青い。声も見事に上擦っている。

「どうしました？」

落ち着いた声で問い返すナルの腕を乱暴に摑《つか》む。

「いいから、来てよ！」

あたしたち——リンさんを除く四人——は顔を見合わせ、香奈さんのあとについて行った。

4

香奈さんがあたしたちを引き連れて行ったのは、礼美ちゃんの部屋だった。

「これを見て！」

香奈さんがドアを開けた。中を覗き込んで、あたしたちは眼を瞠《みは》った。

部屋の左手、壁に向かうようにして置いてあった机が斜めになっていた。机の奥はぴったり壁に沿わせてあったはず。なのに手前の角を引き出すようにして、机は斜めに据えられ、奥の角だけが壁に付いているという有様だった。同様に反対側の壁際にあったベッドも斜めになっている。本棚やチェスト、何もかもが無秩序に場所を変えた中に、パジャマ姿の礼美ちゃんがぽかんと立っていた。

「なんだい……これは」

ぼーさんの呟きに、香奈さんが厳しい眼を向けてきた。

「礼美ちゃんを寝かしつけようと思って、二人で部屋に戻ってきたらこうよ。どうなってるの？　こういうことが収まるように来てくれたんじゃなかったの⁉」

ヒステリックな声を聞きながら、あたしはきょとんとした様子で部屋を眺めている礼美ちゃんの身体に手を廻した。

「礼美ちゃん、大丈夫？」

礼美ちゃんは不思議そうに眼をぱちぱちさせてから、あたしを見上げてきた。

「どうしてみんな、ナナメになってるの？」

「どうしてだろうねえ」

ことさら何でもないように答えながら気づいた。家具を載せたままカーペットまでが斜めになってる……。

机にもチェストにも抽斗《ひきだし》が入ったまま、本棚にだって本が入ったままだ。どれもしっかりした木製の凝った造りの家具で、それ自体がすごく重そう。そんな重いものを、誰がどうやって？

ドアのところから部屋の中を見廻していた綾子がぼそりと、

「その子がやったんじゃないでしょうねえ」

　あたしはムッときたね。

「こんなこと、礼美ちゃんにできるわけないでしょーが」

「無理だろうな」と、応援してくれたのは、ぼーさんだ。「このカーペットなんざ、上に家具が載ったままだ。俺でも不可能だわな。――それとも、お前さんならできるってのか？」

　言って綾子に軽蔑《けいべつ》の視線を向ける。ナルが素っ気ない声で香奈さんに、

「とりあえず部屋を調べさせていただきたいのですが、構いませんか」

「――ええ。どうぞ」

　そう答えてから、礼美ちゃんのところにやってきて手首を握った。

「あたしたちは下にいますから。――さ、礼美ちゃん」

　礼美ちゃんは引かれるまま歩き出しながら、俯《うつむ》かせていた顔を上げてあたしを見た。

「礼美じゃないよ」

　泣きそうな声だった。

「分かってるよ。礼美ちゃんじゃないよねえ」

　礼美ちゃんは心細そうに頷いて、香奈さんと一緒に部屋を出ていった。

「――どう思う、ナルちゃん？」

　二人の足音が階段のほうに消えていってから、ぼーさんが訊《き》いた。

「どう思う、もないだろう。こんなことができる人間がいたらお目にかかりたい。松崎さんの知り合いはどうだか知らないが、僕の知り合いにはこんな怪力の持ち主はいない」

……だよねえ。ちろりと視線を向けると、綾子は口を尖《とが》らせた。

「ちょっと言ってみただけじゃない」

ナルは床に屈み込んで、試しにカーペットの端を引っ張る。ぼーさんも手を貸したけど、カーペットは微動だにしなかった。ナルはさらにカーペットをめくって床との間を覗き込み、手を差し入れて撫《な》でてみたようだった。

「……何の痕跡もない。よほどの時間をかけなければ、人間には不可能だな」

ナルがそう、呟くように言ったときだ。階下から悲鳴が聞こえた。

全員が一瞬ののち、階段に向かって駆け出した。階段を降りきったとき、廊下に飛び出してきた香奈さんがドアに縋《すが》るようにして身を翻《ひるがえ》し、たった今、出てきた居間を振り返るのが見えた。

「どうしました」

ナルの声には真っ青な顔で居間の中を指差す。居間に入ったすぐ手前には、ぽかんと立っている礼美ちゃん。あたしたちが飛び込むのと同時に、典子さんが居間の奥にあるアーチから駆け込んできて、何かに打たれたように立ち竦《すく》んだ。

広い居間の家具全部が裏返しになっていた。テーブルや椅子は足を上に、壁際の飾り棚はぴったり壁に付いたまま背中を見せている。掛かった絵も全部が裏返し。

さすがに誰も声も出ない。

テーブルをひっくり返すのはいい。すごく重々しい木のテーブルで、おまけに天板には厚い大理石が嵌《は》まっていたはずだけど、うまく傾け、テーブルの縁を支点にして注意深くやれば、音も立てずにできなくはないだろう。

――でも棚は？

さっきここで食後のお茶を飲んだので覚えてる。あの棚の中には、香奈さんが集めている時計が入っていた。たくさんの置き時計。古いものや新しいもの。大理石のもの、真鍮《しんちゅう》のもの、ブロンズ、ガラス――。香奈さんが自慢そうに見せてくれたのなんか、純銀製だと言っていた。立派な彫刻に埋め込まれた振り子時計。

そんな重いものが入った棚を――しかも棚自体が例によっていかにも重そうな――それをどうやって動かせば？　壁から引き離して、裏返して、もう一度壁にくっつけて。

はっとして、あたしは足許《あしもと》に眼を落とした。

思った通りだ。この部屋のカーペットは家具を載せたまま裏返しになっている。

5

あたしたちは改めて、礼美ちゃんの部屋と居間に機材を設置することになった。礼美ちゃんは今夜、典子さんの部屋で寝ることにしたようだ。無人になった部屋を総出で片付け、機材を置いてセッティングしていく。

動いた家具を戻すのは管轄外のような気もするけど、この家には男手がない。唯一の男手である尾上さんは食事のあと帰ってしまったし（ついでに柴田さんも帰ってしまった）、あたしたちがお手伝いしなきゃ、どうにもならない。特に居間が難題だ。全ての家具が斜めになっただけの礼美ちゃんの部屋は、棚の中のものや抽斗を抜いてしまって動かせばいいので、男手がなくてもなんとかなるけど、居間のほうは。

「やっぱポルターガイストだよな。疑問の余地なし――だろ？」

リンさんと共に家具を動かしながらぼーさんが言う。

そのようね、とさすがの綾子も、今度は人のせいにはしなかった。できなかった、と言うべきだろう。なにしろ居間の家具という家具は裏返しになっている。棚を動かそうにも中に物が入ったままではびくともしない。先に中のものを取り出す必要があるわけだけど、扉が壁に押しつけられている状態なので取り出しようがない。思案の末、家具にロープを掛けてそーっと傾け、片側が浮いたところに台車を入れて――という大作業をいたすことになった。家具や家に傷を付けても申し訳ないので、毛布などでカバーをせねばならず、そうしてもなお細心の注意を払わねばならず。大変な重労働だけど、おかげで否応《いやおう》なく出てしまった結論がある。

つまり、犯人が誰だろうと、たとえ香奈さん、典子さん、礼美ちゃんの三人が協力しようと、あれだけの短時間で、全ての家具を裏返しにすることは絶対に不可能だ、ということ。しかも、家具にも床にも傷一つない。同じように傷を付けずに棚を動かそうと思うと、これだけの手間がかかるっていうのに。

やっとのことで壁から引き剝《は》がした棚の扉を開け、中のものを取り出す。あたしと綾子がせっせと出して空にしたところで、男性陣が改めて棚を抱えて定位置に戻す。戻したところに、また中のものを戻す。——何がどうあっても、絶対に断固として典子さんたちには不可能だ。

「誰かの悪戯じゃないし、物理現象でもない」

ぼーさんが言うと、綾子も頷いた。

「ポルターガイストで確定でしょ。問題はポルターガイストを引き起こしてる犯人」

「地縛霊じゃねえの」

「地霊かも」

……またですか。あんたたちの辞書にはそれしか載ってないのか？

「でも、大仰なだけで実害はないし、そんなに大した奴じゃないかも。明日、祓《はら》ってみようかな」

綾子は言って、最後の時計を棚に収め、両手を払って立ち上がった。

「あんたたちは不寝番？　時間の無駄だと思うけど？」

ナルは完璧に無視だ。綾子は肩を竦《すく》めてから、ヒラヒラ手を振る。

「まあ、好きなだけやってるのね。とりあえず義理は果たしたし、あたしは明日に備えて寝ようっと」

……あいかわらず、根拠もなく自信に満ちた奴。前の事件じゃ、ぜんぜん役に立たなかったくせに。

綾子が出て行ってから、横滑り的に機材の設置を手伝わされていたぼーさんが、

「人間か、霊か──どっちの可能性が高いと思う？」

そうナルに訊いた。ナルは「さあ」と答えるのみ。繋《つな》いだ機械のコードをあたしに寄越して、

「ケーブルを束ねておいてくれ」

そう言ってノートパソコンを開く。機材の調整をするらしい。受け取ったコード──もとい、ケーブルをそのへんのケーブルと一緒に掻き集める。それを束ねようと床に手を伸ばしたのだけど。

「あれ？　ビニールテープ、知らない？」

さっき使って手許に置いたはずのビニールテープがない。手の届く範囲内にあるはずなのに。可怪《おか》しいなあ。思わず床を撫でるあたしを、ぼーさんとナルが意味深な沈黙とともに見た。

「……あ」

これか、という気分。こういうことが頻発してたってこと？

ナルが何も言わずに自分のポケットからビニールテープを取り出して寄越した。もちろん、これはあたしが使っていたやつじゃない。色が違うから確実だ。

「……嫌な感じ」

べつに怖いわけじゃない。不思議という感じでもない。なんて言えばいいんだろう――なんとなく、据わりが悪い。失くしたのか、どっかに紛れ込んだのか。それとも？　どう受け止めるにしても中途半端で気持ちを持て余す。典子さんや香奈さんの、歯切れの悪い口振りが甦《よみがえ》った。なるほど、歯切れも悪くなるよなあ。

思いながら、束ねたケーブルを邪魔にならないよう動かしたら、思いのほか勢いよく動いた。――当然だ。全部機材に繋《つな》いでいたはずなのに、それが見事に外れている。

「ナル……これ」

あたしは外れてぶらんと下がったコネクタの群を示した。ナルはそれを不快そうに見て、やがて忌々しげな溜息をついた。

「厄介だな……」

「だねえ。この調子じゃ、いつまで経《た》っても機材の設置、終わらないよお」

「そうじゃない」

うみ？

どした、とぼーさんが近づいてきたので、ケーブルの束を見せた。

「おやまあ」

「これって、あり得ない、よねえ？」

「テープはあり得るが、これはちょっとあり得ないだろうなあ」

うー。気持ちが悪い。思いながら、外れたコネクタを元通りにして、束ねたケーブルを邪魔にならない隅っこに這《は》わせて。でもって別の機材のケーブルを束ねようとすると、またビニールテープがない。

「……二個目」

あたしがぶすっと言うと、今度はリンさんが無言で自分のを差し出した。それを受け取ってケーブルを束ねて。黙々と作業をしていると、リンさんから借りたばっかのテープがまた消える。

「……三個目」

あたしが言うと、ぼーさんも、そのへんを捜して、

「ついでにドライバーも消えたよーです」

「いい加減にしてほしいよね」

「床下に借り暮らしの妖精《こびと》さんでもいるんじゃねえ？」

力なく笑い合って振り返ると、すぐそばの床の上にビニールテープが三個、きちんと積み上げてあった。

「うわあ。……やな感じぃ」

ぼーさんの声に、あたしも頷いた。なるほど、香奈さんが言っていた「あからさまな

感じ」とはこのことか。

確かに、これが何ヵ月も続いたら堪《たま》らない。可怪しい、と声を大にするには躊躇《ためら》われる。なのに絶対に無視できない。

危険な感じはしないけど、不思議で気味が悪い。それ以前に、何かがすごく嫌な感じ。これ見よがしで、嫌がらせをされてるみたいだ。——そう、たぶんそれが嫌なのだ。あえて驚かせるためにやってる感じ。……さらに言うなら、意地悪な感じ。前にもポルターガイストには遭遇したけど、あれは危険な感じがした。危険で怖かったけど、悪意のようなものは感じなかった。この家で起こってる現象は危険じゃないけど、悪意を感じる。それもとても嘲笑《ちょうしょう》的で底意地の悪い感じ。

「みんな神経質になるはずだよね……」

「だな。これが続いたら、確かに堪らんわ。怖かねえけど、気分がささくれるんだよな」

言ってから、ぼーさんはナルを見た。

「どうした？　えらく考え込んでるじゃねえか」

問われたナルは答えない。扱き使ってるんだから返事ぐらいしてやればよかろうに。しかしぼーさんは、気にする様子もなかった。

「なんか気になることでもおありかえ？」

ナルはやっと口を開いた。

「反応が早いとは思わないか？」

「はあ？」

ナルは厭《いと》うように眉をひそめている。

「心霊現象というのは、部外者を嫌う。無関係な人間が入ってくると、一時的に鳴りをひそめるものだ」

「そういや、そうだが」

あたしはぼーさんに訊いてみた。

「前にもそう聞いたけど、そういうものなの？」

こういう質問をナルにしたって、無知だって言われるだけだもんな。

「まあな。——テレビでよくあるだろう。幽霊屋敷に取材に行ったりしてさ。怪現象の頻発する恐怖の館《やかた》、とか仰々しく紹介しても、たいがい何も起こらない」

「まあ、そうだよね」

「なのにいきなり諸々《もろもろ》かましてくれるわけな。しかも聞いていたのよりも起こることが派手だ。強い、と言うべきか」

「そだね。典子さんたちの話じゃ、細かなものが動くって話だったのに……」

あたしは家具を見た。聞いていた話とはスケールが違いすぎる。

「どう解釈する？」

ナルに訊かれ、ぼーさんは珍しく真面目な顔で腕を組んだ。

「普通は反応が弱くなるもんなんだよな。すげえラップ音がすると聞いて行ってみると、軋《きし》み程度。それさえ初日は確認できないことが多い。第三者が入ると一時的に反応が消える、あるいは弱くなる。それで被害者は、被害を訴えたのに取り合ってもらえないし、気のせいだの思い過ごしだのと言われているうちに口を噤《つぐ》むようになる。えてしてこれが現象以上に被害者を追い詰めるものなんだが」

へえ……そうか。

「それが反対に強くなるってことは——反発、か」

ナルがぼーさんを見返す。

「そう思うか？」

「じゃねえのかな。現象を起こしてる誰かさんは、俺たちが来たのに腹を立ててる。面白くないんだ。しかも、いきなりこれだけの大技だぜ？　このポルターガイスト、半端じゃねえ。これまではせいぜい家具が揺れる程度だったんだろ？　だとしたら、今回、特別馬力をかけたというより、むしろこれまでは遊んでたんだと思うぜ」

「……遊ぶ？」

そ、とぼーさんは頷いた。

「住人を困らせて喜んでいた、というか。そこに気に入らない奴らがやってきた。それで本気で威嚇行動に出た。あるいは、なんとかできるもんならしてみろ、という挑戦か」

ナルが頷いた。

「……意外に手こずるかもしれないな」

第三章

1

翌朝。二日目は昼前に叩き起こされた。明け方まで機材のセッティングやら細かな測定をしていたので眠い。あれきり妙なことが起こらなかったのが、救いと言えば救いだが。起きて身繕いをしてから、まずベースに指示をもらいに行く。

「……あれから、何かあった？」

何も、とナルは言う。リンさんの姿が見えないから、仮眠中だろうか。代わりにリンさんのいるべき場所にぼーさんが陣取っている。

「巫女《みこ》さんは？」

これにはぼーさんが答えてくれた。

「除霊をするとか言って、準備してるぜ」

……あらま。本当にやるんだ。

ぼーさんは椅子の上でだらしなく伸びをしながら笑う。

「ここに三回ぐらい怒鳴り込んできたぜ。祈禱《きとう》に使う道具が失くなったってさ」

「公平な妖精《こびと》さんだ。しかも勤勉だし。昼も夜も関係ないのね」

「の、ようだな」

とりあえず気温を測るよう所長に仰《おお》せつかって、クリップボードに新しい用紙を挟む。でもって部屋を出ようと温度計を探したらば、これがない。

「温度計が消えてますー」

ナルは眉をひそめた。

「……車に予備がある」

はあい。本当に勤勉な妖精さんだ。大騒ぎするほどのことじゃないけど、なんだってこんなことをするのか、意図が見えないから気持ちが悪い。まるで嫌がらせのためだけにやってるみたいで。

もやもやしながら家を出ると、ちょうど典子さんと礼美ちゃんが前庭で水を撒《ま》いているところだった。

「おはようございます」

声をかけると、二人とも振り向く。礼美ちゃんは今日は御機嫌のようだ。赤いブリキの如雨露《じょうろ》を持って、玄関脇のプランターに水を注いでいる。

「礼美ちゃんも、おはよ」

あたしが言うと、くすぐったそうに「おはよう」と言う。ホースを持った典子さんが、

「ゆうべは片付けをありがとう。大変だったでしょ？　寝る暇はあった？」

「ありましたよ。五人がかりだし、男手も多いし、どうってことないです。でも、何もかも適当に入れてるだけだから……」

「それでも助かったわ」

いえいえ、と愛想を振りまいて、門の脇に停めてあるオフィスのバンに行く。荷室に潜り込んで荷物を掻《か》き分け、ようやっとで予備の温度計を捜し出し、身を起こしたところで気がついた。

車のすぐ脇には子供の背丈ほどの生け垣が延びている。その向こうに誰かがいた。とっさに身を屈《かが》めたのは、相手も姿を隠しているように思われたからだ。どうも生け垣の間から庭を覗《のぞ》き込んでいる様子だ。あたしはそろそろと身を起こす。荷室の窓にはスモークフィルムを貼ってあるうえ、窓に沿って機材を入れたラックが立ち並んでいる。あたしは荷物の間から外が見えるけれど、外からは中が見えないと思う。なのでそっと身体を起こして、棚に顔を寄せた。バンに乗っているぶん視線が高いので、腰を屈めて生け垣に顔を寄せた誰かの頭と背中の一部が見えた。

……誰だろう。

明らかに身を隠している様子だ。

表の道路に人影はなく、道の正面には高い塀と生い茂った樹木が見えているだけだ。寝入ったように静かなお屋敷街には、気怠《けだる》い蟬《せみ》の声ばかりが響いている。

少しの間、動静を窺《うかが》っていると、その人物は身を起こした。ずいぶんと年配のお爺《じい》さんだった。険しい顔で生け垣の向こうから庭を一瞥《いちべつ》すると、今度はいぶかるような視線をあたしのほうに向かって投げてくる。バンをまじまじと見つめ、隣に置かれたセダンを矯《た》めつ眇《すが》めつする。あたしは息を詰めて身を硬くした。天気もいいし、車の中は見えないはずだ、とは思うものの……。

お爺さんは不審そうに首を傾《かし》げ、もう一度庭へと視線を投げて坂の上のほうに歩いていった。視線の先を振り返れば、典子さんと礼美ちゃんが陽射の中で水を撒いている。

……家を覗き込んでいたよねえ？

不審人物の挙動を思い返しながら、家中の温度と湿度を調べるために徘徊《はいかい》する。香奈さんはどことなくぐったりしたふうで居間の棚の前に立ち尽くしていた。台所で働く柴田さんは、落ち着かない様子だった。

「ゆうべ、また妙なことがあったんですって？」

そう、あたしに不安そうに訊《き》いた。

二階の礼美ちゃんの部屋では、綾子がカリカリしながら祈禱の準備をしていた。白木の小さな祭壇を用意し、周囲に注連縄《しめなわ》を巡らせ、本人も巫女装束に着替えているけど、メイクだけはあいかわらず濃かった。

手伝え、と言う綾子を無視して、気温測定を続行。お互いさまってもんだ。あたしにだって仕事があるし、トロトロしてると所長に叱られるしー。ようやく全ての部屋を巡り終えてベースに戻ると、綾子のお祓《はら》いが始まったところだった。

「気温の低い場所はないですー」

言って、ナルにクリップボードを渡す。ナルの視線の先、一廻り大きい主モニターの画面の中には、礼美ちゃんの部屋と祭壇の前に立つ綾子の姿が映っている。その後ろには神妙な顔をした香奈さん、尾上さん、典子さん、礼美ちゃん、柴田さん。

スピーカーからは単調な祝詞《のりと》が流れていた。

『つつしんでかんじょうたてまつる、みやしろなきこのところに、こうりんちんざしたまいて……』

機械の前には、起きてきたのだろう、リンさんが戻っている。居場所を追われたぼーさんが、ソファに横になって暇そうに画面を眺めていた。

「効果、あるのかな」

画面を見ながら誰にともなく言うと、さあね、とぼーさんが答えた。

「あいつ、偉そうなだけで役に立たねえからなあ」

……あんたがそれを言うか。

呆《あき》れた気分でぼーさんを見て、それからナルに声をかける。

「あのさ……」

バンで見たもののことを報告せねばなるまい。そう思ったときに、ドアをノックする音がした。

誰だろう。ここで返事をしてドアを開けるのはあたしの役目なんだろうな。思いつつ、ドアを開けると、ついさっき見たお爺さんが立っていた。

お爺さんは睨《にら》みつけるように無言であたしを見る。

「ええと、……失礼ですが？」

お爺さんは「曾根だが」と答えた。いかにもぶっきらぼうで、どこか怒ってさえいるような口ぶりだった。すると、この人が家のメンテナンスをしているというお爺さんか。確かに取っつきにくそうな感じ。

「──今朝、奥さんに来るよう言われたんだが」

曾根さんはそう言ったから、たぶんナルが呼んでもらったのだろう。中に促すと、険しい表情のまま入ってくる。ぼーさんが慌てたように身を起こした。

ナルは曾根さんにソファを勧める。曾根さんはそれを無視して、その場に突っ立ったまま動かない。ナルは動ずることなく簡単に自己紹介をして、再度、曾根さんに坐るよう勧めた。

「香奈さんにお願いして呼んでいただいたのは僕です。曾根さんにお訊きしたいことがあったので」

曾根さんは無言で頷《うなず》き、そして不審なものを見るような眼で様変わりした書斎の中を眺め渡し、次いでモニターの中の祈禱風景に眼を留めた。

「曾根さんは、この家の世話をなさって長いとか」

これにも無言で頷くだけ。怪訝《けげん》そうにモニターを見据えたままだ。

「以前の持ち主――十和田さんや、それ以前の方から、この家で不審な物音を聞いたとか、妙なことが起こるという話を耳にされたことはありませんか」

「いいや」と、今度は答えて、曾根さんはモニターを示した。「あれはなんだい」

「森下さんから、家が可怪《おか》しいと訴えがあったので」

「家が、可怪しい？」曾根さんは繰り返して、納得したように顎《あご》を引いた。「尾上くんが妙なことを訊いてきたのはそういうわけかい」

「でしょう。――曾根さんは、この家で何か異常なことを眼にした、経験したというようなことがありますか？」

いいや、と曾根さんは短く答える。

「では、以前この家で事件や事故があったという話を聞いたことは？」

曾根さんは少しの間、無言でナルを見てから、

「いいや、特にないね。――あれはお祓いかい？　お祓いを頼むほど、この家の人たちは困っていなさるのかい」

「そのようです」

「何が起こってるんだ？」

「異常な音がする、勝手に物が動くという訴えをなさっています」

「それだけ？」

ナルは頷いた。

「それだけですが、頻度も規模も気のせいや思い過ごしの範囲を超えているので」

……これはずいぶん、控えめな言い方だ。少なくとも、昨夜のあれは、「勝手に物が動く」と表現するには無理があると思う。

「以前の住人から、同様の訴えを聞いたことはありませんか？」

「ないな」

「十和田さんの前にお住まいだったのは、どういった方たちでしたか？」

「どうって。――普通の人たちだよ」

曾根さんの態度には愛想も何もないが、うちの所長も負けていない。

「もう少し具体的に」

ぴしゃりと言うから、たいがい不遜《ふそん》だ。曾根さんはそんなナルをまじまじと見て、何に対してか小さく頷いた。

「十和田さんの前に住んでいたのは、大沼《おおぬま》という一家だ。街中《まちなか》で歯科医院をやっていた。旦那《だんな》さんが倒れてから閉めたがね。子供は医者にならなかったし、跡を継ぐ者がいなかったから」

「家族は何人です？」

「旦那さんと奥さん、息子さんと娘さんだ。詳しいことを聞かれても分からない。家内の事情については、詮索《せんさく》しないことにしているからね」

「大沼さんはもともとこの家にお住まいだったんですか」

「いや。越してきたんだよ。三十年近く前だったかね」

「曾根さんはその当時からここに出入りを?」

いや、と曾根さんは何かを思い出そうとするように首を傾げた。

「たぶん——大沼さんが越してきてから、二、三年経《た》ってからじゃなかったかね。もともとは俺の親方が出入りしてたんだが、親方が歳で引退したからね。それで独立していた俺にお鉢が廻ってきたんだ」

「大沼さん一家は、ここで恙《つつが》なく?」

「だと思うよ。気のいい人たちだったね。旦那は腕のいい歯医者で、親切なので有名だった。俺もずいぶん世話になったな。奥さんも気取りのないさばけた人でね。子供たちも快活なしっかり者で、申し分のない一家だったよ」

「しかし、ここを出て行った——」

曾根さんは頭《かぶり》を振った。

「べつに妙なことがあって逃げ出したわけじゃないと思うがね。旦那さんが癌《がん》で亡くなって、奥さんは息子さん一家と同居することになったんだよ。娘さんは関西のほうに嫁入りなすっていたからね。年寄り一人にはこの家は広すぎるし、車がなければ生活にも不便だ。奥さんは免許を持っていないし、だから家を処分して息子さんのところに行くことにしたんだよ。息子さんは東京で有名な企業に勤めているって話だったかな。旦那さんが倒れたときには、通勤に便利な場所に家を構えたところだったし、ここからじゃあ会社に通えないからね」

言って、曾根さんは微苦笑を浮かべた。

「奥さんは無念そうだったがね。気に入って越してきた家だし、旦那さんも奥さんもここが好きだったんだよ。思い出だって多い。前の――十和田さんが壊しちまったが、大沼さんがいるときには池に向かって桟橋があってね。旦那さんはよくボートを出して釣りをしてたよ。ときには奥さんを乗っけて池を一周することもあったようだ。仲のいい夫婦でね。そんなだから引っ越すのは辛《つら》かったんだろう。なんとか家を残す方法はないか、ずいぶん思案していなさったが、どうにもならなかったようだね」

……なるほど。じゃあ、本当に大沼さんも逃げ出したわけではないんだ。

ナルは頷き、

「大沼さんの前に、どういう方がお住まいだったか御存じですか」

「その前は貸家だな。家主までは知らないが」

「この家がいつ頃建ったもので、建てたのが誰だか御存じですか」

「詳しいことは聞いてないな。だが、俺が物心ついた頃にはもうあったよ」

……そんなに前なんだ……。

「曾根さんはこのあたりの生まれですか？」

「そうだよ。俺が子供の頃には、立花《たちばな》という家族が住んでたな。子供の中に同級生がいてね。確認したことはないが、ひょっとしたら、あの一家が建てたのかもしれないな」

「この家について、良くない噂を耳にされたことはありませんか」

曾根さんは怒ったように口許《くちもと》を歪《ゆが》めた。

「気になるなら俺なんかより、近所の住人に訊いてみたらどうだい。噂なんてない、とみんな言うだろうよ」

「そのようですね」ナルは言ってから、「妙な出来事が起こる理由に、何か心当たりはありませんか」

いいや、と曾根さんはきっぱり首を横に振った。

「ないね。——どうしてなのか、さっぱり分からない」

ナルは少しの間、曾根さんの顔を見て、そして頷いた。

「わざわざ来ていただいて、ありがとうございました。場合によってはまたお話を伺うことがあるかもしれません」

無言で頷いて、曾根さんは立ち上がる。部屋を出て行こうとしたところで、

「あのう……」あたしは、おそるおそる声をかけた。「さっき、表にいらっしゃいましたよね……？」

曾根さんは無言であたしを振り返った。ナルたちも怪訝そうにあたしを見る。

「道から中を見てらっしゃったでしょう？」

ちょっと穏便な表現にしてみる。曾根さんは頷いた。

「奥さんに呼ばれたからね。来てみたら見慣れない車が停まっていた。客があるなら呼ばれるはずがないから、何事だろうと思っただけだよ」

「でも、敷地には入らずに、坂の上のほうに歩いて行かれました」

曾根さんは、苦笑を浮かべた。

「上のほうに裏門があるんだよ。俺は客じゃないから表門は使わない。裏口や道具小屋にはあっちのほうが近いしな。ちょうど藪《やぶ》を透かしたかったんで、小屋に寄って、一働きしてからここに来たんだ」

そうですか、と言って、あたしは頭を下げた。曾根さんは頷いて、去っていった。

「……麻衣？」

ナルが問うようにあたしを見る。

「うん。ちょうど言おうとしたとき、曾根さんが来たから。曾根さん、生け垣に隠れて中を覗いてたの。なんだか——礼美ちゃんを見ているみたいだった」

2

「どうも得体の知れない話ねえ……」

祈禱を終えた綾子は、さっさと派手こい私服に着替えて、ソファにふんぞり返っていた。

「自分が出入りしてる家なんだから、物陰から覗く必要なんてないじゃない」

「だよねえ？」

「でも、それとポルターガイストは無関係でしょ。ポルターガイストのほうはあたしが祓ったし、もう問題ないわよ」

綾子は晴れやかに断言した。

どうしてこう、根拠もなく自信満々なのかなあ。祈禱が終わって香奈さんに、「今夜からはゆっくり眠れますわ」なんてことを宣《のたま》っていたけど、恥をかく結果にならなきゃいいけどね。

「本当に祓えてるのかねえ？」

はっきり笑い含みに言ったのは、ぼーさんだ。綾子はむっとして、

「どういう意味よ」

「だって、お前さんは地霊を祓ったわけだろ？　けど、以前に住んでた十和田家でも、その前に住んでた大沼家でも、妙なことは何もなかった。てことは、これは家や土地に憑《つ》いた現象じゃないって話なんじゃないか？」

……ということになるよな。十和田さんも大沼さんも、この家を気に入っていたし、不本意ながら転居することになって家を離れることを残念がってた。つまり、欠片《かけら》も家に異常なんか感じてなかった、ということだ。

だろ、とぼーさんはナルに同意を求める。ナルは浮かない顔で頷いた。

「そういうことになるだろうな。『幽霊屋敷』は特定の場所に長く同一の幽霊現象が発現する現象だ。家、または土地に問題があった場合、森下家以上に長い期間、同じ場所で過ごしていた家族に何の異常事もなかったということは考えにくい」

　あら、と綾子は口を尖《とが》らせる。

「それは才能の問題なんじゃないの？」

　あたしが首を傾げると、

「霊感のあるなしの問題ってこと。つまりは十和田家も大沼家も鈍かったってことなんじゃない？　でなきゃ、そもそも頭っから心霊現象なんて信じてなかったか。だから妙なことが起こっても、ぜんぜん気にしてなかった。どうせこの家で起こってる現象なんて、気にしなきゃ無視してられる程度のものだもの」

「ゆうべのあれが、無視できる程度？」

　あたしが言うと、綾子は嫌そうに顔をしかめる。

「あれは……」

「何をもって霊感と言うかによるだろう」ナルは鬱陶《うっとう》しそうに言った。「確かに、霊姿の目撃などは相手を選ぶ傾向があるが、ポルターガイストの場合は対象者を選ばないし、今現在も対象者を選んでいる様子がない。ここが幽霊屋敷なら過去にも大なり小なり異常事が目撃されていて当然だろう。それがない、ということは、土地や建物のせいではないんだろう。森下家の証言によれば、異常が起こり始めたのは引っ越して以後だ。だったら、森下家がここにそれを持ち込んだんだ」

綾子は鼻で笑った。

「それこそ妙な話じゃない。森下家に原因があるんなら、ここに引っ越してきてから、っていうのが分からない。前の家でも同じようなことが起こっていて当然でしょ？」

「RSPKなんじゃねえの？」

ぼーさんが口を挟んだ。綾子はぼーさんをねめつける。

「だから、だったら前の家でも……」

「引っ越してから、ストレスが増えたのかもしれないだろ。環境が変わった、家の雰囲気に呑まれた、あるいは、兄ちゃんがいなくなって女ばかりになった。それがきっかけになってポルターガイストが発動した」

ぼーさんはナルを見る。ナルは釈然としない様子だ。

「そう考えるにしても難しい。そもそも異常事のほとんどは無害で些細《ささい》だったんだ。昨夜のポルターガイストは規模こそ大きかったが、積極的な被害は起こっていないし、昨夜もこれまでも被害が集中するフォーカス——焦点人物もいない。第一、エイジェントに該当する人物がいない。礼美ちゃんは幼すぎるし、典子さん香奈さんは大人すぎる。以前同居していた柴田さんは家を出てしまっているし、彼女が出てからも異常事は続いている」

「男性陣は？」

「仁さん、尾上さん、それに曾根さん。全員が現在、家に住んではいないし、年齢的にも高すぎる。RSPKの常識から言えばあり得ない。もしもこの中に犯人がいたら、極めて珍しい事例と言えるだろうな」

ふうむ、とぼーさんは呻《うな》る。綾子は手を叩いた。

「そうだ。あれはやってみないの？　暗示にかけるやつ」

なるほど。——以前にもやったことがある、暗示実験とかいうやつ。RSPKの場合、関係者に暗示をかけると、その通りのことが起きるんですと。

けども、ナルはこれに対しても消極的だった。

「ポルターガイストがRSPKである可能性は半分程度だ。ぼーさんお得意の地縛霊とやらの可能性もあるし、松崎さんお気に入りの地霊とやらの可能性もある。霊的な現象の場合、住人に暗示をかけようとすると、霊がその現象を起こしてしまうことがある」

「へーえ」

「暗示実験を行なって、結果、何も起こらなければRSPKの可能性は除外できる。だが、暗示通りの結果になれば何も証明されない。少なくとも霊的な現象ではないという傍証ぐらいは得られないと実験をする意味がない」

あらそう、と綾子は気抜けした声を上げた。

「ただ——松崎さんの言うことにも一理ある」

ナルが言って、綾子は顔色を輝かせた。

「あたし?」

「森下家が持ち込んだものなら、以前の家でも同様の現象が起こっているのが自然なんだ。ひょっとしたら、引っ越しの前後に何か原因になるようなことがあったのかもしれない」

あ、そうか。

「その頃に何か特別なことがなかったか——家族に尋ねてみるべきだろう。それぞれ依頼者に訊いてみてくれ」

3

ナルの指示で、ぼーさんも綾子も依頼者のもとに散っていった。やっと仕事ができて良かったねえ。

なんてことを思いつつ、あたしは典子さんを捜す。所長に聞き取りをせよと命じられたのだが、はて、典子さんが依頼してきたのはナルに対してだったのでは?

お昼の準備をしている典子さんをキッチンで捕まえ、あたしは外のテラスに引っ張っていく。裏手側の庭——池のほう——には、家に沿って広い石張りのテラスが広がっている。

「引っ越しの前後に何か、ですか?」

　典子さんはきょとんと首を傾げた。

「どんなことでもいいんですけど。たとえば、誰かが亡くなったとか」

　いいえ、と典子さんは首を振った。

「べつに何も……」

「些細だけど気になるような、ちょっと妙なことがあったとか？」

「なかったと思うわ」

　典子さんは、困ったように微笑《ほほえ》んだ。

「急に引っ越すことになって、大慌てで準備して。眼が廻るほど忙しかったけど、特にトラブルもなかったし。私も義姉《あね》も、引っ越すことは嬉しかったのよ。義姉は十和田さんを訪ねてここに来たことがあって、場所も家も気に入っていたし、私もマンションの生活って苦手だったから」

「礼美ちゃんは？」

　典子さんは、ああ、と呟《つぶや》いた。

「礼美は複雑だったみたい。やっぱり引っ越して転校するのが嫌みたいだったから。でも、一度下見に来てからは、家がお城みたいだって。だから引っ越すのを楽しみにしているふうでもあったのよ。お友達と別れるのは寂しいけど、新しい家は楽しみ——そういう感じかしら」

「最初は、柴田さんもここに住んでいたんですよね？」

「ええ、そう。一番複雑な感じだったのは、柴田さんだったかしら。不便そうだ、って渋い顔だったけど、嫌だという様子ではなかったわ。柴田さんの場合は仕事だから、嫌も何もなかったのかもしれないけど」

だよなあ。

「じゃあ……引っ越したあとにも、特に何も？」

ええ、と言ってから、典子さんはふっと眉根を寄せた。

「……何か？」

「ううん」と、典子さんは首を振る。「何もなかったと言うべきか、あったと言うべきか悩ましいな、と思って。引っ越して来るなり、物が消えたり、そういう些細なことがいっぱいあったから」

「あ、そうか。そうですよね」

「……引っ越し直後のいろいろは、ひょっとしたら気のせいなのかもしれないし。それ以後も何も……」

言いかけて、典子さんは言葉を途切れさせた。言葉を探すように、しばらく広い庭に視線をさまよわせていたけど、すぐに頭を振る。

「特に妙な出来事の原因になりそうなことはなかったと思うわ」

「そもそも、何かなかったか——なんて、雲を摑《つか》むような話ですもんねえ」

そうね、と典子さんは微笑んだけど、その笑みが何かに遮《さえぎ》られたように消える。何か、とても気にかかることでもあるふうだ。さっきから何度もそれを言おうとするのだけど、言えないでいる感じ。

「……あの。何かあったんですか？」

言ってから、あたしは自分の問いが果てしなく間抜けなものであることに気づいた。

「いや、あったから、あたしたち、こうしてここに呼ばれてるわけですけど。——何か、他にも？」

典子さんは黙って庭のほうを見たままだ。

「困ったこととか、気になることとかあったら、言ってください。今でなくても、思い出したり、気が向いたときでいいですから」

典子さんはあたしを振り返り、ふっと息を吐いた。そうしてまた、庭に眼を戻す。

「……冬の間、礼美の腕が傷だらけだったの。小さな痣《あざ》や引っ掻き傷で」

「ああ、子供の頃ってそういう」

「違うの」典子さんは低いけれども厳しい口調で遮った。「そんなんじゃないの。二の腕や腕の内側や。足のこともあったわ。それも腿《もも》なの。スカートで隠れて見えなくなるところよ。それも内側の、お風呂に入っても見えにくいところ。遊んでいて怪我をしたんだったら、そんなふうに、見えない場所にだけ集中することってあるかしら？……あるのかもしれない。気にするほどのことじゃないのかも。どれも小さな傷だわ。ちょっとした痣や、引っ掻き傷や……爪の痕」

あたしは息を呑んだ。典子さんは大変なことを口にしようとしている。

「はっきりと爪の痕があったの。そこが痣になってるの、抓《つね》ったみたいに。全部、隠れるところなのよ。暖かくなって袖が短くなると、とたんに腕に怪我をしなくなった。……本当に怪我をしなくなったのかしら？　それとも」

典子さんは言いかけて、言葉を途切れさせた。代わりに長く震える息を吐く。

「私、怖いの……」

典子さんは本当に怯《おび》えたように言って、あたしに向き直った。胸の前で握り合わせた手が微《かす》かに震えている。

「確かめたいけど、礼美は一緒にお風呂に入るのを嫌がるようになって。ねえ、麻衣ちゃん、どう思う？」

あたしに答えられるはずなんか、なかった。

4

何か重いものを呑み込んだ気分でベースに戻ると、ぼーさんも綾子ももう戻ってきていた。

「それはもう丁寧に訊いてみてあげたけど、特に思い当たることはないそうよ」

綾子はナルに恩着せがましく報告している。

……ほんと、態度がでかいんだもんな。

思いながらドアを閉めてソファに坐り込む。綾子が細々と説明しているのを、聞くともなしに聞いていた。香奈さんも、知り合いが死んだとか、不幸な事故があったとか、そういう不吉なことは一切ない。引っ越しまではまったく異常もなかった。気になるような事件もないし、引っかかる出来事もない、とか。

「どっかで妙なもんでも見たか？」

唐突に言われてぎょっと振り返ると、ぼーさんが興味深そうな顔をしていた。

「びびった顔してんぜ」

「べーつに。——それより、ぼーさんはどうだったの？　柴田さんは？」

「心当たりは何もないとさ」

……そっか。

「やっぱり、引っ越し以後なんじゃない。だったら家よ。家か土地。でしょ？」

綾子は勝ち誇ったように言った。

「それでは辻褄《つじつま》が合わないんだが……」

ナルは考え込む。家や土地に問題があるなら、以前の住人だって何かを目撃していて当然。だったら異常は森下家が持ち込んだとしか考えられない。でも、だとしたら、以前の家でだって、多少なりとも異常なことは起こっていて当然で。とどのつまりは平仄《ひょうそく》が合わない。

……原因は森下家。

「……あのさあ？　子供が怪我をするとするじゃない？　やたらと小さい怪我をして痣を作るのってどういう場合かな」

あたしが誰にともなく訊くと、ナルは興味もなさそうに呟く。

「粗忽者《そこつ》なんだろう」

……そう言うと思ったけどさ。

「じゃあ、その怪我が冬の間は腕にあって、夏になると腕から消えるのは？」

ナルがぴくりと肩を揺らして、怪訝そうにあたしを振り返った。

「何の話だ？」

「ええと……それってどういうことかなあ、と」

ナルは眉をひそめた。

「長袖の間は腕に怪我をする。半袖になるとしなくなる。――そういうことか？」

「うん……まあ……」

綾子も嫌がるように顔をしかめた。

「何なの、その薄気味の悪い謎々は」

珍しくもリンさんまでが手を止めて、怪訝そうにあたしを見ている。ナルは険しい表情だった。

「本来なら真っ先に怪我をしそうなのは露出した部分だ。それが逆転することは、日常生活の中ではあり得ない。誰かが故意に見えない場所に傷を負わせない限りは」

ぼーさんもまた険しい表情で身を乗り出した。

「まさか……虐待？　あの子か？　礼美ちゃんとかいう」

「うん……」

「痣を見たのか？」

「ううん。典子さんがそう言って心配してたの」

なるほど、とナルは呟く。

「典子さんが何か言いたげにしていたのは、それか」

「それ──って」

「大層すぎると思ったんだ」

……ほえ？

「ここで起こっている現象自体は、どれも些細で無害だ。いくら頻繁だとはいえ、大の大人がそれぞれに霊能者を探すという状況は変わっている。ましてや、過去に何かあったというわけでもないのに」

「そだなあ」ぼーさんも頷いた。「それは俺も引っかかったんだよな。ここに良識ある大人が三人いるわけだろ。秘書を入れれば四人だ。異音に物体の移動、確かに気にはなるだろうさ。これで、この家で以前非業の死を遂げた人間がいるってんなら、話は分かる。些細な異常と不幸な出来事を結びつけて、祟《たた》りだ呪《のろ》いだと言いたくなるタイプの人間ってのはいるもんだし、ま、俺たちもお陰で飯が食えるわけだが」

……あのね……。

「ただ、べつに不幸な出来事があったってわけじゃないんだろ？　いくら妙だという気がしても、霊能者を探すほど気に病むもんかね？」

だよな。むしろ、可怪しいなあと思いつつ、つい忘れちゃいそうな気がする。

「たとえ気に病んだとしても、だ。良識を疑われそうで口にできないのが普通じゃないかね。笑われそうで言えないし、それ以前に認められない」

「香奈さんもそう言ってたじゃない」

「言ってたけどな。それが、いよいよ無視できなくなって可怪しいと誰かが言い出す。拝み屋を呼ぼうという話になる——そこまでなら分かるんだ。ところが、互いに可怪しいって言い出してさ、てんでに拝み屋を探すわけだろ。単にバッティングしただけなら二組を断りそうなもんなのに、わざわざ全員を一堂に集める」

うん。確かに三組とも一緒くたに招くってのは変わってるよなあ。

ナルも頷いた。

「明らかな危険はないし、差し迫った不安を感じているわけではない、と言う。にもかかわらず、ぜひとも調査をしてほしい、と言う。怖くて堪《たま》らないというより、とにかく他人を家の中に入れたがっている感じだった」

「……香奈さんは陰謀説よ」

綾子がぶすっと言った。あたしたちは振り返る。

「陰謀説って？」

「夫の妹と義理の娘が共謀して、気に入らない後妻を追い出そうとしている」

あたしは、ぱちくりした。

「香奈さんが？　そう言ってるの？」

「はっきりそう口にしたわけじゃないわ。ただ、そういうニュアンスだったの。異常だって言いながら、どうしても悪戯《いたずら》の可能性を忘れられない感じ。悪戯とは思えないし、って台詞《せりふ》を何度も何度も口にするのよ。だから逆に、これは悪戯を疑ってるんだな、って思ったわ。それも質《たち》の悪い悪戯で、このまま放置しとくと自分の身に危害が及ぶんじゃないかと怯えてる。——いや、質の悪い悪戯をするような悪意を恐れてる、って感じ」

ナルは頷いてぼーさんを見た。

「柴田さんは」

ぼーさんは両手を挙げた。

「本当は守秘義務の範疇《はんちゅう》だと思うんだがなあ。……ま、いいか」

言って、ぼーさんは声を低めた。

「おばちゃんは全てを疑ってる。何かあったに違いないってのも本音だ。その一方で、典子さんと礼美ちゃんの共謀も疑ってるよ。二人が香奈さんに対する嫌がらせで何かをしてるんじゃないか、って可能性。同時にその逆も疑ってる」

「香奈さんによる嫌がらせ？」

「そう。——彼女が本当に怖がってるのはそれらしい。つまり、人間関係が拗《こじ》れて、このままだと家の中で、本当に不幸な事件が起こるんじゃないか、という」

「虐待の話は」

「出なかったな。でも、何か言いにくいことを隠しているふうではあった。けども、おばちゃんがもっと気にしていたのは、ここに住んでいない約一名だ」

ナルが怪訝そうに訊いた。

「……森下仁？」

「いや。曾根の爺さん。爺さん、ふらっとやってきては、礼美ちゃんをひたすら見てるんだとさ。物陰から、じーっと観察してる」

あ、とあたしは呟いた。今朝も——。

綾子の言葉は、たぶん全員の気分を代弁していたと思う。

「……なんなの、この家……」

5

改めて昼食の前後、ぼーさんは柴田さんのところへ、綾子は香奈さんのところへ、そしてあたしは典子さんのところへ行って、詳しい事情を聞いた。特に家の中の人間関係について。

午後、全員が集めた情報を突き合わせると家の中の様子が知れた。

全員が異常現象に怯えている——これは確かだ。特に柴田さんは圧倒的に幽霊だとか祟りだとか、そういうのを疑っている。けれどもこれは、半ばそうであってほしい、という思いもあってのことのようだ。他の人は全員が半信半疑だ。妙なことが起こっているのは間違いないと思うし、気味悪くも感じているけど、ここで誰か専門家が来て「なんでもない、気のせいだ」と確約されれば納得できなくもない（少なくとも、昨夜のあれが起こるまでは、納得できるつもりだった）。ただ、それ以上に家の中の空気がどこかしら不穏で気味が悪い。「悪意が充満している気がする」と訴えたのは香奈さんだ。誰かは分からないが、何者かの悪意が家の中に漂っていて、それが妙な現象になって現れている、という感じを柴田さんも香奈さんも典子さんも抱いている。

始まりは引っ越してから——これも意見の一致するところだ。

「それまでは普通だった」とおぼちゃんは言うんだよな」ぼーさんは言う。「引っ越す前には人間関係もべつだん可怪しくはなかった。もちろん、香奈さんと典子さんの間は微妙だったんだろうが、双方ともそれを表に出したりはしなかったし、表面上は上手《うま》くやっていた。それが引っ越してから、何かが嚙《か》み合わなくなったんだとさ。まあ、妙なことがあれば気になるだろうし、気になれば当然のことながら気分も尖《とが》る。すると人間関係はぎくしゃくするだろうが」

あたしは頷いた。気を遣うことはあった――と、典子さんは正直に言ってくれた。家の中に他人が入ってきたわけだから、こちらも気を遣うし、相手だって気を遣うだろう。特に典子さんは、おっとりしたタイプだし、逆に香奈さんはちゃきちゃきしたタイプだ。どうしたって噛み合わないところは出てくるが、べつにそれを不快に思ったことはなかったらしい。ただ、お兄さんの再婚を機に独立しようかと思ったとは言っていた。互いに気を遣うことが分かりきっていたからだ。けれども、典子さんはお兄さんが離婚して以来、礼美ちゃんの親代わりで森下家の主婦だった。高校生の頃から家のことを一切、切り盛りしてきた。それ以外のことができるのか不安で躊躇《ちゅうちょ》しているうちに機を逃したわけだけど、実際にお兄さんが再婚してみると香奈さんはお店を持っていて忙しいから、結局典子さんが家の切り盛りをする。なので実を言えば安心したのだ、と言っていた。

逆に香奈さんは、あまり互いに気を遣ってどうこう、ということを気にするタイプではないようだ、と綾子は言った。

最初はお互いに気詰まりで当たり前、そんなのは時間が経《た》てばどうにでもなるもんだ、と楽観的に構えていたらしい。典子さんが同居することについては、再婚するにあたって、当然そうなるだろうと思っていたから特に居心地悪く感じたことはないようだ。むしろ礼美ちゃんの母親になるわけで、こちらのほうが上手くいくか心配だったが、意外に礼美ちゃんは香奈さんによく懐いた。典子さんがいてくれるおかげで、結婚前のように仕事だってできるし、不満もなければ不安を感じたこともない、と言う。もちろん、引っ越すまでは、と但し書きが付くわけだけど。

「旦那さん――仁さんが海外に行ってしまったから、ぎくしゃくし始めたんじゃないのか訊いてみたけど、それは関係ないと言ってたわ。仁さんが出掛けることになったとき、もうすでに嫌な感じはしてたんだって。やっぱりこの家に越してきてから。それはどうやら動かないみたい」

綾子にあたしは同意した。

「お兄さんがいなくなったことで、クッションが取れた感じはする、って典子さん言ってたけどね」

ああ、と綾子は訳知り顔に頷く。

「典子さんと香奈さんの間の緩衝材が失くなったんだものね」

「そっちじゃないの。――典子さんによると、お兄さんって、大雑把《おおざっぱ》と言うか太っ腹と言うか、ま……ちょっと図太いと言うか。あまり細かいことを気にしないタイプらしいのね。妙なことが起こっても、気のせいだろって笑っておしまい。自分の身の上に起こっても、勘違いしたって笑いの種にするのが関の山。だもんで、お兄さんがいる間は、みんなお兄さんに引きずられて、なーんとなく納得しちゃってたみたいなんだよね」

「あ、なるほど。そういう意味」

ところがそのお兄さんがいなくなって、そうしたら笑い飛ばしてくれる人がいなくなった。すると細かいことが伸《の》しかかるように気に障る。家の中の空気は、妙にぎくしゃくし始めた。典子さんが礼美ちゃんの痣について、怖い想像をするようになったのも、このあたりからだ。

「それまでも、妙な痣があることには気がついていたけど、ごく普通に怪我をしたんだろうと思ってたって。——柴田さんは何か言ってた？」

ぼーさんは頷く。

「やっぱり虐待を疑ってはいたみたいだな。もっとも痣には気づいてないみたいだったけどさ。とにかくあの子の様子が可怪しくて、そっちのほうが気になってたようだ。もともと天真爛漫《てんしんらんまん》な子が、ものすごく暗くなったってえ話だったぜ。どうしたのか訊いても言わない。しかもそれが、言ったら酷《ひど》いことをされる、という口の噤《つぐ》み方だと言うんだ。ただし、犯人が誰かは確信が持てないらしい。疑わしいのは香奈さんだが、おばちゃんが観察したところ、どうもそうとは思えない。だとしたら考えにくいが、典子さんか……」

「まさか」

あたしが思わず言うと、ぼーさんは肩を竦《すく》める。

「おばちゃんの意見だからな。もともと礼美ちゃんは香奈さんに懐いていたらしいんだよ、再婚した当初。綺麗《きれい》なお母さんができたのが嬉しくて、何かというとついて廻って真似《まね》をしたがったんだとさ。だからむしろ面白くないのは典子さんのほうで、典子さんが姪《めい》を脅して妙な悪戯をさせているんじゃないか、と」

「典子さんは礼美ちゃんを本当に心配してたもん」

「だから、おばちゃんも考えにくいと言ってたさ。自分が親代わりみたいにして育てた姪だから、ものすごく可愛がってるらしいからな。どっちも疑わしいが、どうも信じがたい。だからこそ、幽霊とか祟りとか、そういう方面なんじゃないか——そういう感じ」

「ふうん……」

「香奈さんは礼美ちゃんについて、扱いにくくなった、って言ってたわ」綾子は溜息をついた。「最初は懐いてくれてるふうだったのに、どっかの時点から上手くいかなくなった。反抗的になったと感じることもあったみたい。これも、気がついたらそうだった、という感じのようね。始まりがあるとすれば引っ越したあたりから」

言って、綾子は気まずそうにあたしを見た。

「あんたは嫌がるだろうけど、時々、典子さんが何かを吹き込んだのかな、と思うことがあるって言ってた」

「嫌がってもしょうがないけど……じゃあ、やっぱり香奈さんは典子さんが何かをしてる可能性を疑ってるんだ」

「みたいね。ただ、引っ越しまでは典子さんとも決して上手くいってなかったわけじゃない。引っ越してからぎくしゃくするようになって、だから香奈さん的には、引っ越してから典子さんの人柄が変わった、って印象を抱いてるようよ」

ぼーさんが大仰な溜息をついた。

「なーんか、ややこしい家だなあ」

言ってから、ナルを見る。

「んで？　秘書と爺さんは」

尾上秘書は昼食のあと、帰っていった。その前にナルが聞き取りをしたけれども、あまり人間関係について深く考えてはいなかったらしい。彼も多分に仁さんのように大雑把なところがあるんだろう。ぎくしゃくしている感じだけはさすがに気づいていたけど、後妻と妹だからいろいろあるんだろう、女ばかりの家は大変だな、と暢気《のんき》に受け止めていたらしい。

「爺さんは？」

これにはリンさんが答えた。

「曾根さんは自宅に戻っていません。隣人によれば、今朝、出掛けるのを見かけたきりだそうです。もう仕事は引退していますが、古い得意先に呼ばれて手を貸しに行くこともあるので、だとすれば、戻りは夕方以降になるだろうということでした。曾根さん自身については、無口で人付き合いも良くないけれど、特に挙動に不審なところはない、真っ当な人物だという評価です」

「真っ当、ねえ」

お爺さんが礼美ちゃんをこっそり観察している、これは家族の中では柴田さんだけが主張していることのようだ。

なんだか本当にややこしいな。こんなに贅沢《ぜいたく》で綺麗な家なのに、とっても居心地が悪そうな感じ。妙なことが起こり始めたのも、妙な空気が漂い始めたのも引っ越してから、これはどうやら確実らしいのだけど。

「やっぱ、RSPKって線なんじゃないのかね」ぼーさんは考え込むようにしながら言った。「どう考えてもストレスは多そうだろ。確かに、典子さんにしても香奈さんにしても、思春期と呼ぶには歳を取りすぎてるし、柴田のおばちゃんに至ってはもはや更年期だ。逆に礼美ちゃんは思春期に達してない。だけど、霊感の強い女性って線もあるわけだろ。潜在的な能力者？　それが強いストレスでやらかす」

そうよね、と綾子も頷いた。

「人間関係が複雑すぎ。お互いに疑心暗鬼になってる状態だもの。――特に典子さんと香奈さん」

「お互いに気を許すこともできないわけで、すげえストレスだと思うけどな」

ぼーさんは言ったけど、ナルは納得できないふうだ。

「それでは因果関係が逆だろう。彼女たちのストレスは、大部分がこの家で起こる異常事に由来している」

そっか。――あたしは納得したけど、綾子は、

「もともとストレスがあったのかもしれないじゃない。本人たちは、引っ越す前は問題なかったって言うけど、そう思おうとしていただけかもよ？　本人も意識してないところでいろんなことが溜まってた。それが原因で、引っ越してからちょっとしたポルターガイストが起こって、それがさらにストレスを作って、悪化した」

ぼーさんは面白そうに綾子を見る。

「ポルターガイストは地霊の仕業で、そいつはお前さんが祓ったんじゃないのか？」

綾子は膨れっ面をした。

「もちろん、そうよ。……でも、たとえポルターガイストとは無関係だとしても、虐待があるんだったら放っておけないじゃない」

心外そうに言って、真剣に考え込んでいる。

「本人に訊いても、きっと答えないいんだろうなあ。子供って、よほどのことがないと、虐待の事実を訴えないっていうし……。ましてや香奈さんに訊いて肯定するとも思えないし。虐待がなければ当然、否定するし、本当にあってもやっぱり否定するわよね。確証さえあれば児童相談所なりに話の持って行きようもあるんでしょうけど、どうやって確認すればいいのかしら……」

独りごちるように言って、全員を見廻した。

「無理にも病院に連れていって診断を仰ぐ、とか？」

ぼーさんは呻る。

「赤の他人の俺たちが勝手に連れて行くわけにはいかんだろ。典子さんなら同意してくれるかもしれんが、なんせ話がデリケートだからなあ。俺たち素人が迂闊《うかつ》に手出ししていいもんかどうか」

「……よねえ。本当は専門家に任せるべきなのよね……」

「まあ、部外者の俺たちがいる間は、手出ししないと思うけどさ」

それね、と綾子は頷いた。

「礼美ちゃんか香奈さんか、できるだけ貼りついて眼を離さないことね。そうしながら様子を見てれば、もう少し事態がはっきりするかもしれないし」

言ってから、あたしを見る。

「麻衣、あんたは礼美ちゃんに貼りついてなさいよ。どうせ雑用っきゃ、することないんだから」

最後は余計だ。そりゃ、しがない雑用係だけどさ。

「うちは所長が厳しいもんで」

「そこに無愛想な助手がいるでしょ。彼にしてもナルにしても、そばに貼りついたら礼美ちゃんが怯えちゃうわよ」

まあ、確かに。

「一緒に遊んでればいいじゃない。あたしは香奈さんに貼りついてる」

……性格に綻《ほころ》びはあるけど、根はいい奴なんだよな、綾子って。

6

幸い、所長は綾子の主張に対して異論を唱えなかったので、あたしはベースを出て二階へと向かった。礼美ちゃんの部屋に行って、ドアをノックしてみる。はい、と声がした。典子さんの声だ。ドアが開いて、

「あら――麻衣ちゃん」

典子さんは少し複雑そうに笑ったけど、どこか肩の荷が降りたふうでもある。気になっていたことを吐き出して、少し楽になったのかもしれない。

「お部屋、どうです？」

訊いたのは、異常はないか、という意味だ。ゆうべ最初にポルターガイストが起こったのは礼美ちゃんの部屋だったし、なので綾子はそこを考慮してこの部屋でお祓いをした。祈禱が効いたなら、この部屋はもう無害なはずだ。礼美ちゃんが戻っても問題ないはず。綾子は「大丈夫だ」と確約していたし、それで典子さんも香奈さんも安心したようだったけど、綾子の「大丈夫」の信憑性《しんぴょうせい》なんて紙以上に薄い。もちろん典子さんたちは、そんなこと、夢にも思わないだろうけど。

案の定、典子さんは明るく微笑んだ。

「お陰様で今のところは大丈夫よ。家財道具も食器も無事」

——ふみ？

きょとんとすると、典子さんは笑いながら部屋の中を示した。部屋の中央では、小さな家具や食器を並べて、礼美ちゃんがママゴトをしている。

「あ、なーるほど」

「礼美、麻衣ちゃんよ」

典子さんが言うと、礼美ちゃんは顔を上げず、代わりに礼美ちゃんの膝の上にいるお人形が手を振った。

「とんとん。お邪魔してもよろしいですかー？」

あたしが言うと、礼美ちゃんはくすくす笑う。

「ドウゾ」

ミニーに答えさせてから、

「お坐りください。ちょうどお茶の時間です」

「あら、ラッキー。お邪魔します」

礼美ちゃんはお人形を椅子に坐らせた。ちょうど人形にぴったりのサイズだったから、きっとミニー専用なんだろう。他のものは、家具も食器もだいぶん小さい。でも、どれもびっくりするほど綺麗で上等な感じだった。本物のミニチュア版としか思えない精巧な家具が絨毯《じゅうたん》の上に並んで、小さなお部屋を作っている。

「うわあ。素敵なお住まいですね」

礼美ちゃんは、くすぐったそうに笑う。坐らせたミニーのドレスを整えて、

「少しここでおとなしくしてるのよ」

言い聞かせてから、小さなティーセットで空気色のお茶を淹《い》れてくれた。ミニーとあたしと、典子さんと三人ぶん。

「どうぞ、おあがりください。お姉ちゃんも一服してくださいな」

ありがとう、と言った典子さんは図鑑を抱えている。本棚の整理をしていたようだ。ゆうべは取りあえず、適当に突っ込んだだけだったからなあ。

「じゃあ、休憩にしようかな」

「麻衣ちゃんも、冷めないうちにどうぞ」

「はーい。いただきまーす」

小さなカップは本物の磁器で、カップにもソーサーにも金の縁飾りに小花の模様が入っている。

「すごーい。綺麗なカップ」

ぴったりサイズのスプーンだって本物の金属だ。渋い色からすると正真正銘の銀かも。

……ああ、こういう世界もあるんだなあ。

まじまじ見ていたら、またノックの音がした。柴田さんが本物のお茶とおやつを運んで来たのだった。

「あら——お嬢さん、こちらにいらしたんですか？」

柴田さんはあたしを見て、

「じゃあ、お嬢さんのぶんはこちらにお持ちしますね。ちょっと待っててくださいねえ」

言いながら、テーブルにお茶とケーキを並べる。

「気にしないでください。あたし、お客じゃないんですから」

食事にお茶と、こうも気遣ってもらうと申し訳ない。

「もう用意してますから」

柴田さんは言って、にこにこと礼美ちゃんを見た。

「礼美ちゃん、遊んでもらってたんですか？　よかったですねえ、新しいお姉ちゃまができて」

対する礼美ちゃんの返答はなかった。じっと俯《うつむ》いたまま、礼美ちゃんの顔から表情が消えている。柴田さんは困惑したようにその様子を見て、

「さ、おやつをどうぞ。桃のババロアがありましたよ」

明るく言ったけど、礼美ちゃんはその言葉が聞こえていないかのように反応を示さない。硬い表情で、口許を頑《かたく》なに引き結んでいる。柴田さんの表情が少し険しくなった。

「礼美ちゃん、いけませんよ。お客さんの前でそんな態度でいちゃあ」言いながら礼美ちゃんの手を取る。「──さ」

立ち上がらせようとしたときだ。礼美ちゃんが身を捩《よじ》って柴田さんの手を振り払った。

典子さんは声を上げたし、柴田さんも咎《とが》めるような声を上げた。

「どうしたっていうんです？」

「礼美、駄目でしょ。——柴田さん、ごめんなさい」

典子さんが言って礼美ちゃんに駆け寄る。礼美ちゃんの身体に腕を廻そうとすると、驚いたことに礼美ちゃんは典子さんを拳で叩いた。

「礼美！」

「礼美ちゃん」厳しい声を出したのは柴田さんだった。「そんなことをしちゃ、いけません。いったい、どうしたっていうんです？　お姉ちゃまに謝りなさい」

柴田さんは礼美ちゃんの腕を掴む。怒ったように口許を引き結んだ礼美ちゃんを、ちょっぴり乱暴に揺すった。

「ごめんなさい、は？」

礼美ちゃんは、またも身を捩って柴田さんの腕を振り解《ほど》こうとする。ただし、今度は柴田さんの力のほうが上だったようだ。

「謝るまで放しませんよ」

「いや！」

礼美ちゃんが叫び声を上げた。典子さんは礼美ちゃんと柴田さんを見比べておろおろしている。柴田さんが不機嫌そうに息を吐いて手を放した。

「礼美」

「また御機嫌斜めなんですね。最近、少し我が儘《まま》が過ぎるんじゃないですか」

尖った声で言って、くるりと踵《きびす》を返す。足音を立てて部屋を出ていった。

あとには、途方に暮れたあたしと典子さんと、立ち竦んだまま今にも泣きそうな礼美ちゃんが残された。

「……礼美、どうしたの？」

典子さんが柔らかく訊く。礼美ちゃんは無言で頭を振った。そう、と典子さんは礼美ちゃんを撫《な》でた。

「いろんなことがあったから、イライラするよね。機嫌、直して？　麻衣ちゃんがびっくりしてるわ」

「ゆうべ、お部屋で変なことがあったばっかりだもんねー」あたしも言った。「びっくりして眠れなかったんじゃない？　おまけに家の中には変な人がうろうろしてるし、うんざりするよねー」

「そんなことないよね」

典子さんは言って、礼美ちゃんの背中に手を当てた。

「いいから、おやつにしよ？」

礼美ちゃんは無言で首を振る。

「どうしたの？　食べたくないの？」

礼美ちゃんは頷いた。やはり無言だ。

「じゃあ、麻衣ちゃんと食べちゃおうかな。……麻衣ちゃん、どうぞ」

わあい、とあたしは声を上げてみせた。

「礼美ちゃんのぶんを食べちゃうぞー」

とたん、礼美ちゃんが叫んだ。

「だめ！」

突然駆け出して、テーブルに飛びつく。テーブルの上を両手で薙《な》ぎ払った。

「毒が入ってるの！」

典子さんもあたしも、啞然《あぜん》として礼美ちゃんを見つめた。倒れたカップが、かちゃんと硬い音を立てる。礼美ちゃんは必死の顔つきだった。

「ちょっと待って……礼美？　どうしたの？」

「毒が、入ってるの！」

典子さんは困ったように微笑む。

「そんなわけないでしょ？」

「だって入ってるんだもん！」

典子さんは礼美ちゃんの顔を覗き込む。

「そんなことないわ。毒なんて入ってない。誰もそんなことしないよ？」

「するの。だって柴田さんは魔女の家来なんだもん」

あたしはぽかんとして、典子さんと顔を見合わせた。

「魔女って？」

「悪い魔女。柴田さんは家来なの。魔女は礼美とお姉ちゃんが邪魔だから、毒で殺そうとしてるんだよ」

礼美ちゃんの眼は、これ以上ないくらい真剣だった。いまにも泣きそうな表情で、本気であたしたちに訴えている。

「魔女がいるの？」

あたしが訊くと、礼美ちゃんはきっぱり頷く。

「悪い魔女なの？　礼美ちゃんに酷いことするの？」

……礼美ちゃんの痣。

「するの、これから。毒で礼美を殺しちゃうの」

「そんなことしたら、魔女は警察に捕まっちゃうんじゃないかなー」

「だいじょうぶ。死体さえ見つからなかったら、毒で殺したって分からないから」

あたしは呆気《あつけ》に取られた。

「……え？　なんて？」

「礼美の死体は、お山に穴を掘って埋めちゃうの。でもって、ミニーを池に投げ込んでおくんだよ。そうしたら警察も大人も、礼美が池で溺《おぼ》れたって思うから。お姉ちゃんの死体はバラバラにして、腐らせてからあちこちに捨てるの。そしたら、ヘンシツシャのしわざだと思われるから」

「ちょ……ちょっと待って」あたしは慌てた。「それ、誰から聞いたの？」

少なくとも、礼美ちゃんの想像なんかじゃないと思う。八つの子供が考え出すことじゃない。けれど、礼美ちゃんは無言で首を横に振った。

「礼美ちゃんが考えたんじゃないよね？　誰かからそういうこと、言われたの？」

礼美ちゃんの返答はない。ただ、今にも泣き出しそうな顔で、

「だから、お姉ちゃん、気をつけて……」

そう言った。

「──分かった」あたしは頷いた。「大丈夫だよ。あたし、礼美ちゃんのことも典子さんのことも、うんと気をつけるから。絶対、そんなことが起こらないよう、ちゃんと見張ってあげるから」

そう言うと、礼美ちゃんは少しだけほっとしたように表情を緩めた。こくんと頷いて椅子に坐ったミニーを抱き上げる。ぎゅっと抱きしめて、それきり口を噤んでしまった。

今にも倒れそうなくらい青い顔で。

7

「悪い魔女、なあ……」

渋い顔でぼーさんが呟いた。

「それって、どう考えても香奈さんのことなんじゃないの」

綾子もまた渋い顔だ。香奈さんも典子さんもそろそろ夕飯の支度をする時間だ。家の中がばたばたし始めたので、監視の役目は小休止。

「香奈さんとしか思えんよな。でもってちびさんは、香奈さんからどうにかされるんじゃないかという不安を抱いてる」

「柴田さんはその手下、か……。まあ、当然といえば当然かも」

綾子が言うので、

「当然なの？　柴田さんが香奈さんに協力してるってこと？」

そうじゃなく、と綾子は顔をしかめた。

「香奈さんによる虐待があったとして——あくまでも、仮定して、よ？　その場合、香奈さんが魔女に思えるのは当然でしょ。魔女の攻撃から助けてほしいのに、周囲の大人は助けてくれない。助けてくれない大人は、きっと魔女の味方なんだという気がして当然なんじゃないかって話」

「あ……そうか」

「さすがに典子さんまでは香奈さんの味方だとは思えないわけでしょ。だったら自分と同じく被害者よ。まだ被害がないなら、いずれ被害に遭う。——そんなふうに考えてしまうのは分かるけど、にしても死体が見つからなきゃ毒殺しても分からない、っていうのは子供の発想としてどうかしら」

「だよね……」

ぼーさんも頷く。

「人形を池に捨てる、死体をバラバラにして捨てる。——実際に成功するかどうかはともかく、少なくとも犯人が、これなら成功するかもしれん、と思い上がる程度の説得力はあるよ。入れ智恵した大人がいたんじゃねえかなあ」

そんな気がする。……でも、誰が？

疑問を察したように、ぼーさんは、

「そうやって訴えるぐらいだ、典子さんじゃないわけだろ。するとあとは、尾上氏か曾根の爺さんか……」

綾子は首を傾げた。

「助けてくれない大人は香奈さんの仲間だ——そう考えているのだとすれば、尾上氏も香奈さんの仲間じゃない？　むしろ家族ではない曾根さんのほうが可能性あると思うけど」

そうだろうか。意見を求めてナルのほうを窺《うかが》ったけど、ナルは厳しい顔で考え込んでいる。

ただ、とぼーさんは腕を組んだ。

「少なくとも言えるのは、この家で一番ストレスが大きいのは、ちびさんだってことじゃないのか？　なあ、八歳児じゃＲＳＰＫは無理？」

言って、ナルを振り返った。ナルは、難しい顔だ。

「断言することはできないが……。例えば、一九七四年、アメリカのコネチカット州で起きた『リンドリー・ストリート事件』がある。グディン家でポルターガイストが起こったんだが、このときエイジェントと目されていたマーシャという少女は十歳だった。ただ、グディン家では、それ以前から石が降るような怪音にたびたび悩まされていた。マーシャは怪音が始まった当時、八歳だったが——しかし、マーシャはのちにこのポルターガイストが自身の悪戯であったことを告白している」

……へー。

「多いのは十三歳から十八歳程度。最低でも十歳だな。しかも、低年齢になるほど、普通の子よりも早熟で体格が良い、大人びている、あるいは、その頃急激に身長が伸び始めた、などの場合が多い」

ぼーさんは難しい顔をする。

「礼美ちゃんは、むしろ小さいほうか。見た目だけじゃなく、性格的にも年齢より幼い感じだよな」

「だろう。どう考えても礼美ちゃんでは幼すぎる。そうとしか思えないんだが」

ぼーさんは、にっと笑った。

「しかし、何事にも例外はあるし、最初の例ってもんもある」

「それは否定しない」

「香奈さんや典子さんが犯人だと考えるよりは、説得力があるぜ。——ただし、大前提として、虐待がある、ってのが必要になるわけだが」

綾子が呻った。

「香奈さんのそばにいて喋っていると、とてもそうとは思えないのよね……。ねえ、実際のところ、どうなのかしら？」

綾子が訊いたけど、ナルは答えなかった。何やら深刻そうに考え込む横顔に憂鬱《ゆううつ》なトーンの影が落ちている。

礼美ちゃんの部屋でのあの事件のあと、戸惑う典子さんを宥《なだ》めて、怯えた礼美ちゃんを励まして、二人が落ち着くのを待っている間に、夕暮れが迫っていた。窓の外はまだ充分に明るいけれど、部屋の中——隅や物陰には薄く影が漂い始めている。何もかもに思わせぶりな翳《かげ》りが落ちていた。

割り切れない雰囲気の沈黙が降りたとき、どこからか叫び声が聞こえた。

「悲鳴——？」

綾子が腰を浮かせる。

「何があった」

ナルがリンさんのほうを振り返ったけど、

「カメラの監視エリア外です」

それを聞くまでもなくぼーさんがベースを飛び出し、あたしたちがあとに続いた。

悲鳴は家の奥から聞こえたと思う。一階だろうか——廊下の奥を窺っているとき、二階から典子さんが駆け降りてきた。一緒になって廊下を進むと、断続的に助けを求める声がする。居間のほう——いや、台所のほうだ。

先を争いながら居間からダイニングを抜け、台所へと飛び込んで、あたしは思わず蹈鞴《たたら》を踏んだ。台所の床にへたりこんで戸口のほうへ這《は》って来ようとする柴田さんと、その向こうに立った火柱。コンロが火を噴いている。人の背丈ほどもある炎が今にも天井に届きそうだ。

典子さんが悲鳴を上げた。柴田さんがあたふたと床を這って典子さんの足にしがみつく。あたしはとっさにあたりを見廻した。

消火器！　消火器は⁉

ナルとぼーさんが柴田さんに駆け寄って、炎から遠ざける。あたしは冷蔵庫の隣にあった消火器を摑んだ。

「典子さん、他に消火器は⁉」

叫びながら消火剤をぶちまける。あたりが一面、白い泡で霞《かす》んだ。典子さんは竦んで動けない。その腕をナルが摑んだ。

「ガスの元栓はどこです」

あ、と声にならない声を上げて、典子さんは勝手口を示した。同時に綾子が香奈さんと一緒に消火器を抱えて飛び込んできた。ぼーさんがタオルを洗い桶の中に突っ込んで、消火剤にまみれたコンロに近づいて被《かぶ》せた。

さらに二本の消火器を使い切って、火はやっと消えた。あたしたちは床にへたり込んでしまった。

柴田さんは、壁際に蹲《うずくま》ったまま傍目《はため》にも分かるくらい震えている。典子さんがその背をさすってやっていた。ぼーさんが前に屈み込んで、

「おばちゃん、大丈夫か?」

「ええ……でも。こんな……こんなこと……」

柴田さんの前髪が焦げている。頬や顎《あご》にも軽い火傷《やけど》の痕があった。

「どした? 油か?」

「とんでもない!」柴田さんは声を張り上げる。「火なんて使ってません! 勝手に火を噴いたんですよ!」

はっとあたしたちは振り返った。そういえばコンロの上にお鍋《なべ》なんてあっただろうか?

消火剤にまみれ、タオルを被せられたコンロにはお鍋もフライパンも載ってなかった。代わりに近くの床に薬罐《やかん》が一つ転がっている。

「お湯を沸かそうとして、薬罐をコンロの上に載せたら、突然火を噴いたんです! 触ってもいないのに! こんな火柱が立って」

柴田さんは自分の額のあたりを手で示した。

「な……なんだってこんなことが起こるんです⁉」

叫ぶ柴田さんのそばにナルが屈み込んだ。

「元栓を閉めました。もう大丈夫ですから」

「でも、火なんて点《つ》けてないんですよ。点火スイッチに手も触れてないんです」

「至急、業者を呼びます。設備の不具合かもしれません。──怪我は？」

柴田さんは何か言いかけ、それからおどおどと自分の身体を見降ろした。服を検《あらた》め、両手をしげしげと見る。

「ないみたいです。……ちょっと顔がひりひりするわ」

「今、薬箱を持って来ます」

典子さんが言って、立ち上がる。縋《すが》るものを失くしてよろけた柴田さんをぼーさんが支えた。

「ちょいと火傷したみたいだけど、大したことはない。おばちゃんの美貌《びぼう》にもさして影響なさそうだ」

あら、と柴田さんは言って、それからようやく安堵《あんど》したように笑った。

「コンロが勝手に火を噴いた？」

ナルが問うと、柴田さんは頷いた。

「ええ。そろそろ夕飯の支度にかかろうと思って……その前にお湯を沸かそうとしたんです。薬罐をコンロに載せたらいきなり」

「ガスの臭《にお》いはしませんでしたか」

「いいえ。臭いも、ガスが漏れるような音もしてなかったわ」

薬箱を抱えて戻ってきた典子さんが柴田さんの脇に屈み込んだ。柴田さんは典子さんの顔を覗き込む。

「あたし、本当に何もしてないんですよ。勝手に」

「大丈夫よ。誰も柴田さんのせいだなんて思ってないわ」

典子さんが宥めるように言ったときだ。

「これはどういうことなの？」厳しい声を上げたのは香奈さんだった。「祓ってくれたんじゃなかったの？　もう大丈夫だって言ったわよね」

香奈さんは綾子を睨む。綾子がそっぽを向いた。ナルがごく冷静に、

「単なる事故かもしれません」

キッと香奈さんは振り向いた。

「そんなはずある？　何かの弾みでコンロに火が入っても、天井まで届くような火柱が立つなんてことが、あると思う⁉」

ナルは香奈さんを制した。

「それについては、専門家の意見を聞いたほうがいいでしょう。ガス会社の連絡先を教えてください」

香奈さんが不服そうに頷いたときだ。香奈さんの背後にある窓に人影が見えた。

コンロの脇、流しの向こうは低い出窓になっていた。その窓に下のほうから台所を覗き込んでいる誰かの影が。はっと眼をやると同時に、すっと身を沈めた。

「……ナル」

あたしは窓を指差す。ナルは怪訝そうにあたしを見た。

「今、そこに誰かいた」

ナルのみならず、全員が振り返ったけど、もうそこには誰の姿もない。台所には夕闇が迫っていた。内部はほの暗く、シンクや戸棚には影が落ち、窓枠も墨色、ただ錆《さ》びたような赤を含んだ残照がガラスを浮き上がらせていた。

ナルは窓に近寄って外を窺う。

「誰もいない」

「さっきまで、いたの。中を覗いてた」

それは単なる暗い影だったけど、確かに人間の頭だった。窓の下から中を覗き込むように、ガラスに片手を突き、額を当てて。

「……子供だったよ」

全員がはっとする。

「礼美ちゃん？」

「分かんない。影になって顔は見えなかったから」

典子さんが不安気に居間のほうを振り返った。

「礼美にはお部屋にいるよう、言ったんですけど……」

真っ先に台所を飛び出したのは香奈さんだった。あたしたちは慌ててそのあとを追い、二階へと向かう。先頭に立った香奈さんが礼美ちゃんの部屋に飛び込んだ。

部屋には明かりがなかった。今や鬼灯《ほおずき》色になった夕陽が窓を染めていた。部屋の中には夕闇が漂っている。微かに朱を含んだ薄暗がりの中、礼美ちゃんは床に坐り込んでミニーと遊んでいた。クッションの上に横たわったミニーは、ハンカチの布団を掛けてもらうところだった。

暗がりの中で人形と遊んでいる子供——なんとなく胸の痛む光景だ。

「——礼美ちゃん」

部屋に踏み込んだ香奈さんが声をかけると、顔を上げる。顔は翳《かげ》って表情は分からない。ただ、小首を傾げた様子が、驚いているように見えた。

「今、下に降りてなかった？」

香奈さんは礼美ちゃんの脇に屈み込む。誰かが部屋の電灯を点けて、礼美ちゃんが眩《まぶ》しそうに眼をパチパチさせた。

「下に降りて、お庭に出た？」

礼美ちゃんは不思議そうに首を振った。

「本当に？　お外に出て、お庭から台所を覗き込んでいなかった？」

「……うん」

「お姉ちゃんに、お部屋にいなさいって言われたんでしょう？　なのに勝手にお部屋から出たの？　お外に出た？」

香奈さんの物言いが詰問調になる。礼美ちゃんが不安そうな顔をした。

「何をしてたの？　台所の様子が気になったの？」

「……ちがうよ」

香奈さんがうんざりしたように溜息をついた。

「誰か子供が覗き込んでたの。礼美ちゃんだったんでしょう？」

そのとき、天井の近くで激しい音がした。どす、と天井に何か落ちてきたような震動がする。あたしたちは天井を振り仰いだ。立て続けに天井が鳴った。

「礼美じゃない！」突然、礼美ちゃんが叫んだ。「ちがうもんっ！」

今にも泣き出しそうな叫び。それに応《こた》えるように天井が鳴る。シャンデリアが揺れて、音を立てた。ごとん、と床が揺れた。家具までが震える。

「香奈さん、ここは危ない……」

ナルがそう話しかけたとたん、激しく床が揺れた。香奈さんのすぐ脇にあった本棚が大きく傾《かし》ぐ。

「香奈さん！」

香奈さんが振り返る間もなかった。

本棚は小物や本を零《こぼ》しながら、香奈さんの上に倒れかかる。礼美ちゃんの凍りつきそうな叫び。その声を合図にしたように、部屋の明かりが消えた。

第四章

1

香奈さんは雪崩《なだれ》を打った本の直撃を受けたけれども、本棚自体はぎりぎりで身体を掠《かす》めて、腰のあたりを擦《す》っただけで済んだ。擦り傷には薬を塗って、打ち身には湿布して、とりあえず部屋で休ませた。

動揺した家族のお世話をして、必要な連絡やら後始末やらをして、あちこちを調べて。そして夜半、あたしたちはベースに集まる。積み上げたモニターの中に香奈さんの部屋と典子さんの部屋が映っている。どちらも暗い部屋の隅にスタンドの明かりが一つだけ。ほんのり暗く照らされたベッドでは、一方では香奈さんが、一方では典子さんと礼美ちゃんが身を寄せ合って眠っているのが微《かす》かに見えていた。

その隣のモニターに映っているのは礼美ちゃんの部屋だ。画面が妙にザラついて見えるのは超高感度カメラを使っているせいだ。

画面の端では数字の羅列が時を刻んでいく。他には居間が一つ、台所が一つ。一階と二階の廊下が一つずつ。青や黄色の斑《まだら》模様が映っている画面もある。サーモグラフィーの映像だ。今のところ、どの画面にも変化なし。

「まーた失敗しやがったな」

ぼーさんが綾子を睨《にら》みつける。綾子は拗《す》ねたようにそっぽを向いた。

礼美ちゃんの部屋の天井には異音の原因になるようなものはなかった。真上に当たる屋根裏部屋にも異常はない。部屋の床も完全に水平のまま。本棚が倒れる理由も見つからない。見つかるとも思えない——あれはどう考えてもポルターガイストだ。駆けつけてきたガス会社の職員は、コンロは完全に正常で、あんな事故など起こるはずがない、と何度も首を傾《かし》げていた。

「その程度で、よく拝み屋なんてやってられるよな」

「ええ、ええ。どうせあたしは非力ですよ。悪かったわね」

……いじけてやんの。

「……でも、ちょっと危険な気がしない？」

綾子の声に不安そうな色が滲《にじ》んだ。

「コンロが理由もなく火を噴くのよ？　自動発火でしょ？　ポルターガイストにしちゃ高級すぎない？」

「自動発火って何？」

あたしが訊《き》くと、

「なによ、ちょっとは利口になったと思ったのに、あいかわらずね」

「ごめんねー。あたし、誰かさんみたいに、有能なプロじゃないもんでー」

あたしが皮肉たっぷりに言ってやると、さすがに居心地の悪そうな顔をする。

「……そう何度も責めなくたって、責任は感じてるわよ……」

ぼーさんが楽しそうに、

「まあまあ。こいつが無能なのは、今に始まったことじゃない。――自動発火ってのはな、読んで字の如し。火の気のない場所で、勝手に火を噴くのを言う。こういうポルターガイストはかなり高級」

「それって危険なんじゃないの？」

あたしの不安を見透かしたように、ナルが冷たい声を挟んだ。

「怖いんだったら帰っていいぞ」

……怖かねえよ。

「ま、なんとかなるだろ」ぼーさんは、のほほんとした声を上げた。「ガスは元栓を閉めた。これでもう、少なくともコンロが火を噴くようなことはないからさ」

……図太いな、こいつ。

「それより、ナルちゃんや。気にならねえか？」

「礼美ちゃん？」

「そう。さっきのポルターガイスト、あの子の叫び声に応《こた》えるみたいじゃなかったか？麻衣も台所で子供の影を見たって言うし……」

「礼美ちゃんがポルターガイストの犯人だと？」

冷ややかに言われて、ぼーさんは顔をしかめた。

「……あくまでも、幼すぎるって言いたいわけな。それは分からないじゃないけど。でも、あのタイミングは意味深じゃないか？　香奈さんがちびさんを詰問して、ちびさんが切れた。と同時にポルターガイスト」

「……と思っても無理もないタイミングだったことは認める」

「しかもだな、今日の昼間、ちびさんは柴田のおばちゃんとも揉《も》めたわけだろ」

ぼーさんは言って、確認するようにあたしを見た。

「揉めたというか……ちょっとぶつかった感じではあったけど」

「すると柴田さんが自動発火の被害に遭った。まるで復讐《ふくしゅう》みたいじゃん」

「復讐するほどの揉め事じゃないと思うよ」

「それは麻衣の印象だろ？　礼美ちゃん的には、そうとうむかっ腹を立てていたのかもしれん。しかも柴田さんは魔女の手下だ。おやつに毒を仕込んで運んできた。──真実はさておき、あの子はそう思った」

それは……そうだけど。

「しかも香奈さんに詰問された。香奈さんはちびさんにとって『悪い魔女』だ。少なくとも、ポルターガイストと被害は、あの子の好悪の情と連動してると思うんだよな。感情の起伏と、と言うか」

ナルは首を振った。

「それでは逆だ。礼美ちゃんがエイジェントなら、被害は礼美ちゃんに向かう」

でなくて、とぼーさんは言った。

「もっと他の可能性って考えられねえ？　なんて言ったっけ……外在化？」

「ああ──なるほど、それを疑っているわけだ」

……うみ？

「外在化現象にも年齢制限あり？」

「どうだろう……」

ナルは考え込んでしまった。

「ねえ、外在化現象ってなに？」

あたしは、ぼーさんをつつく。ぼーさんは自信なさそうに、

「んーと。ユングだったかなあ。そういうことを言った偉い人がいたんだよ。ポルターガイストを説明した言葉だったと思うんだが、違ったっけ？」

綾子が胡乱《うろん》なものを見るような眼でぼーさんを見た。

「ユングって心理学の？　フロイトの弟子だっけ。そんなお偉い人がポルターガイストを説明？」

「したの。もっとも、ユングはフロイトの弟子ってわけじゃないが。ユング的には支持者だろ。フロイト的には後継者のつもりだったらしいけどさ」

「それでもアカデミズムの人には違いないじゃない。なのに？」

「べつに珍しかないだろ。物理学者のクルックスだって心霊現象の研究をやってたぐらいだし。ユングも心霊現象の研究を相当やってる。最終的にフロイトと仲違《なかたが》いしたのは、それが原因だって説もあるくらいで。フロイトは心霊現象を全否定してたから。……だよな？」

ぼーさんは救いを求めるようにナルを見る。ナルは軽く溜息をついて、

「ユングはそもそも心霊現象に興味があったんだ。学位論文からして『いわゆるオカルト現象の心理と病理』という代物だったぐらいだし」

「オカルトの研究で学位ぃ？」

綾子は思いっきり胡散臭《うさんくさ》そうにした。

「誰がそんなことを言っている。あくまでも心理学の論文だ。ユングの従姉妹《いとこ》に、霊媒師のヘリーという女性がいたんだが、そのヘリーの交霊会で起こった現象を心理学的見地から説明しようとするものだ。だが、ユングは後年、そういったものの見方では心霊現象を説明しきれず——同時に心霊的な現象を置き去りにしたままでは人間の精神をも理解しきれないことに気づいて、その存在を肯定するようになっていった。さらには、フロイトの精神分析論を神話にまで敷衍《ふえん》しようとするうちに、東西の神秘思想に触れて神秘主義に傾倒していった。ユングにはもともと、世界を詩的に捉《とら》える傾向があったんだ。科学とオカルトの間を漂流していた。これは徹底して即物的なフロイトの世界観と

は相容《あいい》れなかった」

「ふうん……」

「ユングは最初からフロイトの学説には違和感を持っていた、と言われている。だが、フロイトの精神分析論とその基底になっている無意識という概念には、違和感を忘れさせるほどのインパクトがあった。だからこそユングはフロイトを支持したわけだが。そして、この頃までに心霊現象の研究家の間では、ポルターガイスト現象には、多く現象の中心となる思春期の少年少女がいることが発見されていたし、おそらくは思春期にある少年少女の無意識的な心——心理的な葛藤《かっとう》の『外在化』によって引き起こされるのではないかという説が立てられていた。ユングはこの説を支持して、ポルターガイスト現象を『外在化現象』と呼んだんだ」

「あくまでも思春期なのね？」

「ユングの言う外在化現象はそこに限らないと思う。思春期と結び付けたのは心霊現象の研究家で、これはポルターガイスト現象の中心に必ず思春期の子供がいるという観察の結果に由来している。ユングはそこから、人の無意識下に抑圧された心理的な葛藤は外在化して物理的な現象を引き起こすと考えた」

言って、ナルはちょっと皮肉っぽく笑う。

「これに関しては有名な『本棚のポルターガイスト』という事件がある。フロイトの家で心霊現象の有無について二人が議論していたとき、突然、本棚から大きな破裂音がした。ユングは『これが外在化現象だ』と言ったが、フロイトは信じなかった。ユングは『その証拠にもう一度、同じ音がします』と予言した。果たしてその直後、再び本棚で破裂音がしたんだ。ユングはこれが、心霊現象に対して頑《かたく》なな態度を取り続けるフロイトに対する自身の苛立《いらだ》ちと、そのときに感じていた横隔膜が熱くなるような感覚と関連があると確信していた。つまり、自分のフロイトに対する葛藤が引き起こした外在化現象だと考えたんだ。だが、フロイトはユングが帰ってからも本棚で同様の音がしたことから、本棚の木材が乾いて割れる音だと結論づけた」

……なるほど。そういうふうに相容れなかったわけだ。でもって、これが外在化現象か。て、ことは。

「……礼美ちゃんの葛藤が本棚を倒したりした？」

ナルとぼーさんを見比べるとぼーさんが、

「っぽくねえ？　相手に対する怒りとか苛立ちとか。でも、それを表に出しちゃいけないとか、そういうふうに思ってはいけないとか——そういう葛藤」

あたしは首を傾げた。礼美ちゃんと柴田さんがぶつかったときのことを思い出してみる。礼美ちゃんが柴田さんに対して気を悪くしていたのは確かだとは思うけど……。

「平たく言うと、本人の感情の起伏がＰＫと連動してるって話じゃねえの？」

綾子が口を尖《とが》らせた。

「それって、単に礼美ちゃんにはＰＫの能力があって、ＰＫを使って周囲に復讐してる、ってことでしょ？」

「そこまで意図的なものじゃないと俺は思うがなあ。柴田のおばちゃんに腹が立ったから復讐してやれ、だから火を点《つ》けて火傷させてやれ、と思って行動したとは思えないんだよな。拝み屋が来たから、家具を動かしてびびらせてやれ、なんて八歳の子が思うかね？　思うこともあるかもしれんが、その場合はもっと違うキャラクターになると思うんだよな。見るからに意地悪で執念深い子供に見える、とか」

「そこは狡猾《こうかつ》に隠してるわけよ」

「隠して、純真な少女を装ってる？　それこそ八歳児の考え方でも行動でもないだろ。自分の行動を隠そうとするにしても、もっと子供っぽい隠し方をすると思うがな。でもってそれすら完遂できない。つまり、本人は隠しているつもりでも、大人からすると見え見え——そうなるのが自然じゃないか？」

……かもなあ。少なくとも、礼美ちゃんに邪念があるようには見えないんだよな。悪い魔女の害意に怯《おび》えているけど、相手をどうこうしようとは思ってない——自分がどうこうできるとは思ってないんだと思う。だからこそ、典子さんにだって「気をつけて」って訴えるわけで。

「……どうだえ」

ぼーさんはナルを見る。ナルは考え込むように首を傾げて、

「完全に無意図的なＲＳＰＫと意図的なＰＫの間に、意図的ではないが本人の心理状態

に連動するPKとして、PKの外在化を想定するという考え方は悪くないと思う。ただ、その場合は潜在的に礼美ちゃんはPKの能力者だということになるが」

「それじゃ拙《まず》い？」

「拙くはない。ただし、だとしたら引っ越し以前にも能力は発揮されていてしかるべきだろう。ポルターガイストは以前の家でも起こっていて当然だと思うが」

「引っ越し以後に何か能力が発現する契機があったとしたら？」

「例えば——虐待？」

ぼーさんは頷《うなず》く。

「香奈さんが再婚したのって、引っ越しの前だろ。香奈さん的には、まず再婚で、典子さんや礼美ちゃんと上手《うま》くやっていかねばというプレッシャーがかかる。そこから家を移ることになって引っ越しに伴う諸々《もろもろ》の雑事がストレスを作る。それが鬱積して礼美ちゃんに対する虐待になって、これが礼美ちゃんの能力が発現する引き金を引く」

ナルは軽く頷いた。

「話としては整合するな……」

だろー、とぼーさんが嬉しそうにガッツポーズを作ったときだった。

「ナル」

黙って機材を見守っていたリンさんが声を上げた。

「気温が下がり始めました」

ナルがモニターを振り返る。

「どの部屋だ？」

「礼美ちゃんの部屋です」

リンさんが答えたところで、その画面の隅に赤い光が現れた。

「なに？」

あたしが指してナルに訊くと、

「マイクに音が入ったんだ。——リン、スピーカー」

リンさんがコンピュータのキーを叩くと、すぐにコトッという硬い音がスピーカーから流れてきた。しばらくしてドンッという衝撃音。コツコツ何かを叩く音。パシッと何かが弾《はじ》ける音。あっと言う間に、脈絡のない音で騒然とする。

「すごい音……」

なのに画面には何も映っていない。無人の部屋だ。何一つ動いていない。なんだかちぐはぐで気味が悪い。

「対照データは？」

ナルはリンさんに訊く。

「レッドマークです」

ナルと一緒にリンさんの手許《てもと》を覗《のぞ》き込むと、コンピュータの画面には一覧表が表示されている。一定の音量に達した音を取り込んで、様々な音を集めたライブラリにある音のデータと照合しているのだ。ヒットする音があれば、対照コードが表示される。だけど今、一覧表に並んでいるのは、赤い文字だ。赤いコードがあるものもあるけど（過去に記録された異音であることを示しているらしい）、ほとんどが「Unknown」と表示されている。アンノウン――つまり、「未知」。

「叩音《こうおん》は典型的なラップ音だな。その他は不明音……」

「一部、由来不明の破裂音が混じっていますね」

ナルとリンさんが会話する間にも、新しい音が赤く表示されて一覧表がスクロールしていく。スピーカーからは騒がしい音が流れ続けている。

不思議なことに、これだけの物音がしていても、誰かが何かをしている、という印象ではなかった。見えない誰かが音を立てているという感じじゃない。強いて言うなら、部屋自体が勝手に鳴っている、という感じ。――何かそういう、「人」の行動や意思を感じさせない無機質さがある。

薄気味悪い思いで個々の音に耳を澄ましていると、

「これは……すごい……」

ナルが呟《つぶや》いた。

「何が？」

「室温。すごい勢いで下がっていく……」

あたしはナルの視線を追って画面に眼をやる。青い斑が映っているモニター。

「サーモグラフィー？」

温度を眼に見えるようにした映像だ。暖色のところは高く、寒色のところは低い。画面はほとんど紺地に青のグラデーションだ。一部に黒いところさえある。

「強烈だな。まだ下がる……ほとんど氷点下……」

ナルは感動しきっているように見えた。

激しい音は続いている。

「礼美ちゃんじゃない」

ナルがきっぱりと言った。ぼーさんと綾子は、ひたすらぽかんとしてモニターを見つめている。

「外在化でもRSPKでもない。そんな生易しいレベルの現象じゃない」

……ま、まさか。

「──霊？」

「確実。しかも、ものすごく強い……」

あたしたちは唖然《あぜん》として声もないまま動きのないモニターを見守っているしかなかった。途中で一度、ナルとぼーさんが礼美ちゃんの部屋を覗きに行ったけれど、実際に行ってみると何の物音もしない、という。ただ、部屋の中が凍ったように寒かった、と。

その音は一時間以上続いて、潮が引くように徐々に静まっていった。

2

その日も、寝に行ったのは夜明けになってからだった。明るみ始めた小綺麗《こぎれい》な部屋でベッドに身体を投げ出し、すぐに泥のように眠る。目が覚めたとき、部屋の中には真昼の光がいっぱいに射し込んでいて、しかもむっとするほど暑くて、げんなりするような蟬《せみ》の声が響いていた。

……暑い。しかも、眠い。なのに眩《まぶ》しい。

半分眠ったままクーラーのスイッチを入れ、薄い肌掛けを頭から被《かぶ》った。翳《かげ》った陽射にほっとしながら蟬の声を聞いている。油蟬だろうか。蟬の声って、すごく暑苦しくて気力を萎《な》えさせるんだよな。

そんな埒《らち》もないことを考えるでもなく考えているうち、クーラーが利いてきてトロトロとする。同時に、ふうっと身体が浮かぶ気がした。昇っていくのとは少し違う、ゆっくりと空の上に落ちていく感じ。

……なんだろ？

その感覚が奇妙で眼を開けた。部屋の中は全体に肌掛けを被せたようにほんのりと明るい。あたしはベッドに身を起こした。綿が詰まったように頭がぼうっとしている。

軽く頭を振って、あたしは部屋の隅に誰かがいるのに気がついた。

……誰？

ゆっくりと顔を向けると、薄墨色に人影が佇《たたず》んでいる。周囲のふんわり滲《にじ》んだ明かりに溶けているような影。

ふっと人影が顔を上げた。ハレーションを起こしたように白い顔。

――ナル？

なんであたしの部屋にナルがいるんだ？　思っていると視線が合う。

ナルがふわっと微笑《わら》った。温かい眼の色で。

……どうしたの、そんなところで。

訊こうとしたら、ふいにナルが顔色を曇らせた。何か気がかりなことでもあるような表情だった。唇が動く。なのに声が聞こえない。

……何？　なんて言ってるの？

あたしはナルの顔を凝視する。

……あ、や、み……？

礼美ちゃんがどうかしたんだろうか。

眼を凝らしても言葉を把握できない。ただ、「危険」という単語が紡ぎ出された気がした。

……危険？　礼美ちゃん？

……礼美ちゃんが、危険？

　はっとあたしは我に返った。

　あたしは頭から肌掛けを被って寝転がっている。勢いをつけて起き上がり、肌掛けを投げ捨てた。慌てて部屋の中を見廻してみたけど、もちろんナルの姿はない。

　……いるわけ、ないよねえ。

　ていうか、本当に部屋にナルがいたら、就寝中の乙女《おとめ》の部屋に黙って入るとは何事だ、とか思わないか、あたし。

　つまり、とあたしはベッドの上に胡座《あぐら》をかいて腕を組んだ。

「……夢かあ？」

　夢だよな。間違いなく寝惚《ねぼ》けていたと見た。

　……やれやれ。疲れているのね。日々重労働だからなあ。おまけに人間関係にも気を遣うしさ。

　……礼美ちゃん。

　この際、例の御仁が夢の中に現れたことの意味はおいといて。なんだって某氏の口を借りてあんなことを思ったんだろう。

「礼美ちゃんが危険……」

　たぶん、あたし、気にかかってる。小さな礼美ちゃん。夕暮れの部屋、灯りも点けず、お人形だけを相手に一人遊びをしていた姿。

あたしはポテンと身体を倒した。……あー、眠い。

……どうしてナルなのかなあ。ときどき自分でも不思議になっちゃうなー。あたしが夢の中で会うナルは、優しそうに微笑《ほほえ》んでる。あれはあたしの願望なのかなあ。

うーん……。

「考えても詮方《せんかた》なし」

呟いて、あたしは身体を起こす。今はこの家のことや、礼美ちゃんのほうが問題だ。あたしはベッドを降りて、始動するべく立ち上がった。

身繕いをして部屋を出た。指示をもらいにベースに行こうとして、階段の上で足を止めた。

礼美ちゃんは何をしているだろう。階段のすぐそばに礼美ちゃんの部屋がある。ちょっとその部屋を覗いてみたけど、礼美ちゃんの姿はなかった。下に降りる踏ん切りがつかず、ついでに典子さんの部屋へ行ってみる。典子さんの部屋は礼美ちゃんの部屋のさらに奥だ。

ここにいるかな。――そう思ってドアをノックしようとしたときだ。

『きっと今頃は懲りてるよ』

部屋の中から女の子の声が聞こえた。

……礼美ちゃん？　でも、声が少し違うような。首を傾げたとき、さらに声がした。

『あたし、怖い……』

これは間違いなく礼美ちゃんの声だ。じゃあ、その前の声は？

あたしは思わず、ドアに耳を寄せる。

『大丈夫。今にみんな追い出してあげるから』

『お姉ちゃんも？　麻衣ちゃんも？』

低い含み笑い。

『もちろん……』

『礼美、お姉ちゃんは、いるほうがいい』

『もちろん、いてもいいけど。でも、魔女がいつまで見逃してくれるかしらね。そのうちお姉ちゃんは片付けられちゃうわ』

再び、陰湿な含み笑いがした。

『そしたら、あんたはもう独りぼっちなの。味方は、あたしだけ』

『でも……』

『大丈夫。あたしだけは礼美を守ってあげるから。悪い魔女の一味は、全部懲らしめてあげるからね』

「礼美ちゃん！」

あたしは思わず大声を上げた。ドアを乱暴に叩いた。返事を待たずに勢いをつけてドアを開ける。典子さんの部屋の中には、礼美ちゃんがいつものように床に坐り込んでいた。礼美ちゃんの前には、専用の椅子に坐ったお人形――ミニー。

他には誰もいない。部屋の中を見廻してみたけど、典子さんはもちろん、他の誰の姿もなかったし、隠れるような場所もなかった。ただ礼美ちゃんだけが、驚いたようにあたしを見上げている。

あたしは無理にも笑みを作った。

「礼美ちゃん、今、誰かとお話をしてなかったかなー?」

身を屈《かが》めて顔を覗き込むと、礼美ちゃんはきょとんと瞬《またた》いた。

「お話ししてたでしょ? だあれ?」

礼美ちゃんは、なぜそんなことを訊かれるのか分からない、という表情で自分の正面を見た。

「……ミニー」

3

「ミニー?」

あたしの報告に、ナルは怪訝《けげん》そうに眉をひそめた。

「……誰かいたとは思えないよ。カメラは? 何か映ってない?」

だが、典子さんの部屋のカメラは停まっていた。そもそも昨夜、香奈さんの部屋と典子さんの部屋にカメラを置いたのは、監視のためではなく、何かあったときの用心のためだ。だからプライヴァシーに配慮して、設置したのも暗視カメラではなく通常のカメラだった。常夜灯を一つだけ点《とも》してもらって、かろうじて見える範囲で異常がないか見守っていたのだ。なので夜が明けたらカメラは切ってしまっている。起き出すところや着替えを覗かれたくはないだろうから。そのままずっと停めたままになっていたのだ。

「マイクも動いてないんだよね」

「マイクはカメラに内蔵のものを使っていたからな」

……じゃあ、実際に部屋の中で何が起こっていたのかは分からないということか。

「確かに別人の声だった。礼美ちゃんの声じゃなく」

ちょい待て、とぼーさんが割って入った。

「すると、礼美ちゃんに妙な入れ知恵をしていたのは、その別人だってことか？」

「……かも」

「それが、ミニー？　ミニーってのは、あの人形だろ？」

「うん」

綾子はぽかんとしている。

「なに、それ？　じゃあ、あの人形に何かが取り憑《つ》いてるって話？」

「……と決めつけるのは早計だろう」

ナルは渋い顔だった。

「それより、まず第一に疑われるのは、麻衣の聞いた『別人』の声が、実は礼美ちゃん自身のものだったという可能性だ」

ああ、と綾子は心得たふうに頷いた。

「つまり、礼美ちゃんが声色で会話してたってことね？　自分自身と」

「そんなんじゃないよ」

あたしが抗議すると、綾子は煩《うるさ》そうに手を振る。

「分かってるわよ。子供は声色を使って人形と一人二役で会話をしたりするものだけど、そういうのじゃない、ってことでしょ？　そうじゃなく、いわゆる二重人格。あれって虐待が契機になって現れることが多いのよね？　だったら、ぴったり当てはまるじゃない。虐待によって現れた第二の人格が『ミニー』で、礼美ちゃんはその自覚なしに自分の第二人格と会話していた」

「会話、するのか？」ぼーさんは首を傾げた。「あれって、人格が交替するんじゃねえの？　いや、ころころ交替しながら会話するのかもしれんけどさ。それよりむしろ疑うべきなのは、憑依《ひょうい》なんじゃないか？　二重人格じゃポルターガイストは起こらんだろ」

「あ、そうか。二重人格は心霊現象的には憑依よね」

納得したふうの綾子に「憑依？」、と訊くと、

「狐憑きとか、悪霊憑きとかいうやつね」

「てことは、霊が取り憑いてる、ってこと？」

「狐憑きなら、人格が変わるだろ」ぼーさんが言う。「むしろ悪魔憑きなんじゃないか？『エクソシスト』なんかの」

……はい？

あたしが首を傾げると、

「観たことないか？　映画の『エクソシスト』。女の子に悪魔が憑いて」

「……微かに記憶があるような」

「あれってたしか、実話をもとにしてるんだよな」

ぼーさんに問われ、ナルは頷いた。

「ダグラス・ディーン事件」

「実話なの？」

「アメリカ、メリーランド州のマウント・レイニアで起こった事件だ。十四歳の少年が悪魔に取り憑かれたと言われている。ダグラス・ディーンは自称霊媒師だった叔母の死をきっかけに異常行動やポルターガイスト現象に見舞われるようになった。家族はダグラスを救うために医者や研究者を動員したが、結局、神父による悪魔祓《ばら》いで解決したとされる」

ぼーさんはなぜだか満足そうに頷いて、

「その事件をきっかけに、それまで迷信だってことで忘れ去られていた悪魔祓いが再注目されて、教会に悪魔祓いの依頼がどっと増えたんだってさ。おかげで悪魔祓いには消極的だった教会機構も、改めて講座を設けてエクソシストを養成しなきゃならん破目になったって話」

「へええ……」

「礼美ちゃんの場合、まだ異常行動みたいなのはないけどさ。ポルターガイストを伴うところは似てないか？」

ナルは釈然としないふうだ。

「確かに、ポルターガイストはキリスト教社会では悪魔憑きとして処理されてきた歴史があるが……」

「でも」と、綾子は顔をしかめた。「悪魔って言われてもねえ」

……だよねえ。

「悪《あ》しき精霊、と考えるべきなんじゃねえ？　それをキリスト教的に言えば悪魔って話なんだろ。実際のところ、悪魔ってのは、キリスト教が入ってくる前の古い土着の神だったりするわけだからさ」

あたしは首を傾げた。

「悪い精霊が憑いたって話？　じゃあ、狐憑きは？」

「そりゃ、狐なんじゃねえの？」

「狐、憑くの？」

……狐憑き、ってよく言うけどさ。

綾子が溜息をついた。

「狐憑きは狐が憑くわけじゃないわよ。個人的には、死霊のことだと思うけど」

「じゃあ、なんで狐憑きって言うの？」

「本人が自己申告するからじゃない？　あるいは、ベタな霊能者が適当に『狐』って言うから」

……それを霊能者のあんたが言いますか。

「昔は『もの憑き』って言ったのよね。何か分からない『もの』が憑いた状態。それがどういうわけか、憑くと言えば狐とか狸とか言われるようになって、頭の悪い霊能者がそれを濫発してるけど、なんで『狐』なのか説明された例なんかないんだから」

「お稲荷《いなり》さんが憑いたんじゃねえの？」

ぼーさんの言に、綾子は嫌そうに顔をしかめた。

「やめてよ、あんたまで。お稲荷さんは狐じゃないわよ」

あたしはきょとんとした。

「違うの？」

「違うわよ。稲荷神は、宇迦之御魂神《うかのみたまのかみ》のことでしょ。豊宇気毘売命《とようけびめのみこと》とも言うけどね。要は天照大神《あまてらすおおみかみ》とかと一緒で神様の一人。その稲荷神の眷族《けんぞく》——お使いが狐なの。たいがいは白狐ね。この白狐が憑いたんだったら、お稲荷さんが憑いたと言えるかもしれないけど、だったら神様が憑いたようなものだもんね。ま、だからこそ狐が憑いた——神様が降りてきたから、予言もできるし病気も治すなんていう言い分が成立するわけだけど」

ははあ。

「一般に言われる狐憑きは、稲荷神憑きでも白狐憑きでもないでしょ。イメージとしては化かす狐が憑いたって感じなんでしょうけど。つまり、妖狐《ようこ》憑き？」

「化かす狐……」

と、言われても。

「……狐、化かすの？」

「動物園の狐は化かさないと思うわよ。それと同じで、普通、狐は憑かないでしょ。死んだ狐の霊が憑くことはあるかもしれないけど、だったら油揚げを欲しがったり鼠《ねずみ》の天《てん》麩羅《ぷら》を欲しがったりしないわよね」

「鼠の天麩羅ぁ!?」

「欲しがるってことになってたの、昔はね。むしろ死霊なんだと思うわよ。質《たち》の悪い霊は獣の形を取ることがあるから」

「獣の形……？」

「そう。人じゃなくて獣みたいに見えるってこと。嫌な臭気を伴うこともある。獣くさいのよ。ええと——荒れ果てた動物園みたいな臭い」

「へええ」

「そういうのは、かなり悪質。というより、もとは人間の霊だったのが、邪念や悪意を吸って変質して、人間性を喪失した、って言うのかしらね。凶暴だし悪意しかない。とても攻撃的で、破壊欲求の塊みたいな感じ」

「……悪魔、だよね、それって」

そっか、と綾子は呟いた。

「――そうよね、それを悪魔って呼んでるのかも」

ぼーさんは不満そうだ。

「だったら、単純に悪霊憑きって話じゃん。『悪霊憑き』イコール『狐憑き』ってことだろ。そうじゃなく、狐憑きなら人格が変わるんじゃねえの？　明らかにかつての人格と変わって見える。しかも良くないほうに変わって、それで周囲が異常に気づいて、怪しい霊能者を呼んで『狐憑き』と診断される」

「礼美ちゃんは変わった、って話があったんじゃなかったっけ？」

「別人のようだとは誰も言ってないだろ」

……そうだよな。典子さんは「変わった」とは言っていたけど、別人になったようだとは言ってない。柴田さんと揉《も》めたとき、礼美ちゃんはらしくない行動を取っていたけど、何かが憑いたと思われるほど異常だったわけでもない。変わったと言えばいいのか、それでもこの程度では変わったとは言わないのか。――困ったときは先生にお伺いだ。

そう思ったのか、あたしはもちろん、ぼーさん、綾子までがナルを見る。

ナルは軽く眉を上げてから、

「何かが取り憑くことを普通、『憑依』と言うが」

……はい。

「何もかもを『憑依』という言葉一つで説明するのには無理があると思う。ぼーさんが狐憑きなら人格が変わるはずだ、というところに拘《こだわ》るのは分かる。憑依現象の場合、明らかに人格が変わって見える場合があるからだ。狐憑きの場合は、人格変異が第一の要件だ。普通は悪魔憑きの場合も人格変異を伴うとされる。本人に何者かが乗り移ったように見える――そういう意味で、霊を降ろして口寄せなどを行なう霊媒師もまた同様だ。霊媒師の場合も、霊を憑依させる、と言う」

「あ、そうか」

「しかしながらその一方で、霊が取り憑く、と言う。麻衣の学校の怪談にもあったろう。宿直室に自殺した教師の霊がいて、ルールを守らないと取り憑かれる」

「あ、あった」

「その場合、誰も教師が乗り移るとは考えていない。麻衣に教師が乗り移って、まるで教師のように振る舞うようになるとは考えていなかったろう」

……それは、確かに。

「この場合の『取り憑く』は、霊が特定の相手にぶらさがって付きまとうことを意味する。これは部屋や物の場合もそうだ。霊が部屋や物をよりどころにする、付きまとう。これも『取り憑く』と言うし、霊が『取り憑く』ことは即《すなわ》ち『憑依』だ。だが、霊が乗り移ることと、霊が付きまとうことは同列に語れない」

……言われてみれば。

「霊が乗り移るのがポゼッション――『憑依』だとすれば、霊が付きまとうのはダングル――『憑着《ひょうちゃく》』とでも言うべきかな。霊が乗り移ることと付きまとうことは、別現象と捉えたほうが実情に合っている」

「なーるほど」

ぼーさんは手を打った。そっか、と綾子も呟く。

「だから、憑き物でも除霊できる憑き物と、できない憑き物があるんだ」

あたしは瞬く。

「あるの？」

「あるわよ。部屋に憑いた霊を落とすのは、除霊で落ちる。人に憑いた霊も、人格が変わってなくて、単に霊に取り憑かれて妙なものを見ます、体調が可怪《おか》しいです、なんてのは祓えば落ちるのよね。――なんだけど、人格が変わっちゃうようなのは駄目。除霊するの、すごく難しい」

「俺の周辺じゃタブーってことになってたぜ」

ぼーさんが言う。

「何が？」

「だから、人格が変わるほうの憑き物。憑依された人間を祓うのはタブー。無理に祓うと、相手の心身に悪影響がある。だから、その場合はまず本人と霊を引き剝《は》がさないといけないんだが、これが難題」

……へーえ。

「確かに、憑依した霊を祓うのは難しい。そもそも、精神的な問題なのか、それとも憑依なのか見極めるのも難しいしな。単純に取り憑いているのとは勝手が違う。……言われてみればその通りだ。別現象だよ、これは」

……ふうん。て、ことは？

「……礼美ちゃんの場合は、どっち？」

あたしが訊くと、ぼーさんと綾子は顔を見合わせた。

「礼美ちゃんに霊が憑いているとして、でも、人格変異はないから、憑着だ。問題は、礼美ちゃんが憑いた霊を『ミニー』って呼んでることだよな」

ぼーさんが言うと、綾子も、

「人形に憑いてるってことなんじゃないかしら。こっちの場合は憑依か憑着かはっきりしないけど。いずれにしても」

綾子はもっともらしく腕組みをした。

「問題は人形にあるってことね」

4

「え？　ミニーですか？」

ベースに呼び出され、いきなり人形について問われて典子さんはきょとんとした。

「兄が礼美へのお土産《みやげ》に買ってきたものですけど」

「それはいつ頃です？」

「あれは……昨年の九月か十月……たしか九月の終わりだったように思いますけど」

「じゃあ、引っ越しの直前ですね？」

「そうです」

ナルは頷き、

「ずいぶんお気に入りのようですが」

そうなんです、と典子さんは微笑んだ。

「もらって以来、片時も離さないんです。ずっと一緒で、常に話しかけて。私も小さい頃、そういう縫いぐるみを持ってましたけど、礼美にはミニーがそれなんです」

言ってから、典子さんはふと気づいたように眉根を寄せた。

「……まさか、ミニーに何か？」

「まだ何とも言えません。――礼美ちゃんの性格が変わったのは、それ以前ですか？

以後ですか？」

　典子さんは少し考え込んだ。

「前後で言えば、ミニーを手に入れて以後です。ただ、引っ越しの前に礼美が変だと思ったことはありません。何か可怪しいと思うようになったのは引っ越しのあとで」

「直後ですか？」

「いいえ。徐々に変わったという気がします。だんだん無口になったというか……喋《しゃべ》らないことが増えて、急に機嫌が変わったり」

「その他に様変わりしたことはありますか？　極端に性格が変わった、などの」

「ありません。変わったと言っても、少し口数が減ったとか、気難しくなったとか、その程度で。柴田さんなんかは我が儘《まま》になったと言うし、義姉《あね》は扱いにくくなったと言いますけど、どちらもあながち間違ってないと思います。ただ、私は気持ちを読みにくくなった、という気がしています」

　言ってから、典子さんは溜息をついた。

「……暗くなった気はします。もともとが、とても人懐こい、明るい子でしたから。べつに、はしゃぐわけではないんですけど、おとなしくても陽気な子だったんです。天真《てんしん》爛漫《らんまん》、と言うのでしょうか。人見知りは激しくなりましたし、ものすごく一人遊びが増えました。陰気になった――というより、影ができました。そういう気はします」

「ミニーをお借りできますか？」

言うと、典子さんは頷いてベースを出ていき、少ししてミニーを抱えて戻ってきた。

「これですけど……」

ナルは人形を手に取る。闇色の眼を少し細めた。

いわゆるフランス人形、というやつだろうか。あたしは改めてミニーをしみじみと見た。ふんわりした金髪に紫がかった青い眼、古風なドレス。肌の色はミルクのような白さで、頬が白桃のようなピンク色だ。彫りの深い目許と、つんと小振りな鼻、柔らかい薔薇《ばら》色の小さな唇をほんの少し開いている――今にも何か語り出しそうに。

第一印象は「愛らしい」だったし、こうして見ても品のある顔立ちが幼くて可憐《かれん》な感じだ。アンティークドールに独特の怖い感じはない。

「どれくらい前のものだか分かりますか？」

「さあ……。でも、そんなに古いものじゃないと思いますけど。義姉にお訊きになったほうが詳しいと思います」

言って、典子さんは台所にいる香奈さんを呼びに行った。香奈さんは今日から仕事に戻る予定だったけど、それをキャンセルしたそうだ。柴田さんがいないから。柴田さんは、昨夜の出来事が堪《こた》えたのか、しばらく休ませてほしいと連絡してきたのだそうだ。

エプロンを外しながらやってきた香奈さんは人形について、と言われて、ああ、と気のない声を出した。

「主人がパリで買ったやつ。出張に行ったときのお土産です。蚤《のみ》の市でたまたま見つけて、表情が気に入ったので買ったと言ってました。ハンドメイドの良いものですけど、べつに古いものじゃありません」

「アンティークではないんですか？」

ナルが訊くと、「まさか」と言いながら、香奈さんはミニーを手に取ってしげしげと検《あらた》めた。

「アンティークドールというのは、一九三〇年以前に作られたものを言うんです。これはどう考えても新しすぎます。たぶんブリュに似せてあるだけでしょ。──やっぱり違うわ、刻印もないし。ハンドメイドのビスクだけど、たぶん近年に作られたもの」

「……失礼ですが？」

「顔や手が陶器製の人形をビスクドールと言うんです。十九世紀の末に作られるようになったもので、特に有名なのがフランスのジュモウ社やブリュ社の人形。これはブリュの顔だと思うわ。一見してブリュだと分かるくらいだから、一種のレプリカではあるんでしょうね。ただ、横にすると眼を閉じる──スリーピングアイだから、オリジナルを忠実に再現した復刻品というわけでもないみたい」

「では、特に由緒があるわけでもないんですね」

「ないでしょうね。新品ではなかったと思うから、以前に誰かが所有していたんでしょうけど。でも、せいぜいが十年か二十年前、そのくらいじゃないかしら」

香奈さんが言ったときだ。

「返してっ！」

突然、後ろから大きな声を出されて、あたしは跳び上がった。

礼美ちゃんがナルのシャツを引っ張っている。

「ミニー、返して！　触らないでっ！」

「礼美ちゃん、ミニーと話ができるんだって？」

ナルが訊いたが答えない。精一杯背伸びをすると、ナルの手からミニーをもぎ取った。

「誰も触っちゃ、だめ！」

ミニーを抱きしめ、脱兎《だっと》の勢いで駆け出す。典子さんが慌てて礼美ちゃんを追いかけていった。それを見送るナルの眼の色は深い。

5

——我々は今夜も寝られない。何かあったときに備えて待機しながら、ベースでモニターの不寝番だ。

主モニターには礼美ちゃんの部屋が映っている。誰もいない部屋（礼美ちゃんは今夜も典子さんの部屋で寝ている）。贅沢《ぜいたく》で可愛い部屋なのに、持ち主は部屋に戻れない。

映像の妙にざらついた質感が、その欠落感を強調している気がする。

全員が疲労と倦怠感《けんたいかん》で黙り込んでいると、「始まった」とナルが呟いた。積み重ねたモニターを一瞥《いちべつ》する。本当だ。礼美ちゃんの部屋の温度が下がり始めた。

――時計を見ると、午前二時半。

同時に主モニターの映像が動き始めた。礼美ちゃんの部屋に置いたカメラはサーモグラフィーと連動していて、いま現在、最も温度の低いところを自動的に追いかけていくようになっている。カメラの視界がじりじりと移動して、礼美ちゃんのベッドの上に来て止まった。枕に背中を預けて坐っているミニーを中心に捉えて。礼美ちゃんが眠ってから、そーっと借りてきたのだ。

カメラはミニーの無表情を映す。闇に向かって見開かれたガラスの眼。その空虚さ。

「こうして見ると、人形って気味が悪いね……」

夜の人形は怖い。特に眼を開けていたりすると。横にすると眼を閉じる人形は、だから発明されたんじゃないかと、妙なことを考えてしまった。

「空洞だもんね」

綾子が呟く。

「空洞？」

「そもそも人形ってのは、魂の器なのよね。ほら、人間って、人の形をした身体と、その中に宿る魂でできてるわけじゃない。人間の形を模した人形は、だから魂のない人間なの。だからこそ、そこに呪術《じゅじゅつ》で魂を封じ込めて人の身替わりにしたりする。言わば、人の紛《まが》い物になるわけね」

「へえ……」

「魂の入ってない人形は空洞なの。あるべきものが欠落してる」

「だから不安定なんだよな」と、ぼーさんも言った。「本来は器と中身で安定するようになってる。なのに中身がない。だから不安定で、それで霊が入り込みやすい。霊を宿して、初めて安定する」

「あたし駄目なの、人形って」綾子は真剣に嫌そうに顔をしかめた。「どうしても見た目より、中身の空洞のほうを意識しちゃうの。あそこに空洞があって、そこに魂を待ってるんだって思っちゃうのよね」

「……そんなこと言ったら、全部の人形が危ないじゃない」

「機械で大量生産する人形は玩具《おもちゃ》っていうモノであって、人の形をした器なんて大層なものじゃないでしょ。でも、一体ずつ手作りする人形はね。そりゃ、職人が精魂傾けた芸術作品なら、作り手の魂が宿るのかもしれないけど」

「魂《たま》入れをするって言うもんなあ」ぼーさんが言った。あたしが振り返ると、「昔の人形作りの名人とかって。魂を入れるんだとさ。そうしないと危険だから」

「すると安定はするけど、それってもはや人間の紛い物だから、今度は取り扱いが難しいのよね。人間と看做《みな》して大事にしすぎると増長するし、人形だと思って疎《おろそ》かにすると、とんでもないしっぺ返しが来たりする。あー……考えるだに苦手」

……やめてよう。

と、突然ナルが立ち上がった。全員が振り返って、ナルが食い入るように見つめているモニターに眼をやる。あたしは思わず腰を浮かせた。綾子やぼーさん、果てはリンさんまでが身じろぎをした。

ミニーが俯《うつぶ》せになっている——。

いつの間に？　さっきまで坐っていたのに。

金髪が枕の上に散っていた。言葉もなく凝視するあたしたちの眼の前で、ミニーの身体がずるっと動いた。シーツごと引っ張られるように身体が小刻みに引かれて、枕に載った首だけがそこに残る。首と身体が離れていこうとしている。

「……やだ」

くい、と身体が引っ張られて、完全に首と身体が離れた。丸い金髪の塊が毛先を散らして枕の上に残されている。その塊がもぞっと動いた——気味の悪い生物のように。

もぞもぞと金髪を蠢《うごめ》かして身じろぎした塊は、突然、ごろんと転がって枕から落ちた。そのまま白い顔に金髪をまとわりつかせてシーツの上を転がり、ベッドから落ちていく。

その、妙に生々しい光景。

ごとん、と首が落ちた硬い音がした。

それを合図に、礼美ちゃんの部屋の温度が通常に戻り始めた。

6

「くそう。思わずびびったぜ、悔しいことに」

ぼーさんは本当に悔しそうに言いながら鞄《かばん》を引っ掻《か》き廻している。礼美ちゃんの手を離れている今のうちにミニーを祓うと言う。

「祓って焼き捨ててやる」

……よほど腹が立ったんだな。

「でも、拙いでしょ、それは。断りもなく」

「祓ったら、自動発火で燃えちゃいましたって言い訳するさ」

……そんな、乱暴な。

「どっちにしろ、人形が元凶なんだから、やるしかないだろ」

言って、ぼーさんは隣の寝室に駆け込んだ。

まあ、気持ちは分からなくはない。

あのあと、あたしたちは礼美ちゃんの部屋に行ってみた。そこではミニーが待っていた。置いたときのまま、首なんてもげてない。最初から据えてあった場所に、元通りに澄ました顔で坐っていたのだ。眼を見開いて、口許にはわずかに笑みを含んで。まるで「何か悪い夢でも見たの？」と揶揄《からか》うみたいに。

そうして、さらに腹立たしいことに、録画された異常を再生しようとしたら、何も映ってなかったのだ。機材には異常なんかないのに、深夜二時半を過ぎたあたりから、のっぺりとした砂嵐で埋められていた。その他の使途不明の機械類は、全部針が振り切れてしまっていた。つまり、あの異様な光景は何の証拠も残さなかったわけだ——悪い夢だったかのように。そのくせ、あたしたちが部屋に駆けつける直前から録画を再開していて、慌てふためいてベッドに駆け寄り、啞然として間抜け面を曝《さら》しているのがしっかり映ってるから余計に悔しい。

どたばたと衣に着替えてきたぼーさんは、憤然とベースを出ていった。あたしはその背中を指差し、

「ナル、止めなくていいの？」

訊いてみたが、ナルは軽く肩を竦《すく》めただけだ。気のない表情でモニターを見ている。リンさんに至っては、完全に無視。

「……そう簡単に祓えるようならいいけどね」

そう呟いた綾子も、やっぱり忌々しげだ。

「なんか、相手のほうが余裕綽々《しやくしやく》で、こっちのことなんて意に介してない感じ。さっきのあれって、明らかにこっちを脅かして喜んでるみたいじゃない？」

この家のポルターガイストはいつもそうだ。底意地が悪い。

「子供かなあ」

なんだか、とても子供っぽい気がする。意地悪で小賢《こざか》しい子供って感じ。

「ミニーに憑いてるやつ？　子供のわけないじゃない」

「でも、以前の持ち主なんじゃないの？　以前の持ち主が不幸な死に方をして……とかいう話なんじゃあ」

「ありがち」

……定番じゃん。ぶつぶつ。

「子供が持つには大層すぎるわよ、あの人形」

「でも、実際、礼美ちゃんが持ってるわけだし」

「与えた大人がどうかしてる。普通は、子供の玩具としては与えないでしょ。ああいう高価な人形って、どっちかと言うと好事家《こうずか》の持ち物だもの。子供じゃ価値も分からないし、せっかくのもの、壊されるのが関の山」

……それも、そうか。

「でも、……じゃあ？」

綾子は顎《あご》先に指を当てる。

「確かに、以前の持ち主が不慮の死を迎えて——っていう話はよくあるのよね。ただ、その場合は、何を思って人形に取り憑いてるのかが問題よね」

「何を思って？」

「そう。ひょっとしたら、持ち主の執着なのかもしれない。人形にすごく執着してて、他人に渡したくない。すると新しい人形の持ち主は、言わば祟《たた》られるわけ。霊は自分以外の所有を許さない」

「ああ……なるほど」

「あるいは、死にたくないっていう思いかもしれない。死にたくなくて、人形に乗り移って生き延びたつもりだったのに、人生の楽しいことの一切が自分の前を素通りしていく。それに怒って暴れる」

「……そっか」

ミニーは何をしたいんだろう？　礼美ちゃんに妙なことを吹き込んで、周囲の人間を脅して。——考えてみたけど、思い浮かんだのは、やっぱり「子供っぽい」ということだった。単純に面白がって意地悪をしてる感じ。礼美ちゃんに妙なことを吹き込むのだって、そうやって礼美ちゃんを怯えさせて喜んでるんじゃないだろうか。怯えた礼美ちゃんに適当な法螺《ほら》を吹いて、自分の子分にしようとしている感じ。

ふっとあたしは思い出した。

……礼美ちゃんが危険……。

あれは、あたしの夢なんだけど。

「……このままの状態が続いたら、礼美ちゃんはどうなるのかな」

「あまり芳しくないことになるのは確実」

「そうなの？」

「霊だって、何かを動かすにはエネルギーが必要なわけで、そのエネルギーをどこから得ているかというと、ミニーの場合は明らかに礼美ちゃんだと思うわよ。すると、長期間それが続けば、絶対に健康には影響が出るし、それ以前に、魔女だの毒殺だの妙なことを吹き込まれていたら周囲と折り合えなくなっちゃうでしょ。精神的にも絶対に影響があると思う」

「……拙いじゃない、それ」

「だからなんとかしようとしてるんでしょ」

綾子はモニターを顎先で示した。礼美ちゃんの部屋にぼーさんがいて、ベッドの脇からミニーに向かって屈み込んで、何事かをしている。

「ミニーの意図が分からないとなあ。問題は以前の持ち主か……。蚤の市じゃ、持ち主の遡《さかのぼ》りようもないわよね」

言って、綾子はナルを振り返った。

「ねえ、じたばたするより、人形をどこかしかるべき場所に納めたほうが良くない？」

ナルはモニターに眼をやったまま、

「しかるべき？」

「神社とかお寺とか。人形供養をしてるところってあるでしょ。そういうところ」

「……無駄だと思うが」

「なんでよ」

「ミニーのせいではないと思う」

はあ？

「いまさら、何言ってんの？」

「正確に言うなら、人形のせいじゃない」

「なんで――」

「勘」

綾子が笑った。

「あらまあ。あんたでも勘なんてことを言うの？　それで、あんたの勘に何の意味があるわけ？」

ナルは素っ気なく肩を竦めただけだ。綾子のほうを見もしない。あたしは、

「人形のせいじゃなかったら、何なの？」

「それが分からない。――人形は器に使われてるにすぎないと思う。問題は、ミニーが何者なのか、ということなんだ」

「意味が分かんない。だから人形はミニーの器なんでしょ？　ミニーは以前の持ち主なんじゃないの？」

「そうでない可能性もある。人形は霊の依《よ》り憑く器だから」

「無関係な霊かも、ってこと？」

それって、と綾子は訝《いぶか》しげに首を傾げる。

「たとえば、浮遊霊とか？　あるいは礼美ちゃんに関係のある、先祖とか友達とかの霊とか。この家の地縛霊……は、いそうにないんだっけ」

「人形に何者かが憑いているからと言って、すぐさま以前の持ち主に結びつけるのは早計だろう。しかも、以前の持ち主なら人形に憑依して一体化している可能性が高いから、人形を封じればそれで封じることができるかもしれないが、憑いた霊が単に人形を器として利用しているだけで実は礼美ちゃんに憑着しているのなら、人形をしかるべき場所に納める前に人形から離れてしまう」

そっか、と綾子は唇を噛《か》んだ。

「でも、……じゃあ、どうするの？」

返答はなかった。ナルは黙ってモニターを見つめている。

『オン、ボクケンジンバラウン』

メインスピーカーからぼーさんの声が聞こえている。この意味不明の呪文が密教の呪文で真言と言うのだそーだ（綾子談）。

『オン、ギャギャナウサンバンバ、バサラコク』

両手の指を複雑に組み替え、腕を動かす。怪しいパフォーマンスに見えてしまうのは、真言がまるきり意味不明だからだろうか。ぜんぜん有難い感じがしないんだよな。

『オン、バサラキリタラウン、ジャクウンバンコク』

蠟燭《ろうそく》に照らされたミニーの様子に変化はない。室温も五度くらい下がったままで安定。急激な低下は見られない。マイクにも不審な音はなし。

「反発する気はないのかしら……」

綾子は眉をひそめている。

ぼーさんや綾子によれば、霊は除霊に対して反発することがあると言うし、だとしたらミニーは絶対に反撃しそうなタイプだ。なのに何の反応もなし。——もっとも、綾子の除霊のときだって、反発はなかったわけだけど（そして、効果はなかったわけだ）。

「なんだか嫌な感じ……」

ミニーの反応を窺《うかが》って息を詰めている間に、ぼーさんの儀式のほうが終わってしまい、あたしたちは拍子抜けする思いで、意気揚々とミニーを突っ込んだ段ボール箱を抱えて庭に出ていくぼーさんを見送った。

……本当に勝手に燃やしちゃっていいのかなあ。

周囲の顔色を窺ったけど、ナルも綾子も（当然のことながらリンさんも）まったくの無反応だ。ぼーさんの様子を見に行くでもなく、じーっとモニターを見ている——綾子すら、真剣な表情で。

……ひょっとして、緊張してる？

「ねえ、綾子——」

「しっ」

どうしたんだろう。何かが起こっているんだろうか。そう思って並んだモニターを一通り確認したけど、変化はなさそうだった。ということは、何かを待っている？

部屋の空気がピリピリしてる。つられて意味は分からないなりに息を詰めたときだ。スピーカーから――全てのマイクからの音を集めて小さく流しているサブスピーカーから短い悲鳴が聞こえた。

7

悲鳴の主は典子さんだった。あたしたちは典子さんの部屋に駆けつけ、夢うつつのまま半身を起こしている礼美ちゃんを寝かしつけ、真っ青になっている典子さんをベースに保護した。落ち着かせようと宥《なだ》めているとき、ぼーさんが駆け戻ってきた。

「――ミニーが」

ぼーさんは勢い込んで言いかけ、ソファに坐って震えている典子さんに眼を留め、口を噤《つぐ》んだ。

「……どうした？」

ぼーさんが問う。あたしは首を横に振ってから、目線でナルを示した。典子さんの脇にナルが坐って、典子さんの顔を覗き込んでいる。

「大丈夫ですか？」

典子さんは羽織ったガウンの襟を握りしめ、震えながら頷いた。

「……はい。……すみません」

主モニターには、異変が起こる前の典子さんの部屋が再生されている。部屋の隅に一つだけ点いたスタンド。シェード越しの暗い明かりがぼうっと部屋を照らしていた。画面の斜め奥、暗がりにかろうじてそれと分かる程度にベッドが映っている。典子さんと礼美ちゃんが眠っている。二人ともピクリとも動かない。

「何があったんです？」

ナルに問われて、典子さんはあたしたちを見た。

「……どうしてだか、目が覚めたんです」

画面に映ったベッドの上、布団の膨らみが軽く動いた。

「理由は分かりません。なんとなく目が覚めて……なんとなく礼美を確認して……」

布団の膨らみはさらに動き、典子さんが首を巡らすのが、ほのかに見える。

「……礼美の顔を見て、眠っているな、と思って。そしたら、お腹のあたりに何かあるのに気がついたんです」

画面の中の典子さんが、ちょっと首を起こすようにしてから動きを止めた。

「最初、何が起こったのか分からなかったんです。……半分眠っていたから。礼美がいる、と思いました。礼美が鳩尾《みぞおち》に顔を埋《うず》めているんだって。なのに、眼の前にも礼美の顔があって、よく眠っていて……」

画面の中の典子さんは凍りついたように動かない。

「……なんとなく手を……手で触れたら、髪の毛の感触がして……撫《な》でたら、確かに子供の頭で……」

びくっと、暗がりの中で典子さんが身動きをした。

「何か可怪しい、って」

『えっ』

スピーカーから典子さんの声がする。次いで、短い悲鳴が。同時に、暗がりの中、ベッドの上で典子さんが弾かれたように跳び起きた。撥《は》ね除《の》けるように布団を捲《まく》り、同時にベッドの上を飛び退《すさ》る。

『なに？　――なんなの⁉』

パジャマを着た礼美ちゃんが横たわったまま、少し首を動かした。その礼美ちゃんの脇に、寄り添うようにミニーが、いた。

「驚いて跳び起きたらもう何もいなくて。礼美がミニーを抱いて寝てるだけで……でも」

ソファで震えている典子さんは深く俯いて自分の肩を抱いた。

「確かに子供だったんです。人形じゃありません。大きさだってぜんぜん違うし、髪の毛の感触も、頭皮の感触も……」

震える声で言って、典子さんは顔を上げた。

「私……寝惚けてたんでしょうか。あれは、ミニー？　ミニーはお預けしたはずで、だからいるはずがないと思ったから、人形でないように感じた、とか？」

典子さんは怯えたようにあたしたちを見廻した。

ミニーのはずがないことを、あたしたちは知ってる。少なくとも、典子さんが跳び起きた時点では、ぼーさんが庭に持ち出していたのだから。

誰かがそれを言うかと思ったけど、誰もそれについては触れなかった。代わりにナルが、

「おそらく、そういうことでしょう」

そう答えた。

ああ、と典子さんは、安堵《あんど》したように溜息をついた。

「……そう……そうなんですね。……よかった」

「半分眠っていたわけですから。人形の感触で、子供がいる夢を見たんでしょう」

典子さんは頷き、

「お騒がせしてすみません。……いつの間にミニーを？」

「お休みになっている間です。何かの拍子に礼美ちゃんが目を覚まして、ミニーがいないことに気づいてもいけませんから。いちおう、声はおかけしたのですが、二人とも熟睡してらしたので。礼美ちゃんの枕許に坐らせておいたのですが、礼美ちゃんが気づいて布団の中に入れたのでしょうね」

そうですか、と典子さんは微笑んで、すぐに顔を覆った。

「……驚いた」

「失礼しました」

典子さんは頷き、そして少しだけ作業の進展を聞いてから、部屋に戻っていった。典子さんが書斎を出るのを見送り、足音が階段を昇っていくのを確認してから、

「……逃げやがったな」

ぼーさんが、そう低く呟いた。

「燃やさなかったの？」

綾子が訊く。

「燃やしたさ。だが、箱は燃えたのに、ミニーはいなかった」

段ボール箱に火が点いて、燃え上がった。蓋《ふた》が燃え崩れる一瞬、確かにミニーがいたように思う、とぼーさんは言う。けれども完全に蓋が燃え落ちてしまうと、箱の中にミニーの姿がなかった。炎の中にからっぽの箱が見え、すぐさま燃え崩れていった。

「……そんなことだろうと思ったわ」

綾子は溜息をついた。

「なんだとー」

ぼーさんは不服そうに綾子を睨む。

「反応がなさすぎたもの。祈禱《きとう》が効いていたなら、多少なりとも反発があったはずよ。

おとなしく除霊されるようなタマじゃないでしょ」

……そうか。だから、綾子もナルたちも、あんなに緊張してたのか。

「祈禱の間中、まったくの無反応で、それでおとなしく燃やされるはずがないと思ってたわ」

「……まったくの無反応？」

「こっちで見ている限りはね。それとも、あんた、何か感じた？」

いいや、とぼーさんはふて腐れたように呻った。

「ぜんぜん相手にされなかった、ってことね」

「むかつくぅ」

「悔しいけど、格が違う感じ。——ねえ、どうするの？」

綾子はナルを振り返った。

綾子でも効果なし。ぼーさんでも効果なし。——まあ、二人に期待するだけ無駄って気もするけど、でも、これからどうすれば？

ナルは考え込み、

「手強《てごわ》いのは確かだろう。尋常の相手じゃない」

「逃げる？」

……すぐこれだよ。

「逃げ出しますか？」

ナルに問われて、綾子は答えに詰まった。

「両手を挙げて逃げ出すのでなければ、専門家を呼んだほうがいいかもしれない」

「専門家？」

綾子もぼーさんも怪訝そうにする。ナルは頷いた。

「残念ながら、憑き物は僕も管轄外だ。当たった事例も多くないし、蓄積も少ない。礼美ちゃんのことを考えると、専門家に任せたほうがいい」

「だから、専門家って何よ」

「もちろん、悪霊憑き、または悪魔憑きを落とす専門家だ」

あ、とあたしたちは顔を見合わせた。

そっか、いたんだ。――本物の「悪魔祓い師《エクソシスト》」が。

第五章

1

明け方に仮眠を取って、起きたらすぐに典子さんの部屋に向かう。今日はエクソシストが到着するまで礼美ちゃんについていろ、との所長からのお達しだ。

「おはようー」

ドアを開けて声をかけたけど、二人の姿は見えなかった。一階に降りてリビングを覗《のぞ》くと、そこにも二人はいなくて、香奈さんと尾上さんが何やら話し込んでいた。

「あら、おはよう」

香奈さんがあたしに気づいて振り返った。尾上さんが会釈をする。礼美ちゃんは、と訊《き》くと、

「庭でしょ。典子さんと水撒《みずま》きをしてるわ。――ああ、あなた方の食事は食堂に用意しているから。申し訳ないけど、勝手に食べてくださる？」

「すみません、毎度毎度」

あたしはぺこぺこ頭を下げながらリビングを出た。あたしたちは夜中起きているし、

そのあとも交替で仮眠を取ったりするから、家族と一緒に食事、というわけにはいかない（そもそも調査に来ている身で、それもどうかという気もするし）。なので、朝昼兼用の食事と夕飯、そして夜食を勝手に食べられるよう用意してくれている。とは言っても、基本的にはケータリングなんだけど。

柴田さんもいないし。それだけじゃなく、香奈さんも典子さんも、どうしてもコンロを使うのには不安があるようなのだ。ガス会社の人が器具には問題ないと言っていたけど、そう言われてすぐさま安心できるはずもなく。なので、台所で用意するのは火を使わずに済むものだけ、あとは外食かケータリングということにしたらしい。

家族はそれで当然として、とあたしは思う。おまけが五人もいたら、大散財だよなあ。それとも、綾子の言うように「お金持ちなんだから、そのくらいの出費、大したことないわよ」なんだろうか。

思っていると、背後から呼び止められた。

「谷山さん――でしたよね」

振り返ると、尾上さんが小走りにやってくるところだった。

「調査はどうです？」

「ええと……鋭意、努力中です」

「なんでも、新しい霊能者を呼ぶとか」

あたしは頷《うなず》いた。その件に関しては、ナルが了解を取ったようだ。

「ゆうべ、何かあったんですか？」

尾上さんは声を低めた。

「……いいえ」と、言っておいたほうがいいんだろうな。

「そうですか？　奥さまが、明け方近くに人が右往左往していた、と気にしてらっしゃいましたが」

「ああ、お騒がせしてすみません。特に何かあったわけじゃないです。典子さんが魘《うな》されたのと、あと、機材を調整したり、そんな感じで」

そうですか、と尾上さんは首を傾《かし》げる。

「コンロが火を噴いたんですって？」

「ああ……ええ」

「その前には家具が動いた。一昨日にも本棚が倒れて、奥さまが危うく巻き込まれるところだった。なんだか、あなた方が来てから、強くなってませんか？」

「……はあ」

「先日から、礼美ちゃんは典子さんの部屋で休んでいますよね」

「ええ。それは、礼美ちゃんの部屋でいろいろありましたから……」

「あなた方は、ずいぶん礼美ちゃんを気にしているみたいですね？」

そうなんだけど。なんだろう、なんだかとても責められている感じ。

「それは……礼美ちゃんはまだ小さいですから……」

尾上さんは軽く息を吐いた。

「すみません。責めているわけじゃないんです。ただ、奥さまが、自分は蚊帳《かや》の外に置かれている気がする、と言って気にしておられたので」

あっ、とあたしは声を上げた。

「……すみません。そんなつもりじゃなかったんですけど」

礼美ちゃんをマークしているのは事実だし、正確に言えばミニーを警戒してる。でも、確証があるわけでもないし、多分にデリケートな問題を含むから、典子さんや香奈さんには特に報告してないと思う。

「正直言って、まだ何も分からないんです。ええと、……まだ仮説を立ててる段階、というか……。なので、その段階でいろいろ言って、不安がらせても申し訳ないので……」

言ってから、あたしはハタと気づいた。尾上さんが「強くなってませんか」と言った理由。——あなた方が来てから、強くなってませんか。

「あの……ひょっとして香奈さん、あたしたちが典子さんと共謀してどうとか……なんて思ってます?」

尾上さんは、ちょっと背後——居間のほうを窺《うかが》った。少し身体の向きを変えて、

「……気にされてはいます。僕が言ったことは内密に願いたいのですが」

あちゃー。

「松崎さんがあなた方と知り合いだった、というのも気になるようなんです。ほら、たまたま集めた霊能者が、たまたまみんな知り合いだったなんて変でしょう？　そのうえ、あなた方は常に書斎に集まって何やらしているし、典子さんには報告をしているようだけれども、奥さまには報告がない。さらには、あなた方が来られてから、これまで起こらなかったような異常なことが起こり始めた。……すると、どうしても穿《うが》った考え方をしてしまうと思うんです。御自身が、些《さ》細《さい》とはいえ怪我をされてますしね」

「違います！　二人に会ったのは、本当に偶然で。あたしたちも驚いて」

尾上さんは制すように両手を挙げた。背後に目配せをして、

「僕もそうだろうと思います。松崎さんは僕が探したんだし、誰かが裏でどうにかして松崎さんを引き当てるようにするなんてこと、できるはずがなかったことは、僕が一番よく分かってますから」

「ああ……はい」

「でも、もともとこの家は、複雑な感じになっていたので。奥さまが気になさるのも無理はないし、そこのところをもう少し気に懸けていただけませんか？」

「……分かりました」

言うと、尾上さんは会釈して戻っていく。それを見送り、よく考えたら、あたしが責められるのは理不尽だと思い至った。そもそもあたしは雑用係で、ボスはナルだ。報告義務があるのはナルで——って、香奈さんが雇ったのは綾子じゃん！

綾子もぼーさんもいつの間にか、すっかりナルにぶら下がっちゃってさ。そのくせ、除霊しても効かないし。せめて雇い主のケアぐらいしろよな。

心の中でぶつぶつ言いながら前庭に出た。今日もいい天気だ。まだ朝の範疇《はんちゅう》なのに、すでに蝉《せみ》が喧《かまびす》しい。典子さんと礼美ちゃんはどこだろう。

捜しながら建物を裏手へ廻り込むと、繁みの中にいる人影を見つけた。

……曾根さんだ。

曾根さんはすぐそばの芝生のほうを見ている。帽子を被《かぶ》って、軍手を嵌《は》めた手には鋏《はさみ》を持ってる。庭木の手入れをしに来たんだろうか。——と、あたしの視線に気がついたのか、振り返った。ちょっと会釈すると、あたしが声をかける間もなく繁みの向こうに行ってしまった。

……やっぱりなんか、挙動が不審だ。

曾根さんが芝生のほうを見ていたということは、そっちに礼美ちゃんがいるんだろう、そう思って歩いていくと、芝生に水を撒いている典子さんの姿があった。

「——おはようございます」

声をかける。典子さんが振り返って手を振った。

「ゆうべはごめんなさいね」

いいえ、と返して、周囲を見廻す。

「礼美ちゃんは？」

典子さんは庭の先を示した。建物からそんなに離れていない木陰に、小さな四阿《あずまや》があった。窓も扉もない、柱と腰板だけの白い建物で、中に置かれたベンチに礼美ちゃんがぽつんと坐っている。

今日は水撒きのお手伝いはしないのかな、そう思っていると、典子さんがちょっと困ったように微笑《わら》った。

「……今日は機嫌が悪くて」

そうかー。四阿に近づくと、礼美ちゃんが典子さんに背を向け、ミニーを固く抱きしめているのが分かった。ミニーに話しかけているのだろうか、小声で何か喋《しゃべ》っているのが聞こえる。大きな木の下の緑陰に包まれた四阿の中には、さらに深い影が落ちている。影の中に取り残された小さな背中が頼りない。

「礼美ちゃん、おはよう」

声をかけると礼美ちゃんは振り向き、ぱっと視線を逸《そ》らした。返事はないまま、ミニーの手だけを小さく振らせた。

「……ミニーも、おはよ」

ミニーに手を振って向かい側のベンチに坐り込む。礼美ちゃんが顔を上げた。翠《みどり》色の翳《かげ》りが落ちて、泣きそうな表情に見えた。

「麻衣ちゃんは、悪い人の味方？」

あたしはきょとんとした。

「悪い人？」

「……大きい男の人。ゆうべ、ミニーにひどいことをしたの」

どきりとした。

「……酷《ひど》いこと？」

「麻衣ちゃんも味方に決まってるって言うの」

あたしは、辛《つら》そうな礼美ちゃんの顔を見つめた。

「……それ、誰が言ったの？」

「おともだち」

「ミニー？」

礼美ちゃんの返答はない。あたしをまじまじと見ている。

「麻衣ちゃんも味方？」

「あたしは、いつだって絶対に礼美ちゃんの味方だよ」

礼美ちゃんは眼をパチパチさせてから笑顔を浮かべた。あたしは微笑み返し、

「今日はお水は撒かないの？」

訊くと、こっくり頷く。その表情が少しだけ暗い。

「ミニーとお喋りしてたの？」

「……おともだち」

お友達？　ミニーとお友達は別なんだろうか？　怪訝《けげん》に思いながらも、あたしは笑み

を作る。

「そっか、お友達がいるんだ。あたしもお喋りの仲間に入れてくれる？」

言うと、礼美ちゃんは頷き、そして、

「……あれ、行っちゃった」

礼美ちゃんの視線が、何かを追って四阿の外へと動いていった。四阿の外には白々しいほど眩《まぶ》しい夏の景色が広がっている。

……行った？　誰が？　礼美ちゃんは何を見てたの？

薄ら寒い気分を堪《こら》え、あたしは無理にも笑みを浮かべて礼美ちゃんを振り返った。

「ありゃりゃ。嫌われちゃったかなあ？」

礼美ちゃんは小さく頭《かぶり》を振った。

「……今のがミニー？」

ううん、と礼美ちゃんは人形を示した。

「みにーハ、ココヨ」

「だよねー。じゃあ、さっきのお友達は？　どこに住んでるの？」

礼美ちゃんは黙って首を振った。知らないということだろうか、それとも、言えない、ということだろうか。

「いつ頃から遊ぶようになったの？」

「……覚えてない」

「このお家に来てからだよね？」

「うん」

礼美ちゃんが頷いたとき、突然、音を立てて風が吹いた。頭上の樹が大きく鳴る。思わず埃《ほこり》を避けて目許《めもと》を覆い、そして眼を開けたときには礼美ちゃんが棒立ちになっていた。

「……礼美ちゃん？」

礼美ちゃんは身体を震わせ、そしてぱっと身を翻した。何かに怯《おび》えたように四阿を駆け出し、家のほうへ走っていく。体当たりされそうになった典子さんが、驚いたように礼美ちゃんを見送った。

「礼美？　どうしたの？」

あたしもぽかんとしながらそれを見送り、――そして、似たようなことがあったのを思い出した。最初に礼美ちゃんの部屋に遊びに行ったときだ。機嫌良く相手をしてくれていた礼美ちゃんが突然、態度を変えた。あのときにも唐突に風が吹いた。カーテンがまるで典子さんに襲いかかるように翻って――。

ミニー？

「……あんたなの？」

2

……何か、可怪《おか》しい。

あたしは釈然としないまま礼美ちゃんを捜した。

礼美ちゃんには見えない友達がいる、これは確か。こないだ、礼美ちゃんはその誰かと会話してたし、その相手を「ミニー」だと言った。礼美ちゃんは目線で自分の正面を示した。そこには人形が坐っていたから、人形のミニーが話し相手なのだと思ったのだけど。

でも、さっきは誰もいない空間を見てた。

……お友達。

ミニーかと訊くと、「ミニーはここよ」と人形を示した。それじゃあまるで、見えないお友達とミニーは別物みたいだ。

こないだ礼美ちゃんが示したのは、正面にいた「見えない誰か」だったんだろうか。たまたま同じ方向に人形がいただけ？　でも、あのとき会話していた相手は「ミニー」だと、そう言っていたし……。

典子さんの部屋を覗いても礼美ちゃんはいない。礼美ちゃんの部屋を覗いてもいない。手当たり次第に家探しするわけにもいかず、あちこちで呼んでみたけど応答がない。途方に暮れてベースに顔を出すと、すでに全員が起きて揃っていた。

「礼美ちゃん、どこにいるか知らない？」

いや、とナルが眉をひそめた。

「見失ったのか？」

「逃げられちゃった。——あのね、ぼーさん、ミニーに嫌われたみたいよ」

は、とぼーさんはソファに寝そべっていた身体を起こした。

「礼美ちゃんが言ってた。ゆうべ悪い人が、ミニーに酷いことをしたんだって」

なんで、とぼーさんは言いかけ、そっか、と頭を掻《か》いた。

「ミニーが告げ口したんだな」

「でなきゃ、礼美ちゃんが知ってるはずないもんね」

礼美ちゃんどころか、ミニー以外の誰も知らないことだ。典子さんにすら、人形を焼き捨てようとして失敗したことは言ってない。

「見えないお友達と遊ぶようになったのは、ここに越してきてからだって」

ナルは不審そうに、

「礼美ちゃんがそう言ってたのか？」

「うん。さっきは、ミニーじゃなく、見えない誰かと話してた」

「ミニーじゃなく？」

「人形のミニーじゃなく。見えない誰かがいたみたい。……これってなんか変な感じがするんだけど」

ナルは眉をひそめたまま考え込む。綾子が、

「誰かさんは人形にいたり離れたりしてるってことでしょ？」

「そう……だよね？」

そういうことなんだよなあ？　なんか違和感ある気がするけど、べつに変じゃないよね？

「そだ。綾子さん、ちゃんとクライアントのケアはしてね。ぜんぜん状況報告してないでしょ」

え、と綾子は虚を衝《つ》かれたように呟《つぶや》いて、顔をしかめた。

「そっか、バラバラに来たんだっけ、あたしたち」

……忘れるなって。

あれ、と綾子はぼーさんを見た。

「すると、あんたはどうなるの？　クライアントがいなくなっちゃったんじゃあ？」

「依頼に来たのは柴田のおばちゃんだけど、支払いは香奈さんらしいから、クライアントはむしろ香奈さんだろ」

「だったら、あんたもじゃない」

「あー。そっか」

……そっか、じゃないよ。どこまでも当てにならない奴らだなあ。

「あと、また来てたよ、曾根さん。礼美ちゃんを見てた」

「また？」

ナルは言って、難しい顔で考え込んでしまった。綾子が溜息《ためいき》を落とす。

「……何なのかしら、この家。妙にチグハグな感じ」

ちぐはぐ、という言い方は正しいと思う。なんだかすっきりしないのだ。心霊現象は部外者を嫌う。部外者が来ると一時的に鳴りをひそめる。なのにこの家は逆。部外者が来たと見るや、それまでとは桁違いのポルターガイストを起こしてみせる。その規模からすると、「ミニー」はかなり強いはず。なのに除霊しても抵抗がない。抵抗しないくせに、落とされるわけでもない。ミニーは人形に憑《つ》いてるはず。なのに礼美ちゃんは、ミニーではなく見えない誰かに対して「おともだち」と言った。そして、全ての元凶はミニーのはずなのに、虐待が疑われていたり、曾根さんの挙動が可怪しかったり。いろんなパーツがあるのに、てんでバラバラ。霊がいて礼美ちゃんに付きまとっていることは確かだけど、それは何者で何を目的にしているのか。「いる」ことだけが確実で、その周辺は何一つ明らかじゃない。

ぼーさんも不服そうに頬杖を突いた。

「……こりゃ、専門家でないと手に負えねーわ」

3

その専門家、待望のエクソシストが到着したのは、午後になってからだった。

ジョン・ブラウン。カトリックの神父。エクソシスト。――彼もまた前回の事件、つまりあたしの学校の事件で知り合ったのだけど、特筆すべきは、ぼーさんや綾子とは違って、それなりに優秀で（私情を含む推定）しかもそのうえ、極めて性格が良いことだ。

ジョンは典子さんに案内されて建物の中に足を踏み入れる。出迎えたあたしたちの顔を見るなり（リンさんを除く全員が出迎えたあたり、人望のほどが知れようというものだ）、真っ青な眼を和《なご》ませた。十九歳なのに十六、七にしか見えないオーストラリア人。

「お久しぶりやどす。御無沙汰してますー」

懐かしくも怪しい関西訛《なま》り。典子さんが――あとから出てきた香奈さんや尾上さんまでもが眼を白黒させている。その表情に気づいてか気づかないでか、ジョンは丁寧に頭を下げる。

「微力やと思いますけど、お手伝いに参じました。あんじょうよろしゅうお願いします」

「ああ、ええ……こちらこそ」

さすがの香奈さんも気を呑まれている。ジョンのすごいところは、考えようによっては限りなく胡散臭《うさんくさ》いキャラクターなのに、妙に相手を和ませてしまうために警戒心を抱かせないというところだ。

「せやったら、渋谷さん」ジョンはナルを振り返った。「細かい事情を聞かせておくれやす」

ジョンをベースに連れて行って、ナルは簡単にここまでの経過を説明する。黙って耳を傾けていたジョンは、

「つまり、霊が何者かは分からへんわけですね？」

「それでは、支障がある？」

「そんなことはあらしまへん。けど、人形か——礼美ちゃんか、どっちに憑いているのかはっきりせえへんですね」

「……そう思うか？」

ジョンは頷いた。

「人形に憑いてると考えたいところですけど、逆のほうがありそうです」

へ、とぼーさんが声を上げた。

「普通、前の持ち主じゃないのか？」

「この場合は、渋谷さんの言わはる通り、人形は単なる器なんと違いますやろか。やとしたら人形とは無関係の霊ゆうこともあり得ます。礼美ちゃんのほうに取り憑いてて、

人形を礼美ちゃんに近付く言い訳ゆうか、ダシにしてる可能性のほうが高いんとちゃいますやろか。相手がお子の場合、人形や動物をダシにするゆうのはよくあることです。そのほうが警戒されずに受け容《い》れてもらえますよって」

……へええ。そうかー。

綾子が、

「悪魔憑きだと思う？」

「悪魔憑きやないと思いますです。と言うても、ほんまのところ、いわゆる悪魔が憑いてる状態ゆうのは、僕も遭うたことがありませんのです。人柄が様変わりする憑き物を、僕が悪魔憑きと呼んでるだけなんやですけど」

「憑依《ひょうい》ね。それじゃないんだ？」

「ちゃいます」と、ジョンの口調は柔らかいけど、きっぱりしていた。「聞いた限りやと、典型的な悪霊憑きやと思います。渋谷さんの言う、憑着ですね」

へえ、と感心した声を上げたのは、あたしばかりではない。ぼーさんも綾子もだ。

「やっぱ、餅は餅屋ねえ」

ぼーさんも、

「後学のために、どのへんが典型的なのか聞いてもいいかえ？」

ジョンは小首を傾げた。

「さいですね。ポルターガイストを伴うところ、ほんでもって、現象の中心に子供がいてることでしょうか」

「RSPKでも子供はいるだろ」

「はい。でも悪霊憑きやと、フォーカスゆう感じやないんです。焦点は当たってないけど重要な位置ゆうか、そこに、子供とか老人とか、か弱くて独りぼっちの人がいてて」

ナルが口を挟んだ。

「現象の中心に孤立した弱者がいる？」

ああ、とジョンは大きく頷いた。

「そう――そうです。本当にそうかどうかはともかく、孤立しているゆう感じを抱いてる人がいるもんなんやです。そのお人は体力的に弱い、そうやなかったら立場的に弱いことが多いです。RSPKとは違うて、特に被害者ゆうわけやありません。むしろ被害はその人と軋轢《あつれき》や葛藤《かっとう》のある人物のほうに向かいます。そうすることで、中心になるお子の歓心を買おうとするです。ポルターガイストが人の悪い感じがするのんも典型的です。そして、虐待やないかと疑われるのも」

あ、とあたしは声を上げた。

「……そうなの？　それも？」

はい、とジョンは頷いた。

「悪霊憑きの場合、霊の目的は犠牲者を取り込むことなんやです。最終的な目的はともかく、とにかく自分の支配下に置きたがります。自分以外の人間が犠牲者に影響力を持つのんを嫌がるんでおます。せやから、犠牲者を守るふりをして歓心を買おうとしたり、嘘八百で家族から切り離そうとしたりします。そして、言いつけを破って自分以外の人間と仲良うしたりすると、懲罰を与えますのんです」

……礼美ちゃんの痣《あざ》。

「飴《あめ》と鞭《むち》——ゆうんですか、そうやって犠牲者を自分の支配下に置こうとしますです。僕のところに来る依頼でも、ほんまは子供さんに霊が憑いてはるのに、両親の一方が一方を疑う、ゆう例がよくあります。父親が可怪しい、虐待してるみたいや、そんな人やなかったのに人が変わったみたいや——そう言ってこられますのんですけど、蓋《ふた》を開けたらお父さんやのうて子供に霊が憑いてた、という」

「……なるほどねえ」

綾子もぼーさんも、しみじみと感嘆したように呟いた。

同じ霊能者の一種なのに、この差は一体何なのかしら。

「やっぱジョンはすごいねえ」

あたしが言うと、ジョンはちょっと赤くなった。

「そんなことは。僕のところに来る依頼は、憑き物がほとんどですよって」

そっか。エクソシストだもんね。

でもってナルは、それでわざわざジョンを呼んだんだな。なるほどなあ。

ナルが訊く。

「やってみます。けども、相手の正体が不明ですし、簡単にはいかへんかも……」

「不明だと効果が薄い？」

「憑いている状態でなくすることはできると思いますです。ええと、支配下から救い出すゆうか……いえ、礼美ちゃんの場合、まだ支配されているゆうわけとちゃいますけど、取り込まれるのを防ぐゆうか……」

「ぶら下がっているものを引き剝《は》がす？」

ジョンは意を得たように頷いた。

「さいです。悪霊憑き——憑着の場合、完全に憑き物を落とすには、引き剝がすと同時に除霊せんとあかんのですけど、相手の正体が分からへんと、それは難しいかもしれません。すると一度は落としても、またまとわりつくゆう可能性があります」

念のため、とぼーさんが手を挙げた。

「悪魔憑きなら？」

ジョンが言うところの悪魔憑き——は、憑依のことか。たしか、ぼーさんはタブーだって言ってたよな。綾子も祓《はら》うの、難しいって。

ジョンは笑った。

「悪魔憑きなら、祓い落とせばたいがい、どこぞに消えますよって正体不明でも問題おまへん」

「落とせるか？」

あたしたちはちょっと顔を見合わせた。

ジョンって、本当にすごいかも。

4

「少し、お祈りをさせておくれやす」

応接室に集められている人々に向かって、ジョンが微笑む。神妙な顔で坐っているのは、香奈さん、典子さん、尾上さん、――そして、ミニーを抱いた礼美ちゃん。

礼美ちゃんだけを除霊しようとすると、警戒されるかもしれない。全員を集めたほうが間違いがないだろうということになった。

ジョンは祈禱《きとう》服――神父の制服に着替えている。あたしは助手を仰《おお》せつかって、聖書を持って待機していた。何ができるわけでもないから、単に物を預かって受け渡すだけの役目だ。それでも、そうやって必要な物は誰かの手で捕まえていないと、眼を離した隙に消えてしまうことがある。

ジョンの制服姿は古風な舞台装置によく合っていた。細く高い窓から射し込んだ明るい陽射がジョンの金髪に映えて、見るからに安心できそうな感じ。

「……天にまします我らの父よ。願わくは、御名をあがめさせたまえ。御国をきたらせたまえ。御心の天になるごとく、地にもなさしめたまえ。我らの日用の糧を、今日も与えたまえ……」

　どういうわけだか、ジョンの祈禱には訛りがない。柔らかい声音でするすると流れていく。聞いているだけでなんだか落ち着く――そんな感じ。それは香奈さんたちも同様なんだろう。最初は緊張しているふうだったのに、だんだん肩の力が抜けていくのが傍《はた》目《め》にも分かる。物珍しそうにジョンを見ていた視線が、一つ二つと下がっていって、いつの間にか――礼美ちゃんまでが――静かな表情で項垂《うなだ》れている。

「我が主イエス・キリストの父なる全能の神よ」

　二本だけ立てたジョンの指が、礼美ちゃんに向いた。

「願わくは御憐《おんあわ》れみをもって、穢《けが》れたる霊に苦しめられる主の僕《しもべ》を救いたまわんことを。我が主イエス・キリストの御名によりて、乞い願い奉る」

　そして、ミニーに。

「我ら人類の創造主にして守護者なる神よ。願わくは御憐れみをもって、主の僕を我ら人類の古き仇《あだ》なる者の仕掛けし罠《わな》より救いたまわんことを」

　ジョンは小さなガラス瓶を掲げる。振ると、煌《きら》めきながら水滴が零《こぼ》れた。明らかに礼美ちゃんに零れかかったのに、礼美ちゃんの反応はない。いつの間にか眼を閉じて、じっと俯《うつむ》いている。薄く開いた口許から漏れる呼気が荒い。

「我は汝《なんじ》に言葉をかける者なり。我はキリストの御名において命ずる、身体のいかなる箇所に身を潜めていようとその姿を現し、汝が占有する身体より逃げ去るべし。我らは霊的な鞭と見えざる責め苦でもって……」

祈禱しながら水滴で濡らした指で礼美ちゃんの胸に十字を描く。次いで、額に。左右の耳許に。

「父と子と精霊の御名により、聖なる身体は汝に永遠に禁じられたものとなすべし」

言って、口許に十字を描いたときだった。礼美ちゃんの腕からミニーが飛び出した。それは礼美ちゃんが人形を投げ落としたようにも見え、同時に人形自身が礼美ちゃんの腕から身を投げ出したようにも見えた。礼美ちゃんの足許に転がった人形は、手足を無秩序に揺らしながら不自然なほど唐突に向きを変え、ソファの下に転がり込もうとして届かず、ほんの少し手前で止まった。

「……あ」

礼美ちゃんが眼を開けた。腰を浮かせて転がったままのミニーに手を伸ばした。典子さんがそれを制止しようとするのを、ジョンが微笑んで止め、礼美ちゃんより先にミニーを拾い上げた。軽く埃を払って礼美ちゃんに差し出す。

「……はい」

「ありがと……」

ジョンは微笑み、そしてあたしを見る。あたしが聖書を渡すと、聖書に鎖を挟んで載せてあった銀色の十字架を取った。礼美ちゃんの首に掛ける。礼美ちゃんがきょとんと胸元の銀の光を見降ろした。

「御守りやです。礼美ちゃんが、幸せで元気でいられますように」

礼美ちゃんが問いかけるように典子さんと香奈さんを見比べる。二人が頷いたのを見て、含羞《はにか》んだ笑みを浮かべた。

「お兄ちゃま、ありがとう」

「――どうだ？」

ベースに戻ったジョンを、モニターを見守っていたナルが迎えた。

「取りあえず、礼美ちゃんから切り離すことはできたと思いますです」

「消えた？」

「消えてないです。しばらくの間、遠ざけることはできるかもしれまへんけど、たぶん根本的な解決にはなってへんと思います。祈禱が効いたゆうより、祈禱を嫌っただけなんとちゃいますやろか。抵抗はありましたけど、あっさり撤退した感じがしました」

ぼーさんが呻《うな》った。

「どこまでも余裕をかましてくれるわけな」

「その余裕はどこから来るのかしらね……」

綾子が呟く。あたしが首を傾げると、浮かない顔で、

「……なんとなく。薄気味の悪いパターンだな、と思ってるだけ。見たことがないから気味悪く感じるのかも」

「普通、霊は除霊されることに抵抗するからね。抵抗がないのは、たいがいの場合、相手が弱いからよ。位負けして抵抗もできない。ここの場合、位負けしてるのはこっち。なのに抵抗しないのはどうしてかと思って」

綾子は言って、唐突に立ち上がった。

「ちょっと散歩でもしてくるわ」

……そんな暢気《のんき》なことをしてていいのかね。

思ったときだった。ことん、と頭上で物音がした。次いで、激しい勢いでどこかで何かが倒れたような音がする。あたしたちはつい天井を見上げ、そして慌ててモニターに眼をやった。どすんと地響きがする。と、同時に積み上げたモニターの映像が次々に消えていく。

「……なんだ？」

あたしたちは玄関ホールに飛び出した。吹き抜けに谺《こだま》して、二階でどたばたと音がしているのが聞こえる。驚いたように香奈さんと尾上さんがやってきた。

「何なの、これは」

香奈さんが怯えたように言ったけど、答えようがない。何かが落ちるような音、叩きつけるような音。ばたばたと何かが階段を駆け降りてきた。玄関ホールに群がっていたあたしたちは、思わず階段から離れる。すぐさま一階でも同様の騒ぎが始まった。あちこちを叩く音、何かが落下したような震動。見ている眼の前に何か重いものが落ちてきたような音と震動がしたけど、落ちたものなんか何もなかった。棚の上の一輪挿しも頭上から下がったシャンデリアも微動だにしていない。音だけなんだ、とはすぐに分かったものの。

「何なのよ⁉」

耳を覆いながら叫ぶ香奈さんを、尾上さんが玄関から外へと連れ出した。

「こんな……ごっつい」

ジョンは驚いたようにホールの吹き抜けを見上げている。ぼーさんが、

「苛《いら》ついてるみたいだな。どうやら奴の気分を逆撫《さかな》でするぐらいはできたようだ。でかしたぞ、ジョン」

「なんでこんなに苛ついてるんですやろ」

ばたばたと音を立てて見えない誰かが廊下を走っていく。

「ひょっとしたら、ジョンがあの子にしたことが効果あったか？　落とした——つまり、憑着を引き剝がしたわけだろ」

「そうですやろか。引き剝がされたのに怒るんやったら、今まさに引き剝がされようとしてる祈禱の最中に暴れるんとちゃいますか？」

それもそうか、とぼーさんは呟いた。

「もしかして、あれか？　礼美ちゃんに聖水で十字を描いたろ。あれって礼美ちゃんを

封じたんじゃないか？」

「ああ……そう。そういうことやです」

「封じる？」

すぐそばでした叩音《こうおん》に身を竦《すく》めながらあたしが訊くと、

「つまり、ぶら下がった霊を引き剝がしたわけだよな。そして、礼美ちゃんに再度ぶら下がることができないよう、霊に対して礼美ちゃんを封印した。浄《きよ》めて、悪《あ》しきモノが二度と近づけないよう、ロックしたというか」

ジョンを見ると、頷く。ぼーさんは駆け巡る誰かを追って廊下のほうを見た。

「まるで礼美ちゃんを捜してるみたいだ」

「捜してるのかもしれまへん。浄めてしもたから近づけなくなったか——そうでなければ見えなくなったのかもしれないです」

「すると、結界も役に立つか？」

あたしは首を傾げた。

「結界？」

「おまじないで、悪い霊が入れないようにしてやるのさ」

言ったとたん、ぴたりと音がやんだ。建物の中の空気を震わせていた残響が消え、しんと静まり返った夕暮れの屋内に、やがて遠くから蜩《ひぐらし》の声が細く届いてきた。

「消えた……でも、どうして？」

　あたしはナルを振り返る。

「さあ、――でも」

　ナルは言いかけて口を噤《つぐ》んだ。

　……そう、言われなくてもなんとなく分かる。実際、すぐに蒼《あお》い顔をした典子さんと礼美ちゃんが二階から降りてきて、それで理由がはっきりした。ミニーは礼美ちゃんを見つけたのだ。

　典子さんに抱きかかえられた礼美ちゃんは半分泣きそうで、しかも珍しくミニーを抱いていなかった。あまりの騒音に驚いて、忘れてしまったのかもしれない。

「お怪我はありませんか」

　ナルに問われ、典子さんが頷く。

「大丈夫です。……でも」

　典子さんが礼美ちゃんを見ると、礼美ちゃんは泣きそうな顔のまま握り拳を示した。申し訳なさそうにジョンを見る。

「ミニーが壊しちゃったの……」

　指を開いた礼美ちゃんの掌《てのひら》にはジョンがプレゼントした十字架が載っていた。鎖が切れてしまっている。ナルが目線で典子さんに問うと、典子さんは首を横に振った。

「突然、切れてしまったんです」

「……ごめんなさい」

礼美ちゃんが項垂れると、ジョンが屈《かが》み込み、礼美ちゃんの頭を撫でた。

「謝ることおへん。どうもないです。それより礼美ちゃんは、お怪我はありまへんか？」

礼美ちゃんがこっくりする。

その脇で、ぼーさんが小さく舌打ちをした。

「……もうかよ。せっかく封じたのに一瞬だな」

「一瞬でも、封じられただけすごいと思うよ」

何の役にも立ってないお坊さんと巫女《みこ》さんに比べたら。

ぼーさんが嫌そうに顔をしかめた。

「皮肉か？　俺だってべつにジョンを腐すつもりじゃないさ。敵のほうが、そんだけ規格外だって話」

ぼーさんは難しい顔だ。

「規格外過ぎる。綾子の言う通りだ。ミニーは得体が知れん……」

5

──午前一時。

礼美ちゃんの部屋にジョンが祭壇を設け、そこにミニーを横たえた。例によって礼美ちゃんが寝入ってから、そっと借りてきたものだ。

なにしろミニーの得体が知れない。できることは何でもやってみようという結論になった。寝る前に、ジョンがもう一度、礼美ちゃんにお祈りをした。同時に、お札のようなものをぼーさんが書いて、典子さんの部屋に貼った。その典子さんの部屋自体は、事前に綾子がお浄めをしている。二重に封じられた部屋の中に典子さんと礼美ちゃんを休ませ、ミニーを借り受ける。

貸してほしいと申し入れたとき、やっぱり礼美ちゃんは抵抗を示した。ただ、礼美ちゃんも何かを感じているのか、以前のように絶対に嫌だ、という感じではなかった。どこか迷うふうではあった——けれども、それでも頑として首を縦には振らないので、また寝入ってから借りてくるしかなかったのだ。

ミニーを除霊して、場合によっては焼き捨てる。典子さんにもそう了解を取ってある。

あたしはジョンの脇に控え、例によって必要な物を預かっている。ジョンが「聖水を」と言うので、小瓶を渡した。どこにでもありそうなコルクで蓋をした小さなガラス瓶だ。手の中にすっぽり収まるサイズで、ジョンはそれを三つ携えている。本来なら専用の道具があるらしいのだけど、それでは「埒《らち》が明かない」とジョンは言う。小瓶が三つと、大きなボトルが一つ。除霊にはそれだけの——儀式以上のものが必要なんだってことだろう。

「天にまします我らの父よ……」

ジョンの滑らかな声がする。ミニーは蠟燭《ろうそく》の明かりに照らされ、無害そのものの顔をしてテーブルの上に横たわっている。

ジョンの声以外に何の音もしない。家の中は静まり返っていた。典子さんも礼美ちゃんも眠っている。――だけでなく、家の中にはもはや、それ以外の家族がいない。

夕飯時、典子さんに所在を尋ねられて、あたしたちは香奈さんの姿が見えないことに気づいた。香奈さんだけじゃない、尾上さんもだ。ポルターガイストが起こって、その最中、尾上さんが香奈さんを外に連れて行った。それきり誰も二人の姿を見ていない。そればかりでなく、綾子の姿も見えなくて、ひょっとして逃げ出したのかと思ったのだけど、綾子の荷物は残っていた。暗くなってから疲れ果てたようにぐったりして帰ってきて、散歩していた、などと憎らしくなるぐらい暢気なことを言う。典子さんもあたしたちも、香奈さんのことを心配してやきもきしてたっていうのに。そして、夜になって尾上さんから電話があった。どうしても香奈さんが家に戻りたくないと言っている、という。とりあえず都内にホテルを取ってそこに滞在させるということだった。香奈さんのほうは本当に逃げ出した、というわけだ。

尾上さんは、典子さんたちにもいったん家を出たほうがいいのでは、と言った。とりあえず明日、香奈さんの荷物を取りに来るので、そのときに相談、ということになっている。

「願わくは神、我らを憐れみ、我らを幸《さきわ》いて、その御顔を、我らの上に照らしたまわんことを」

ジョンが唱えながら、ミニーの上に十字を切る。その手の動きで蠟燭の炎が揺らいだ。ミニーの眠るように眼を閉じた真っ白な顔に妙な陰影が躍る。カールした金色の髪にサファイアブルーの古風なドレス。死体のように投げ出された手足。こそとも動かず、また、動くはずもないのに、揺らめく陰影のせいで今にも動きそうな——小さな硬い身体の奥で何かが蠢《うごめ》き始めているような印象を与えた。

「我ら人類の創造主にして守護者なる神よ。願わくは御憐れみをもって、主の僕を我ら人類の古き仇なる者の仕掛けし罠より救いたまわんことを」

ジョンは言って、小さな十字架をミニーの額に載せた——その瞬間だった。かたん、と微《かす》かに硬質の音を立てて、ミニーの瞼《まぶた》が開いた。

開くはずがない。これは横にすると眼を閉じる人形だから。なのにミニーは瞼を開き、濡れたように輝くガラス玉の眼で虚空を見ている。虚ろな瞳《ひとみ》に蠟燭の灯が映る。

ジョンはあたしの手から聖書を取って開いた。片手で聖書を支え、片手で小瓶を翳《かざ》す。

「初めに言《ことば》があった」

聖書を読み上げながら瓶を振る。透明な滴がミニーの上に降りかかった。とたん、カタカタと小刻みな音がミニーの身体からした。

「言は神であった。この言は、初めに神と共にあった」

聖水の滴が撒かれると同時に、ミニーの額からごく細く薄煙が上がり始めた。カタカタという身震いするような細かな音、ドレスの襞《ひだ》が微かに揺れているように見える。

「光は暗闇の中で輝いている。暗闇は光を理解しなかった」

ミニーは小刻みに震えながらガラスの眼で虚空を見ていた。深い青の光彩に蠟燭の火影が揺れる。と、きりっと小さな音を立て、瞳が水平に動いた。横目でジョンを睨《にら》む。躍る陰影のせいで表情までが歪《ゆが》んで見えた一瞬、その直後にミニーの瞼がことんと落ちた。同時に額の十字架が滑り落ちる。あとには焼きつけたように十字架の痕が残っていた。

ジョンは頷き、ミニーを抱え上げた。首から下げた細い布でミニーを巻いて包み、あたしに向かって差し出した。

「中にいた霊は落ちたと思います。けど、滅ぼしたわけと違います。やっぱり滝川さんにお願いして、二度と悪用されへんように焼いてしまうのがええと思います。念のため、このままストラごと焼き捨ててしもうてください」

あたしは頷き、ミニーを抱えて部屋を飛び出し、階段を駆け降りる。途中で、モニターで見守っていたのだろう、ぼーさんが駆け上がってきた。ミニーをパスすると、ぼーさんは小走りに庭へ出て行く。一郭でミニーに火をかけた。今度はたやすく燃え上がり、黒い塊になって崩れ落ちていった。

6

「さて……どう出るかね」

深夜のベースにぼーさんの声が響く。

とりあえず人形に憑いていた霊は落とした。人形は焼き捨ててもうない。礼美ちゃんは二重に封じられた部屋の中にいる。

「まだ余裕ありそうな感じ？」

ぼーさんはジョンに訊く。ジョンは頷いた。

「祈禱を嫌って逃げていったという感じでおました。やっぱり本体には届いてへんと思いますです」

ぼーさんは溜息をつく。

「この手応《てごた》えのなさは何なんだろうなあ……」

あたしは二人を見比べた。

「それってそんなに変なこと？　綾子もなんか気にしてたけど」

振り返ると、綾子は気のない様子で頷いた。

「どうも変なのよね……」

ぼーさんも、

「異様に余裕があるんだよな。あるように見える、というか」

さいですね、とジョンも首を傾げる。

「お話を聞いた限りやと、もっと抵抗があって良さそうなもんなんですけど」

……うーん、よく分からん。

あたしの釈然としない表情に気づいたのか、ジョンが、

「この家の霊——ミニーは、ポルターガイストの規模からゆうても、ごっつい強いことは確かやと思うんです。今日の騒音にしても、話に聞いた家具が動いてた件にしても、普通の規模やないのは確実です。スケールが違う、いうか」

「そうなんだよな」と、ぼーさんも頷く。「だとしたら、それにちょっかいをかければ当然、反発があるはずだ。相手が強ければ反発もそれだけ強い、それが普通だ。なのに、除霊してもいくらも抵抗がない」

あたしは首を傾げる。

「ものすごく強いから相手にされてないってことなんじゃないの？　ぼーさんたちが言ってるように余裕があるわけでしょ？　自分が強いから」

「そういうもんじゃない……と思うんだがなあ」

「違うの？」

「人間ならそうだろうが。強い人間に弱い人間が喧嘩《けんか》をふっかけても買ってもらえない。だが、霊ってのはそうじゃないんだよな。経験上、そうなんだ、としか言えんのだけどさ。霊ってのはもっと純粋に単なる力、みたいなところがあって、弱かろうが強かろうが手出しをされれば反発する。相手が強ければ強い力で投げ返してくるし、相手が弱いと投げ返してくる力も弱い。こっちの力がある程度以上相手よりも強かったら、相手は

「んーと。たとえばゴムの膜みたいな感じ？　同じ力でものを投げたとしても、膜をぴんと張ってあれば勢いよく跳ね返ってくるし、膜を弛《たる》ませてあればぼよんと跳ね返ってくる、とか」

「あー。そうそう。そういう感じ。こっちの力がゴムの弾性より強いと、跳ね返すことができずに膜は破れる。──なんか、そういうものなんだよな」

なるほど。

「ポルターガイストの規模から言えば、ミニーは少なくとも、俺の出会った中でも相当に強い部類。だったら、それに見合うだけの抵抗があるはずだ。反発が強いから迂闊《うかつ》に手出しできない、そのくらいで当然なんだよな」

「なのに抵抗がない……」と、綾子も不満そうだ。「祓えば抵抗なく落ちる。落ちるくせに消えないのよね」

「それは問題ないんでしょ？」

あたしはジョンを見た。切り離しても消えないかもって言ってたよね？

「はあ。ミニーが人形を利用してるだけやったら、それで問題おへんのですけど」

「はい？」

ジョンは困ったように首を傾げた。

「なんて言うたらいいんですやろ。……霊は何かに引っかかってへんと、パワーを維持でけへんのやないかと思うんです」

　賛成、とぼーさんと綾子が手を挙げた。

「引っかかる……ええと？　礼美ちゃんに取り憑いてるんだよね？　てことは礼美ちゃんに引っかかってる」

「それとは違います。憑依するとか、取り憑く、ゆう話ではなく……」

　ジョンは困り果てたように霊能者一同を見る。ナルが軽く息をついた。

「つまり、礼美ちゃんに取り憑いた霊は、なぜ霊としてこの世に留《とど》まり、なおかつ怪現象を引き起こすだけの力を持っていられるのか、という問題だ」

「……はあ？

「死んだ人間の全てが霊としてこの世に留まるわけじゃない。一部の霊だけが残る。なぜ残るのかは分からないが、多くの場合、残った霊はこの世に何らかの拘《こだわ》りを持っている。思い残すことがある、怨《うら》みがある、何かそういう強い思いが関係の深い何かと結びついてこの世に留まる――そう考えるのが実情に合っていると思う」

　そやです、とジョンはほっとしたように笑った。

「でもって、霊は何かと結びついてへんと、力を維持することがでけへんのです。少なくとも、あんなごっついポルターガイストを起こすような力は持ち続けていられまへん。そうですね――この世に働きかけるためには、この世に接点が必要なんや、ゆうたらええんでしょうか。霊は基本的に、この世の外の存在です。それがこの世に留まるためには、なんぞノットが必要なんです」

「のっと？」

ええと、とジョンが詰まり、ナルは再び溜息をつく。

「結び目——結節点、と言うべきかな。この世に留まるに足るだけの強い思いが、何物かと結びつく。結びついた対象が結節点だ。この結節点があるから、霊はこの世に留まり続けていることができるし、結節点を介してエネルギーを得ることで力を維持することができる」

……ははあ。

「例えば、こういうこと？　地縛霊ってあるじゃない？　死んだ人の無念が特定の場所に留まってる。つまりその場所が結節点になってるってこと？」

「そう、そういう感じです」

ジョンが頷いた。

「僕は今日、礼美ちゃんを除霊しましたけど、霊はあっさり落ちました。落ちたけど消えたわけやなかった。つまり、ミニーは礼美ちゃんに結びついてたわけやなかった、ということですね。霊はなんぞに結びついてないと消えてしまいます。消えへんまでも、力を失って何もでけへんようになってしまうもんなんやです。せやから、憑依してる場合は、除霊したらどこぞに消えることが多い。憑依ゆうのは、だいたいの場合、憑依した相手そのものが結節点やからです」

「でも、ミニーは礼美ちゃんに憑依してるわけじゃないんでしょ？　憑着――つまり、取り憑いてる。てことは、どっか別の何かに結節点があって、そこに結びつけられた状態で礼美ちゃんにちょっかいをかけてるってことなんじゃ」

「はい、そうやです」

「その結節点って、人形にあるんじゃないの？　人形に憑いてるってことは、そういうことなんじゃ」

「それや、です」と、ジョンは指を上げた。「もしも人形が結節点なんやったら、人形から祓うとき、もっと抵抗があるはずです。消えるかどうかの瀬戸際なんやし、相手は力任せに抵抗して当然やと思うんです」

「あ、そうか。なのに抵抗がなかった……」

本当にミニーが人形に憑いていたとしたら、人形が結節点なんだし、いくらジョンが優秀でも何の抵抗もなく落とされたあげく焼き捨てられるはずがない、って話なんだ。

「ミニーがいわゆる地縛霊で、この場所に憑いてるゆうなら分かるんです。人形は器で、たまたま利用されていただけで、結節点はこの家かこの場所のほうにある、ゆうことですから。せやから祓えば逃げてもかまんのですね。けど、そうやないとなると……」

綾子が深刻な顔で考え込む。

「何か、別の元凶があるのかしら。実は人形ではなかった、とか」

……と、いまさら言われてもなあ。

あたしはナルを見る。ナルも釈然としないふうだ。

「ポルターガイストは森下家がこの家に越してきてから始まった。だが、家自体にはこれまで問題がなかった。だとすれば、森下家がこの家に持ち込んだんだ」

ぼーさんも、

「でもって、引っ越す前の家でも何もなかったわけだろ？　てことは、もっと正確に言うなら、森下家が持ち込んだっていうより、引っ越し後に持ち込まれた何かが結節点だって話なんじゃねえの？　となると、やっぱりミニーじゃん」

「でも、ミニーがプレゼントされたのは、引っ越し前だよね？」

「直前だろ。そのくらいのタイムラグはあっても問題ないと思うぜ。現象だって発現するまでにある程度の時間はかかって当然だし」

「そっか」

……だから、礼美ちゃんの主観としては「引っ越してきてからのお友達」ってことになるわけだ。

「……でも、ミニーって、結局、何者なの？」

「それが分からんから、ここで額を突き合わせて愚痴ってるんだろーが」

……そりゃそうだ。

綾子が顔をしかめた。

「相手が何者だか分からないと、除霊のしようがないのよね。せめてこの場に霊視の能力者がいればねえ」

「霊視？　霊を見る能力？」

問い返しながら、あたしは首を傾げた。そう言えば、綾子もぼーさんも、ジョンすらも霊を見たりしないいんだよな。

「……なんか変なの。霊能者って、霊が見えてこその霊能者なんじゃないの？」

前回、あまりに見えないことが当然のように扱われていたので、そんなものかと思っていたのだけど。よく考えると、やっぱり納得いかないよな。

綾子は不服そうに、

「もちろん見えるわよ。相手によっては、素人だって見えるわけだし。……ただ、何でもかんでも見えるってわけにはいかないだけ」

「何でもかんでも見えるのが霊能者じゃないの？　なのに綾子もジョンもぼーさんも見えないんだよね」

あたしが言うと、ぼーさんは肩を竦めた。

「俺たちみたいなのは拝み屋って言うんだよ。そう呼んだほうが誤解がない。拝んで祓うのがお仕事。普通、霊能者って言うと霊を見て話して、果ては予言や人生相談までやってのけて、おまけに祓うって印象があるけど、少なくとも俺はそこまでオールマイティーじゃない」

「正直だねえ」

「皮肉のつもりなんだがな。……胡散臭すぎるでしょーが。あれもこれも何もかもできるなんてことが、そうそうあるとは思えない。奇跡の大盤振る舞いじゃねえか。奇跡を叩き売りできるのは、神様か詐欺師だけだと思うぜ」

……それもそうだ。

「基本的に霊を視《み》る霊能者と、霊を祓う拝み屋は別業種なんだよ」

ぼーさんが言うと、ジョンも、

「まれに兼業ゆう人も、いいひんわけと違いますけど」

「その場合だって、どっちも同じくらい優秀とはいかないもんだろ。霊能者っても人間なんだから、当然、資質によって得手不得手があらあな」

……そう言われてみればそうか。

「でも、見えなくて困らない？　それでちゃんと祓えるの？」

「祓うだけなら見えなくて困るってほどのことはないけど」

「本当にぃ？」

思いっきり不信感を滲《にじ》ませると、ぼーさんは顔をしかめた。

「相手がそれなりの奴なら、気配ぐらいは感じるし。ひそんでいたとしても、ちょっと揺さぶれば存在感が出てくる。活性化してくれれば、誰でも見えるし」

「それなりでなかったら？」

「そんだけ小物ってことだから、除霊する必要ないぢゃん」

あ、そーか。

「あえてと言うなら、取りあえずマニュアル通りに祓っとけば消える。だから、見えなくたってどうにかなるんだよな。ま、見えれば確実に楽だけど」

なのよね、と言って綾子は渋い顔をした。

「ただ――ここはマニュアル通りってわけにはいかない感じ……」

ぐちぐち言って溜息をつく。

「急募。優秀な霊視能力者、透視能力者、でなければサイコメトリスト」

「さい……なに？」

あたしが訊くと、やれやれというように、綾子もぼーさんも首を振った。

なんだよう。あたしはナルをつつく。

「ボス。助手が馬鹿にされてます」

ナルはうんざりしたように溜息をついた。

「サイコメトリーの能力者」

なんと不親切な解説。

「助手の恥はボスの恥だと思うよ」

「サイコメトリー。サイ能力の一種。アメリカの科学者ブキャナンが命名。別名をオブジェクト・リーディング。訳すと対象診断」

……さっぱり分からん。

困ったときはジョンを頼るに限る。ジョンを見ると、

「物に触れることで、その物から情報を読み取ることができるんやです」

「はあ」

だから、とぼーさんが苦笑した。

「いわゆる超能力の一種にそういうのがあるの。物体に触れることで、その物体の由来とか、まつわる人々の過去、現在、未来を知ることができるんだとさ。オランダのジェラルド・クロワゼとか、ピーター・フルコスなんかが超有名」

「触れると分かるの？　じゃあ、サイコメトリストにミニーを見せたら、以前の持ち主のことが分かっちゃうんだ」

「そそそ」

「それは……すっごい、便利だねえ」

あたしは率直な感想を述べたのに、なぜかみんなの失笑をかってしまった。

「なんだよー」

いや、とぼーさんが苦笑する。

「確かに便利なんだろうけどな。でも、サイコメトリストっつーと、犯罪捜査人とか死体捜索人のイメージがあるからなあ。血腥《ちなまぐさ》い事件に関《かか》わる心霊探偵って感じ？」

「……へ？」

「殺された被害者の遺品をサイコメトライズして犯人を捜すとか。あるいは、行方《ゆくえ》不明

者の品物に触れて行方を捜すとか。すると、えてして死体を見つけてしまうわけよ」

「ああ……なるほど」

「クロワゼにしても、フルコスにしても、警察に協力して行方不明者の捜索や犯罪捜査を行なってる。『ヨークシャーの切り裂き魔』の犯人を透視したロバート・クラックネル、『モウナ・ティンズリー事件』を解決したエステル・ロバーツ、──あと、有名なサイコメトリストと言ったら、イギリスのスーザン・パットフィールド、オリヴァー・デイヴィス、南アフリカのネルソン・パーマーか、みんな警察に協力して血腥い任務を仰せつかってる」

「へえ……外国の警察って、進んでるって言うか、思い切りがいいと言うか」

「まあな」

言って、ぼーさんは手を打った。

「そか。ジョンを呼んだぐらいだしさ、いっそ霊媒も呼んだらどうだ？」

それって。

「……真砂子《まさこ》？」

原《はら》真砂子。あたしと同い年。美人で、なおかつ有名な霊媒師。前の事件のとき一緒で、ナルは一目置いてた。有能だから、ということだが、一説によれば容姿のせいなんじゃないかとも。

「真砂子ちゃんならミニーが何者だか、分かるんじゃないか？　いざとなれば、ミニーを降ろしてみる、って手もあるわけだろ？」

……名案かもしんない。

「まさか」と、思いっきり不愉快そうにしたのは綾子だ。「欲しいのは優秀な霊視能力者。顔がいいだけの小娘は必要ないの」

「だって、優秀なんだろ？」

ぼーさんはナルを見たのだけど。

「必要ない」

ナルの返答は異様にきっぱりしていて、綾子を大いに喜ばせた。

「でもさ」

ぼーさんが言いかけたとき、それは起こった。

昼間と同じだ。二階のどこかで、どん、と何かが落ちるような音がした。建物が震えて、そして同様の騒ぎが始まった。あちこちを叩く音、何かが倒れる音、走り廻る足音のようなもの。

とっさに典子さんの部屋の映像に眼をやる。驚いたように典子さんが身を起こすのが見えた。礼美ちゃんまでが跳ね起きて、典子さんにしがみつく。

音は次第に激しくなる。今度はモニターが生きている。どのモニターも暗視カメラの映像を送ってきていたけど、画面には特に動きがない。それがちぐはぐで気持ちが悪い。

誰かが駆け廻る音。駆け廻りながらそこら中を乱打する。時折、何かが落ちた──または倒れたような音がして地響きがする。

そして、どこかで子供の声がした。サブスピーカーから流れる雑多な音の中に、声としか思えない異質な音が混入している。典子さんの部屋に眼をやった。礼美ちゃんじゃない。典子さんでもない。二人は固く抱き合ったまま、強張《こわば》った顔で口を引き結んでいる。

「——どこだ？」

ナルが軽く腰を浮かせた。

「スピーカーを切り替えます」

リンさんが言って、メインスピーカーから流れる音が、次々に切り替わっていく。何度目かに切り替わったときだ。はっきりと子供の声が聞こえた。無人のはずの礼美ちゃんの部屋だ。

騒音に掻き消されてよく聞き取れない。でも、それは確かに子供の声で、しかも何かを叫んでいる。怒って喚《わめ》き立てているような。

声がひときわ激しく高まった。と同時に、礼美ちゃんの部屋の棚が動いた。ズッと引っ張られたように前に迫り出《せ》す。さらに声がした。同時に棚がガタガタと足踏みするように揺れて倒れる。

「拙《まず》い……」

ぼーさんが言って、ベースを飛び出していった。ジョンがそれに続く。

礼美ちゃんの部屋では、ベッドが揺れ始めている。誰のものとも知れない悲鳴がした。まるでヒステリックに泣き叫ぶような声だ。ベッドの片脚が上がる。音を立てて落ちる。同時に何かを喚き立てる声、そして、泣き叫ぶ声。

あ、とあたしは立ち上がった。

子供の声が、重なる。

「……一人じゃ、ない」

何かを怒鳴る声、泣き叫ぶ声、喚き立てる声。どれも子供の声だ。子供たちの感情のボルテージが上がると共に、ベッドの動きが激しくなる。ベッドだけじゃない。机も椅子も動いている。跳ねて倒れた椅子が、見えない誰かに蹴飛ばされたように滑って壁に突き当たる。そこにクッションが飛んでくる。

「……礼美ちゃんの見えない友達……」

ミニーではなく、四阿にいた誰か。——誰か、たち。

「こんなにいたの!?」

綾子も唖然《あぜん》と立ち竦んでいる。

「祓っても祓っても落ちないはずだわ。たぶん、ちゃんと祓えていたのよ。少なくとも追い払うぐらいのことはできてた。でも、すぐに別の奴が取り憑いてくる」

……ああ、それで。

子供たちは叫んでいる。癇癪《かんしゃく》を起こして泣き喚いている。

「いったい何人いるのよ！」

モニターの一つに二階の廊下へ駆け上がってくるぼーさんとジョンが映った。二人は典子さんの部屋のほうへ駆けて行く。それより早く、悲鳴がした。今度はスピーカーからの声ではない。開け放したままのドアの向こう――玄関ホールの上のほうから響いてくる誰かの悲鳴だ。さっと眼をやった典子さんの部屋、そこでは二人が抱き合ったまま悲鳴を上げている。二人が蹲《うずくま》ったベッドが揺すられていた。

「――リン」ナルが呼んで、ベースを出ていく。リンさんがそれに続いた。「麻衣はここで待機」

「はいっ」

答えて、駆け出していく二人を見送る。と、それを見計らったかのように、ぴたりと物音がやんだ。しんと静まり返った家の中に、礼美ちゃんの泣き声がか弱く響いていた。

あたしたちは典子さんの部屋に集まった。揺すられてベッドは位置を変え、あちこちに置いてあった小物が床に散乱していた。

泣きじゃくる礼美ちゃんをジョンが抱いている。典子さんが床に蹲り、ぼーさんとナルが傍らに跪《ひざまず》いていた。

「典子さん、大丈夫ですか⁉」

典子さんが顔を上げた。涙が零れる。表情が歪んでいる。恐怖だろうか。――それとも。

「どこか怪我は――」

言いかけると、典子さんは右足を押さえた。

「……足……」

ぼーさんが典子さんの足に触れる。典子さんが小さく悲鳴を上げた。

「……足首、脱臼《だっきゅう》してるぞ」

典子さんの右足が左足より長い。右の足首の関節が外れたんだ……。

「救急車」

ナルが言って、すぐさまリンさんが部屋を出て行く。そのあとを綾子が追った。

「他に痛む箇所は」

ナルに問われて、典子さんは首を振る。分からない、と言っているようでもあった。

「礼美ちゃんは？」

訊くと、礼美ちゃんも首を振る。あたしは礼美ちゃんに駆け寄った。ジョンにしがみついて泣いている礼美ちゃんは、震えてはいるけれど特に怪我をしている様子ではなかった。

「礼美ちゃん、どこか痛いところない？」

礼美ちゃんは首を振る。

「大丈夫ね？　怪我はないね？」

「……うん」

よかった、と礼美ちゃんを撫でる。典子さんは蹲ったまま、

「だ……誰かが、礼美を引っ張ったんです」

「誰か？」

「姿は見えませんでした。でも、誰かです。礼美の襟首を摑《つか》んで、引っ張ったんです。

礼美を引き剝がすみたいに」

典子さんは歯の根も合わないほど震えている。駆け戻ってきた綾子が、膨らんだタオルを典子さんの足首に当てた。

「すぐに救急車が来るわ。それまで冷やしてて」

典子さんが頷く。氷でも包んできたのか。その包みを当て、さらに別のタオルを足に巻きつけて固定する。痛むのか、典子さんは顔を歪めながら、

「……礼美を連れて行かれる気がして。それで必死にしがみついたんです。取り返さなきゃ、と思って。そしたら足を──私の足を誰かが摑んで」

「分かりましたから」

「摑んで引っ張ったんです。別の誰かです」

典子さんはナルの腕に縋《すが》るようにして言い募る。

「……ええ」

「礼美を、連れて行かせないで」

「もちろんです」

7

病院に運ばれて行く典子さんには、綾子が付き添って行った。礼美ちゃんは、とりあえずジョンが抱いたままあたしの部屋に運んだ。

「麻衣ちゃん、お姉ちゃんは……」

「大丈夫よ。病院に行ったから。すぐにお医者さんが治してくれるからね」

言って、ベッドに入れようとするのをナルが制した。礼美ちゃんをベッドに坐らせ、その前に膝をつく。

「礼美ちゃん。何が起こったのか言ってごらん」

厳しい口調で言われて、礼美ちゃんが身を竦めた。

「ミニーがやった？」

礼美ちゃんは答えない。すぐにはっとしたように顔を上げて、

「ミニーはどこ」

ナルが礼美ちゃんの肩を摑んだ。

「ミニーは、いない」

「返して！」

「ミニーはもう戻って来ないんだ。それより、ミニーのことを聞かせてほしい」

「ミニー、返して！　誰も触っちゃ駄目！」

「礼美ちゃん！」

ナルが厳しい声を出した。礼美ちゃんは身を竦め、怯えた顔をする。

「典子さんは怪我をした。ミニーがやったんだ。そうだろう？」

礼美ちゃんの眼から涙が零れた。怯えて、今にも泣きじゃくりそうだ。

「香奈さんにも怪我をさせた。その前には柴田さんにも怪我をさせるところだった。全部ミニーのやったことだ。礼美ちゃんは知っているんだろう？」

礼美ちゃんは首を振る。どうしていいのか分からない、と身体中で叫んでいる。

「礼美ちゃん！」

ナルの叱責《しっせき》に、礼美ちゃんがついに泣き出した。身を捩《よじ》ってベッドを飛び降りると、あたしに飛びついてくる。

「麻衣ちゃん！」

「大丈夫よ、ごめんね」

ナルがなおも厳しい声を出した。

「礼美ちゃん、ミニーが」

「やめてよ！」あたしはナルを睨む。「デリカシーのない奴ね！　こんなに泣いてる子を虐《いじ》めないでよ！」

「麻衣、そういう問題じゃないだろう！」

「そういう問題だよ、冷血漢」

礼美ちゃんが泣きじゃくりながら何かを叫ぶ。あたしは礼美ちゃんの髪を撫でた。

「大丈夫だからね。こんな奴、今追い出してあげるから」

「……い！」

「ん？　いいんだよ、こんなの無視して。礼美ちゃんのせいじゃないもんねえ」

「……ごめん……なさい！」

礼美ちゃんが、しがみついてくる手に力を込めた。

「謝ることないよ。礼美ちゃんは悪く――」

「あたし、知ってた！」礼美ちゃんが顔を上げた。「ミニーがみんなに意地悪するの、知ってたの！」

「礼美ちゃん……」

「みんなが困ってるのも知ってた。でも、ミニーが言っちゃ駄目、って。あたしが知ってるの、言ったらひどい目に遭わせるって」

「ミニーが？」

礼美ちゃんは、しゃくり上げながら頷く。

「本当は誰ともお話ししちゃ駄目なの。仲良くしたら駄目だって。でも、礼美、ほんとはお姉ちゃんと、麻衣ちゃんと遊びたかったの……」

ミニーは、礼美ちゃんを脅していたのだ。脅して言いなりにしようとした。

ひとしきり泣いた礼美ちゃんは、ようやく緊張を解いてあたしの隣に坐っている。しっかりと腕を廻してあたしにしがみついて。

「ミニーと会ったのはいつ？」

ナルが、この御仁なりに精一杯優しげな声で訊く。

「……おうちに来てから」

「ここで会った？　どうやって？」

礼美ちゃんは首を振った。どう答えていいのか、分からない、と訴えるように。

「始まりは何だった？」

「……ミニーが喋ったの」

「礼美ちゃんに話しかけてきた？」

礼美ちゃんは頷く。

「ミニーと遊んでたら、ミニーが話しかけてきたの。あそぼ、って」

「……それで？」

「いっぱいミニーと遊んで、でも、ミニーと遊んでるって誰にも言っちゃ駄目だって。言ったらもう一緒に遊べないって……」

「だから誰にも言わなかったんだね？」

礼美ちゃんは頷いた。

礼美ちゃんは寂しかったのだ。引っ越しをして、お友達はみんな離れてしまった。転入した学校でもうまく友達の輪に入れなくて、それで寂しく人形遊びをしていたら、ミニーが話しかけてきた。最初は楽しい秘密の友達だった。ミニーは快活で、饒舌《じょうぜつ》で、けれども少し悪戯者《いたずら》で――だけど、礼美ちゃんにとっては、それすらも魅力的だったのだ。

「すぐに悪戯をするの。いろんなものを隠したり……。秘密だよ、って。悪いと思ったけど、みんなが困ってるの、ちょっとだけ面白かったの」

「そんなもんだよね。分かるよ。大丈夫」

あたしが言うと、礼美ちゃんはちょっと微笑んだ。

ミニーはみんなを困らせて喜んでいた。礼美ちゃんはそんな秘密をミニーと共有しているのが楽しかった。けれども、そのうち、家の中がぎくしゃくし始めた。お父さんの仁さんが出張で出かけてからだ。香奈さんがピリピリするようになった。礼美ちゃんはミニーの悪戯を知っていただけに、香奈さんの前に出ると緊張するようになった。悪戯がばれて叱られるんじゃないかと思わないではいられなかったのだ。するとミニーがまた嵩《かさ》にかかって悪戯をする。香奈さんを困らせて喜ぶ。

「もうやめよ、って言ったんだけど、ミニーがいいんだって。だってお母さんは悪い魔女だからって」

本当は香奈さんは悪い魔女で、お父さんを騙《だま》して家や財産を独り占めするために家の中に乗り込んできたのだとミニーは言った。お父さんが出掛けたのだって、香奈さんが指図して出て行かせたのだと。帰ってくるまでに典子さんと礼美ちゃんを殺して、何もかも独り占めするつもりなんだと言った。

ミニーは礼美ちゃんを守っているのだと主張した。悪い魔女をやっつける、魔女の仲間を懲らしめる。その代わりに礼美ちゃんはミニーの言うことを聞かなければならない。誰とも喋ってはいけないし、仲良くしてもいけない。そうでないと、もう守ってやらない。

「でも礼美、すぐに忘れてお喋りしたりするから。そうしたら、ミニーが怒るの。ぶったり、抓《つね》ったりするの。だから……」

礼美ちゃんは懸命にミニーの言う通りにしようとしていたのだ。

「ほんとはもう、怖かったの。ミニーから逃げたかった。けど……ミニーは何でもお見通しで、どんなとこでもやって来るし、それにミニーには家来がいっぱいいて」

「家来？」

礼美ちゃんは頷いた。

「いっぱいいるの。礼美ぐらいの男の子とか女の子。みんなミニーの家来なの。ミニーがいいって言うと、一緒に遊んでくれるけど、ミニーが怒るとみんな……」

礼美ちゃんを虐めるのだ。それが怖くて、礼美ちゃんは何も言えなかったし、何もできなかった。――どんなに辛かっただろう。ミニーめ、あの卑劣漢。

「お姉ちゃん、怪我をさせられちゃった。ジョンのお兄ちゃまがくれたプレゼントもミニーに壊されちゃった。あたし、ミニーにひどい目に遭わされちゃう」

「大丈夫だよ。ミニーはもういないから」

礼美ちゃんはきょとんと瞬《またた》いた。

「いないの？」

「少なくとも、お人形はもういないの。二度と礼美ちゃんに近づけないよう、遠いところにやっちゃったから」

「でも……さっき、いた。ミニーも、他のお友達も」

「駄目」

あたしは言う。

「駄目だよ、礼美ちゃん。礼美ちゃんのこと虐めるのは、お友達なんかじゃない。虐めっ子をお友達だなんて呼んじゃ駄目」

礼美ちゃんは不思議そうに瞬き、やがてこっくり頷いた。

「もうお人形はないから。だからこれまでみたいに簡単に近づけないはず。それにね、ジョンも、他のみんなも、礼美ちゃんのこと守ってくれるから」

「……ほんと？」

「本当。ミニーが酷いことしないよう、あたしたち精一杯頑張る。だからミニーが何かしようとしたらすぐに言って。絶対に助けてあげるから。ね？」

礼美ちゃんは真剣そのものの表情で頷いて、そうして、あたしに縋って安堵《あんど》したように泣き出した。

第六章

1

典子さんが戻ってきたのは、明け方近くになってからだった。やはり右の足首は脱《だっ》臼《きゅう》していた。靭帯《じんたい》を痛めていて、しばらくはテーピングで固定して動かさないようにしないといけない。どうして痛めたのかについては綾子が、家具を動かしていてそれが倒れて、などと適当なことを言ったらしい。——言わないといけないのが辛《つら》いところだ。

今度はあたしの部屋——つまり客室を二重に封じ、さらには綾子が不寝番として付く。綾子では頼りない気もするけど、やはり典子さんと礼美ちゃんが寝ているところにジョンやぼーさんを派遣するわけにもいくまい。ただし今度は暗視カメラを据え、ベースからも厳重に観察する。

朝になって、典子さんたちが起き出したのを機に綾子が降りてきた。仮眠から起きてきたジョンにハイタッチして、自分は寝に行く。いかにも気怠《けだる》そうにベースを出て行こうとして、綾子は入口でびくりと足を止めた。

「……ねえ、あれ、何？」

……へ？

「あれよ。——いつの間に？」

綾子は玄関ホールを指差している。あたしは一瞬だけ、ホールを映したモニターに眼をやり、そこに何の異常もないことを確認して、綾子の後ろに立った。そして、綾子同様、その場に立ち竦《すく》んでしまう。

それは玄関を捉《とら》えたカメラの死角にあった。吹き抜けになったホールの壁の高いところ。そこに壁いっぱいの文字が。

『わるい　子には　ばつを　あたえる』

子供の字だ。でも、子供には書けない。高さは三メートル近く。

「悪い子って、……礼美ちゃんのこと？」

あたしの呟《つぶや》きに、ナルが頷《うなず》いた。

「だろう。礼美ちゃんは話してはいけないと言われていたことを話してしまった。——麻衣、礼美ちゃんのそばから絶対に離れるな」

昼までの時間、あたしは典子さんと礼美ちゃんと、庭のテラスでピクニックの真似事をした。今頃玄関では、ナルたちがあの落書きを消している。礼美ちゃんに見せないために。

「麻衣ちゃん、お茶をどうぞ」

礼美ちゃんがあたしにカップを渡してくれる。

「どうも」

お辞儀をすると礼美ちゃんが笑った。重荷を吐き出して、少し気が楽になったのかもしれない。屈託のない笑顔だった。

「お姉ちゃんもどうぞ」

ありがとう、と微笑《ほほえ》んでカップを受け取った典子さんの顔を、礼美ちゃんが覗《のぞ》き込む。

「お姉ちゃん、まだ痛い？」

「もう平気」

典子さんはテーピングした足を示した。……痛くないはずはないのだけど。典子さんはしばらく歩くのに松葉杖が必要だ。

礼美ちゃんは大真面目に頷いて、そしてあたしを振り返った。

「麻衣ちゃん、お花、摘む？」

「おっけー」

「礼美、お姉ちゃんが——」

言いかけた典子さんを礼美ちゃんが止める。

「駄目なの。お姉ちゃんは病気なんだから。お見舞いのお花なの」

「ちょっと怪我しただけよ？」

「いいの。麻衣ちゃん、行こ」

「はーい」

あたしは礼美ちゃんと手を繋《つな》いで花壇に向かう。そこでは夏の暑さにもめげず、涼やかな花が咲いていた。

「何にしよう？　いっぱいあって迷うねえ」

「えーとね、ラベンダー。いい匂いなの」

礼美ちゃんが紫の花を二枝折り取った。

「あとね、サルビア。白いやつ」

「これ？」

あたしはとりあえず白い花を示したのだけど。

「それはスターチス。じゃあね、スターチスと、リョウブ」

あたしがスターチスを一枝折り取ると、礼美ちゃんが白い花穂をつけた植え込みに手を伸ばした。

「ちょっとでいいよ、礼美」

典子さんの声がする。礼美ちゃんが頷いて、花穂の多い枝に手を伸ばした。折り取ろうと枝を摘んですぐ、礼美ちゃんが悲鳴を上げた。

「礼美ちゃん⁉」

礼美ちゃんは繁みに手を突っ込んだまま身を捩《よじ》った。枝の間から手を抜こうとしているようなのに、花の間に差し入れられた手が誰かから摑《つか》まれたように動かない。あたしはとっさに礼美ちゃんの腕に手を添えて引いた。力を込めて引っ張ったのに、頑として抜けない。

「礼美！」

典子さんが片足跳びで駆けてくる。あたしはそのへんの小枝を手当たり次第に毟《むし》った。何かが礼美ちゃんの手を捕まえている。繁みの中にそいつがいる。

一群を毟り取ったとたん、礼美ちゃんの手が抜けた。反動で蹈鞴《たたら》を踏んだ礼美ちゃんは、泣き出してその場を逃げ出す。あたしは藪《やぶ》を掻《か》き分けた。何もない。誰もいない。誰かが潜めるような空洞もない。

「礼美！　待って!!」

典子さんの悲鳴じみた声がして、振り返ると礼美ちゃんが四阿《あずまや》の向こうに駆けて行くところだった。

「麻衣ちゃん、止めて！　そっちには池があるの!!」

あたしは礼美ちゃんを追って駆け出した。——そう、家の裏には池があるのだ。植え込みを左右に迂回《うかい》しながら走ると、広々とした芝生のスロープが深い色の水面に向かって落ち込んでいる。

「ミニー！　ごめんなさい!!」

礼美ちゃんが叫びながら、何かから逃げるように水際の木を廻り込んだ。池の水面を覗き込むように立つ百日紅《さるすべり》の大木が薄紅色の花を咲かせている。その根元、下生えの繁みを避けるように廻り込んで、礼美ちゃんが足を滑らせた。

「礼美っ!!」

典子さんが悲鳴を上げる。礼美ちゃんがとっさに腕を伸ばしたけど、指先は何物にも届かなかった。傾いた礼美ちゃんの身体が、低い段差の向こうに投げ出されていく。

「礼美ちゃん！」

あたしが水際に駆け寄ったときには、礼美ちゃんの身体が水飛沫《みずしぶき》を上げて水の中に沈み込むところだった。暗く碧《あお》い水面に真っ白な泡が立つ。あたしはあとを追って池に飛び込んだ。

礼美ちゃん！

池は深い。水深はあたしの首のあたりまであった。礼美ちゃんには深すぎる。

「礼美ちゃん、どこ!?」

声を上げると同時に、礼美ちゃんの身体があたしの眼の前に浮かんできた。礼美ちゃんが苦しげに水面に顔を出す。何かを叫んでいるけど、声になっていない。

あたしは腕を伸ばしてその身体を捕まえた。水面の上に抱え上げようとしたのに、礼美ちゃんは水の中に引き込まれていく。礼美ちゃんを抱えたまま、水に沈み込んで思いっきり底を蹴った。なのに礼美ちゃんの身体が浮かない。まるで、誰かが礼美ちゃんを引っ張っているみたいに。

水の中は碧い靄《もや》だ。ぼんやりと礼美ちゃんの身体が見えるけど、暴れる身体が細かい泡を立てるので、とても細部までは見通せない。それでも懸命に水を蹴る礼美ちゃんの片脚がまるで動いていないことは分かった。それどころか、そこから水底に引きずり込まれようとしている。

泥の中に足を突っ張って礼美ちゃんを引き寄せる。どうしても引き上げられない。息が苦しい、そう思ったとき、誰かがあたしの身体に手を添えて礼美ちゃんごと引っ張ってくれた。がぼっと頭が水面に出る。思いっきり礼美ちゃんを引き寄せると、礼美ちゃんの身体が水面に出た。滅茶苦茶に底を蹴って、そのまま岸に向かう。岸では身を乗り出して典子さんが声を上げていた。

「礼美っ！」

大丈夫。礼美ちゃんを捕まえた誰かは離れたようだ。あたしは泣いている礼美ちゃんを見、そして手を貸してくれた人影を見上げた。その人は、あたしごと礼美ちゃんを抱えて岸へと引っ張っていく。

「……曾根、さん」

2

岸に這《は》い上がった曾根さんに池から引き上げてもらった。ひきつけたように泣く礼美ちゃんを典子さんが固く抱きしめている。すぐにナルたちが駆けつけてきて、それで安《あん》堵《ど》で膝が崩れた。

泣きじゃくる礼美ちゃんと典子さんを家に連れ戻し、綾子とジョンに預けた。あたしは庭で水を被《かぶ》り、部屋に戻って着替える。その頃になってようやく震えが止まった。

これが「罰」なんだろうか。ミニーの、礼美ちゃんに対する罰？

考え込みながらベースに行くと、仁さんのものらしいパジャマに着替えた曾根さんがソファに腰を降ろしてタオルで頭を拭《ふ》いていた。

「ありがとうございました」

あたしは真っ先に頭を下げた。

「……いや」

曾根さんは短く答える。ぶっきらぼうな調子だったけど、本当にありがたかった。

「手入れに来られていたんですか？」

「たまたま、お嬢ちゃんが池に落ちるのが見えたんでね」

曾根さんは頷く。

曾根さんが言ったとき、ナルが厳しい声を出した。

「たまたま、ですか？」

曾根さんが怪訝《けげん》そうにナルを見返した。

「あなたは礼美ちゃんを見張っていた。今回もそうだったのでは？」

「何の話だい」

「曾根さんは、礼美ちゃんをしげしげと見守っている姿を何度も目撃されているんです。それも物陰から身を隠すようにして。あれはひょっとして、礼美ちゃんを監視していたのではないのですか」

曾根さんはむっとしたように口許《くちもと》を曲げてナルを睨《にら》んだ。

「この家に何があるんです？」

ナルが言って、曾根さんは不思議そうな表情を浮かべたし、ぼーさんも同様に不審そうな顔をした。

「あなたはずっと礼美ちゃんに注目していた。曾根さん自身の言を信じるなら、森下家で異変が起こっていることを知らなかったにもかかわらず、です。それはなぜです？」

曾根さんは頑《かたく》なな表情で口を引き結ぶ。

「何か気になることがあったのでしょう。──あなたはこの家に出入りして長い。この家の歴史を最も良く知っている人物です。その人物が、異変の有無さえ分からないうちから礼美ちゃんに注目していた。だとしたらこの家には、礼美ちゃんのような少女を警戒しなければならない何かがあるんです。それは何ですか？」

曾根さんの答えはない。

「では、これだけでも答えていただけませんか。礼美ちゃんは危険ですか？」

ふっと、曾根さんが迷うように視線を逸《そ》らせた。

「曾根さんは、礼美ちゃんが家を出るべきだとお考えになりますか」

曾根さんは答えない。でも、迷っている。表情にそれが出ている。

「では、せめて大沼さんの連絡先を教えてください。御存じなければ、心当たりでも結構です。大沼さんの連絡先を知っていそうな方はいませんか」

「……無駄だよ」曾根さんは、ようやく口を開いた。「大沼の奥さんに訊《き》いても、絶対に異常なことがあったなんて言うわけがない」

「隠す、と？」

そうじゃない、と曾根さんは頭《かぶり》を振った。頑なな何かが緩んだ気配があった。

「大沼の奥さんは、——亡くなった旦那《だんな》さんも——異常だなんて思っていなかったんだよ。家族の誰にとっても、この家には異常なんてなかったんだ」

「しかし、曾根さんにとっては違うんですね？」

曾根さんは深い溜息《ためいき》をついた。

「大沼の一家は誰も家とは結びつけてない。近所の連中もだ。だが、以前、子供が池で溺《おぼ》れて死んだことがあるよ」

あたしたちは言葉を失った。この場所には異常がない——それが大前提だったはずだ。なのに。

「この家によく出入りしていた子供がいたんだ。近所の子でね。年はかなり離れていたが、大沼さんとこの坊ちゃんに懐いていてね、兄貴みたいに慕っていたよ。大沼さんとこの息子さんは中学、高校と野球の選手で、その子も野球をやってた。だから息子さんのほうも可愛がってたな。よく庭でキャッチボールをしてた」

「……その子が？」

曾根さんは頷いた。

「池に死体が浮いてるのが見つかったんだ。実際に何が起こったのかは分からなかったが、遊びに来て庭で坊ちゃんの帰りを待ってるうちに池に落ちて溺れたんだろうという話になった。どうしてあんなスポーツの得意な子が溺れたのか、それは話題になったけども、誰もこの家と結びつけたりしなかったよ。不幸な事故だが、事故というのはあるもんだ。あえてそれ以上の理由を探す必要なんてないからね」

「でも、あなたは結びつけた」

曾根さんは項垂《うなだ》れ、もう一度大きな溜息をついた。

「……実を言えば、その前にも死んでるんだよ」

あたしたちは唖然《あぜん》とした。

「大沼さんのところは、お兄ちゃんと妹の二人兄妹だったが、実はその下に女の子がいたんだ。ここに越してきていくらもしないうちに、病気で死んじまったがね。風邪《かぜ》をこじらせたんだと言われていたし、大沼さんもそう思っていたようだが」

「……でも、そうではなかった？」

「多分《たぶん》な。もともと身体の弱い子だったそうだ。生まれてすぐに大病をしたとかでね。死んだのはそのせいで、大病をしたのは引っ越してくるずっと前だ。べつに妙な事故や事件じゃなかったわけだし、だから大沼さんは家とは結びつけていなかったね。——今も思っちゃいないだろう。……そのあとにも死んでるんだがね」

曾根さんは言って、頭を振った。

「そのあと？」

「大沼さんは三十年ほど前に越してきたんだったかな。二十五年くらいここに住んでた。越してきてすぐ末の娘が死んだが、他の二人は立派に育って、ここから大学にも行ったし結婚もした。息子さんは東京で就職してそこで所帯を持っていた。旦那さんが悪くなってから、若奥さんが看護を手伝うのに戻ってきていたが、息子さんは週末に子供を連れて帰ってくるのが精一杯だった。とてもここから通勤するわけにはいかなかったからね。孫娘だって学校がある。だから、息子さんと孫娘は自宅にいて、週末に戻ってきていたんだ。だが、その子は奥さんがここを引き払って、いくらもしないうちに亡くなったそうだ。交通事故だったらしいよ」

ナルは眉をひそめて曾根さんを制した。

「待ってください。その子はここには住んでいなかったんですね？　しかも大沼夫人が家を引き払ってから、ここではない別の場所で交通事故で亡くなったわけですか？　それなのに、それもこの家に関係がある？」

曾根さんは頷いた。

「だと思うよ。どの子も全部、八歳だったからね」

──八歳？　あたしはぽかんとした。礼美ちゃんは──八歳だ。

曾根さんは首を傾《かし》げた。

「……いや、大沼さんの末娘は九歳だったかな。いずれにしても八歳前後だ。溺れて死んだ子も八歳なら、孫娘も八歳。俺は息子さんに、あんまりお孫さんは連れて来ないほうがいいんじゃないか、と言ったんだけどね。理由を訊かれても答えられないからな。お祖父《じい》ちゃんが苦しんでいるのを見るのは、子供にとって辛いんじゃないかとかなんとか、言ったもんだが。もちろん聞いてはもらえなかったし、やっぱり良くない結果になった。だからって、それ見たことかとも言えないだろう。だから、大沼さんは今も知らないんだよ」

曾根さんは言って、口を閉ざした。あたしたちはしばらく言葉が出なかった。

「この家、八歳前後の子供が危ない……？」

あたしが呟くと、曾根さんは頷く。

「この家は子供を喰《く》うんだ。ただし、子供なら誰でもというわけじゃない。八歳前後だ。それくらいに限られてる。その年頃の子供がこの家に入ると、家に取って喰われてしまうんだ。子供がいても、その年齢以外なら無事に済む。それどころか、何も起こらないんだ。本当に──何一つ」

曾根さんは重い溜息を落とした。

「大沼さんが越してきたって噂を聞いたとき、俺は拙《まず》いと思ったんだ。一番下のお嬢ちゃんが、ちょうどその年頃だって話だったからね。俺がこの家に出入りしてりゃ気をつけてやりようもあったのかもしれないが、その頃はまだ出入りしてなかったからね。案の定、末の子は越してきてすぐに亡くなった。これで同じようなことが続けば、少なくとも縁起の悪い家だという話ぐらいにはなったんだろう。だが、その後は何の問題もなかった。残った坊ちゃんと嬢ちゃんは、もう危険なところを通り過ぎていたからね」

「しかし実質、三人ですよね？　それだけの死者がいて、近所の噂にならなかったんですか？」

ナルが問うと、

「どうしてなるんだい？　越してきていきなり娘が死んだ。だが、この子はもともと身体の弱い子だったんだ。病気がちで学校にも通えていなかった。その子が風邪をこじらせて死んで、噂にする必要があるかね？　近所の子が死んだのは、その二年後だったかな。立て続けってわけでもないし、家族でもない。しかも、そのあとはずっと何の問題もなかったんだ。子供たちは無事に育って成人して、独り立ちしていった。孫娘が死んだのはこの土地の話じゃない」

言って、曾根さんは頭を振る。

「昔は有名だったんだよ、子供が住むと良くない家だってね。だが、近所の連中だってずいぶん入れ替わったからね。年寄りが死んで、越して行ったり越して来たりで住む人間も替わっていってる。それでも、末の嬢ちゃんが死んだときは、年寄りの間で噂になったかな。その頃はまだ、昔のことを覚えてる奴もかなりいたし、大沼さんが越してくる前にも子供が一人死んだばかりだったからね。その子は七つだったか。大沼さんの前に住んでいた家族だ。野木《のぎ》——と言ったかな」

「野木さんは子供を亡くされて越していったんですか？」

「結果としてはそういうことだね。子供は、やっぱり交通事故で死んだんだったかな。それを機に夫婦仲が悪くなってね。あっと言う間に離婚して越していった。野木さんは家を借りてただけだったしな」

「持ち主は——」

「持ち主までは知らないよ。ただ、野木さんが越してくるまでは、しばらく噂が絶えていたんだ。野木さんの前の住人にも子供が何人かいたと思う。しかしその子たちは、みんな無事に大きくなって結婚して独り立ちしていった。それというのも、その前の持ち主が、八つ前後の子供がいる家族には絶対に家を売らないと決めていたからだ。正確なことは知らないが、子供はみんな越してきた時点で八つをだいぶ超えていたと思う。だから無事だったし、それで周囲も忘れてたんだよ。思い出したのは野木さんの子供が死んでからだ。野木さんの件があったから、大沼さんが越してきたとき不安に思う連中もいたようだが、末のお嬢ちゃんが死んでからは何事もなかったからね。平穏無事に過ごしている人に嫌な噂を耳に入れる必要もないだろう。単に幽霊が出るとかそういうんなら、面白がって話す奴もいただろうが、何しろ結果が結果だ。とても面白半分に話せるようなことじゃない。だから大沼さんは何も知らないままなんだよ」

本当は犠牲者が出ていたのに、犠牲者だと認識されてなかったんだ。大沼家には九つの子供がいたけど、誰かが悪い噂を耳打ちする前に子供は死んだ。池で溺れた近所の子は、確かに住人じゃない。もともとの悪い噂を知らなければ家と結びつける理由なんかないだろう。そしてお孫さんが亡くなったけど、これはここでの話じゃない。遠い場所で――。

あたしは、はたと気づいた。

「……待って。てことは、家にいてもいなくても関係がないってこと？」

……馬鹿な。

そう思ったけど、曾根さんは重々しく頷いた。

「目をつけられると関係がないんだ。家を出ても結果は変えられない。八歳前後の子供は、家に足を踏み入れちゃならないんだ」

「――そんな！」

「俺はね――お嬢ちゃん。ひょっとしたら、俺が知ってるより犠牲者は多かったんじゃないかと思ってるんだ。親戚や知り合いや、この家に出入りする八歳前後の子供がいたわけだからね。一歩でも足を踏み入れたら終わりだ、とまではいかないだろうが、ある程度の期間いたり、何度も足を踏み入れたりしちゃ駄目なんだ。家に目をつけられちまう。実際、誰のときだったか、夏休みに遊びにきていた親戚の子供が、家に戻ってから死んだと聞いたことがあるよ。そういうことは他にもあったんだと思う。そこまでは俺の耳に入らなかっただけで」

「でも……じゃあ、礼美ちゃんは」

「あの子はもう目をつけられてる。可哀想だが」

……そんな。そんなことって。

「子供を喰う家なんだ。俺が小さい頃にはそう言われていた。近所でも有名だったんだ。なにしろ死人が続いたからね。初めて噂を聞いたのは立花さんのときだ。ここに俺と同級の子がいたんだよ。博史《ひろし》といったが、その子が死んだ。俺が七つ、博史が七つのときだ。そのとき、上の兄弟も同じ頃合いに死んだんだと聞かされたよ。たしか、二人だったと思う。博史が生まれる前に兄弟が二人いて、そのどっちも八つで死んだんだと」

「二人が死んだあとに生まれたのが博史くんだったんですか？」

「そうだよ。だから俺の知ってる博史は一人っ子だった。博史が死んでから、実は兄弟がいて、同じ年頃に死んだんだと聞かされたんだ。ただ、その頃は家が可怪《おか》しいとは言われてなかった。立花さんちは祟《たた》られていると言われていたように思うよ。だが、それ以後も死人が出た。付き合いもなかったし、詳しいことは知らないが、一人二人じゃなかったと思う。使用人の子なんかも含め、子供が何人か死んで——その頃からだと思うよ、八歳前後の子供がいけない、と言われるようになったのは」

「……そんなに死んでるんですか……？」

「正確な数までは俺も知らないがね。何しろ有名だったから、周囲の人間は決して子供をこの家に近寄らせなかった。持ち主のほうでもそれなりに気を配るようになった。子供のいる家族には貸さない、とかな。だから被害は減っていたんだ。そうしているうちに、過去を覚えている連中が死んでいって、近所では忘れられてしまったんだろう。ここ何十年も、家が妙だなんて話を聞いたことは一度もないよ」

けれども、家に巣くうモノは生き延びていた。弱ったのでも眠ったのでもなく、ただ、待っていたのだ――八歳前後の子供が来るのを。

ナルが口を挟んだ。

「その立花という一家が、この家に住んだ最初の家族ですか？」

曾根さんは首を振った。

「俺は知らない。もしもその前にいたとしても、そこでは犠牲が出なかったんじゃないかな。なにしろ俺も小さかったし、よく知るわけじゃないから確実とは言えないが。ただ、俺の知る限りじゃ、立花さんが始まりだと思うよ」

「逃れた例はありませんか」

曾根さんは無言で首を横に振った。

「お願いがあります」

ナルが言うと、なんだい、と答える。口調はぶっきらぼうだけど温かかった。

「持ち主を遡《さかのぼ》ってみたいんです。詳しい様子を知りたい。手を貸していただけませんか」

「あの子を助けるためかい？」

「もちろん、そうです」

曾根さんは厳《いか》めしい顔で頷いた。

3

ナルと曾根さんが出ていってしばらく、いつの間にか綾子の姿が消えて、入れ替わるように尾上さんがやってきた。尾上さんと典子さんをダイニングスペースに坐らせ、相手をするのは、ぼーさんだ。隣に続く居間では礼美ちゃんがジョンと遊んでいる。ぼーさんは曾根さんの話をかいつまんで繰り返した。この家では八歳前後の子供が危ないこと、いったん目をつけられてしまうと、家を出てもついて行くこと。典子さん、尾上さんの表情がみるみる強張《こわば》ってくる。

「……どうすればいいんでしょう」

言ったのは典子さんだ。

「お嬢さんが家を出たいと言うなら、止める方法はないですからね。ただ、実例からすると、東京に逃げる程度で逃げ切れるとは思えない」

尾上さんは半信半疑なのか、いっそ礼美ちゃんを父親の仁さんのところに行かせてはどうかと言い出した。外国までは追って行けないかもしれない――だが、それだって確実じゃない。どのくらいの距離は危険で、どのくらいの距離なら安全なのか、それは誰も知らないことだ。

「礼美ちゃんを遠くにやればやるほど、ひょっとしたら安全性は高まるのかもしれないです。そこんところは、やってみないと何とも言えない」

そうですね、と尾上さんは口を噤《つぐ》んだ。典子さんは、

「逃げられないとしたら、他に手があるんですか？」

「大本を叩くしかないことは確実です。ただし、現時点では肝心の大本が正体不明だ。確実にできるのか、いつになるのか、一切は確約できません」

「……そんな」

「俺たちに任せておいてもらえれば大丈夫です、とリップサービスをしたい気持ちは山々なんですけどね」

典子さんも尾上さんも押し黙ってしまった。

「俺たちは解決を依頼されていながら、何の働きもできていない。香奈さんの言う通りですよ。妙な事件が起こらないよう来たはずなのに、むしろ異常は加速している。首を切られても文句は言えない。いっそ全員を解雇して、できる限り遠くに逃げてみる――それも一つの選択肢かもしれません。ただ、勝手なお願いを承知で言わせてもらえば、俺たちにもう少し時間をもらえないですかね。せめてナルが戻るまで」

典子さんは頷いた。たぶん、頷くしかない、というのが実情なんだろうと思う。尾上さんが念のため、今夜はここに泊まることになった。

「……大丈夫かな」

さてな、とぼーさんは呟いて、周囲を見渡す。

「ところで、実力派の巫女《みこ》さんはどこに消えたんだ？」

「知らない。いつの間にか消えてたの。ゆうべも不寝番だったたし、あれきり寝てないのにねえ」

「街中のホテルかどっかに寝に行ってたりして」

……あり得る。あいつ、霊能者のくせに結構、怖がりだから。

噂の巫女さんが戻ってきたのは夕暮れ前で、どうやらどこかで寝て来たわけではないらしく、へろへろの状態だった。

「どこに行ってたの？」

「近所」

「近所って？」

「近所は近所よ。助けになる何かがないかと思って。……でも駄目みたい。ナルは？」

「まだ戻ってないけど」

「戻って来るまで寝てくる。戻ったら起こして」

……なんだろうなあ？

でもまあ、いくらなんでも逃げ出すほど無責任ではなかったか。綾子は綾子なりに最善を尽くしているってことだろうか。

そのナルが戻ってきたのは八時を過ぎてからだった。

「——立花ゆきだ」

ナルはベースに戻ってくるなり言った。

「その子が最初の犠牲者？」

綾子の問いに、ナルは頷く。

「この家は一九一五年ごろに立花家が建てた。当時は幼い娘が一人だけ。これがゆきだ。ゆきは八歳で死亡しているが、死亡理由は分からない。その二年後、越してきた翌年に生まれた長男が、同じく八歳で死亡している。病死だとされているが詳細は不明だ。長男が死んだこの年、次男が誕生した。これが曾根さんの同級生だった博史だ」

ナルはメモを開く。

「博史は七歳で死亡。同年、立花家は家を池田《いけだ》家に譲っている。池田家には越してきた当時、十三歳の長男を筆頭に、八歳の次男、六歳の長女、三男の四人の子供がいた。翌年、次男が九歳を目前にして死亡。その直後、長女も七歳で死亡している。その三年後、池田家は家を出た。三男がじきに八歳だったからだ。この家を貸家にして、本人たちは名古屋に逃れたが、当地で三男は死亡している」

「名古屋程度では無駄——か」

ぼーさんが苦々しげに呟いた。

「だろう。距離は問題ではないらしい。おそらく子供に憑《つ》いて行ったんだ。貸家になってすぐ、西須崎《にしすざき》という若夫婦が家に入ったようだが、第一子が生まれたのをきっかけに転出している。曾根さんが言っていたように、子供ができたら出て行くという約束があったらしい。その後、一年ほど空き家のままだったが、谷口《たにぐち》家に貸し出された。当時、谷口家には子供が三人いた。三歳になる双子の姉妹と二歳になる長男の三人だ。上の双子が八歳になるまでに家を出る、という約束で借りたようだが、遠隔地から越してきた谷口家は、まったく家に関する噂を信じておらず、ここに居坐り続けた。結果、三人は立て続けに死亡し、それまでに使用人の子供二名が死んでいる」

「ひど……」

谷口家の人々は、さすがに懲りて家を出た。その後、家は再びしばらく空き家のままだったらしい。

「二年ほどを経て、家は村上《むらかみ》家に転売された。村上家には子供が五人いたが、一番下の娘が越してきた当初ですでに十二、三だった。住み込む使用人もなく、子供たちも成人すると順次家を出て独立していったので、少なくともこの家では二十年近く被害が出ていない。——家の外がどうだったかは分からないが」

たとえば、遊びに来た親戚の子供、あるいは里帰りしてきた孫。ひょっとしたら、この土地ではない別の場所で、密《ひそ》かに被害があったのかもしれない。

「最終的に家に残ったのは夫婦が二人だ。やがて主人が死亡し、相前後して未亡人が入院すると、ここはまた貸家になった。次に入ったのが野木家で、ここでは娘が七歳になったときに死亡している。そして家を譲り受けたのが大沼家」

村上家が長く無事だったから、野木家が入った頃には、すっかり噂は忘れられていたのだろう。少なくとも野木さんは何も知らずに越してきて、何も知らないまま出て行ったんだと思う。そしてやはり、何も知らないまま大沼家が越してきた。越してきてすぐ九つの女の子が死んだけど、誰もその意味が分からなかった……。

「大沼家は、本人たちの主観としては平穏無事に二十数年間をこの家で過ごした。家は再び転売され、十和田夫妻が手に入れ、三年で森下仁に譲った」

ぼーさんが深い溜息をついた。

「八歳前後限定ってとこが質《たち》が悪いんだよな。子供がいないと完全に沈黙してしまうから噂が定着しない。せめて妙な物音が聞こえるとか、その程度の異常でもありゃ、とっくに取り壊すなりされてただろうに」

……だよねえ。

「だが、こうして辿《たど》ってみりゃ明らかだ。被害は立花家から始まってる。でもって、家が建って最初の死者が立花ゆき、だろ？　それがミニーか」

「その可能性が高いだろう。――大沼家の孫娘の件で、妙なことを聞いた」

「妙なこと？」

「曾根さんが記憶していた通り、孫娘は父親に連れられ、祖父を見舞うため週末ごとにこの家を訪れていた。だが、家族はみんな祖父の看護で忙しい。そのせいか、一人遊びの多い子供だったそうだ。特に、よく独り言を言っていた」

「……独り言」

「まるで見えない誰かと喋《しゃべ》っているかのように、何もない空間に向かって独り言を言うことが多くて、事情が事情とはいえ、寂しいのだろうと不憫《ふびん》だった、と近隣の婦人が記憶していた」

……ミニーだ。

なるほどね、とぼーさんも呟く。

「ずっと同じような手口で暗躍してたわけだ。——しかし、立花ゆきが犠牲を求める理由は？　死亡理由は不明ってか？」

ナルは頷いた。

「庭で死んでいるのを発見された、という話だが。詳しい事情を知っている人物を見つけられなかった」

「庭で……ねえ。なんかあったのかね。恨み辛みを残すような」

「かもしれない。家内の事情は複雑だったようだから」

「複雑？」

「寺の過去帳からすると、両親と共に越してきた当時、ゆきは二歳で、その翌年に弟が生まれたが、これは腹違いの弟だった。ゆきの実母はゆきが生まれてすぐに死亡しているんだ。そのあとに後妻が入り、後妻と共に越してきた。だが、この後妻もゆきの死後に死亡している。さらに入った後妻が次男である博史の母親だ」

「すると実質、子供三人に母親一人が死んだわけか？」

「ということになる」

「うわー、なんか、曰《いわ》くありそう」

綾子も首を傾ける。

「後妻はゆきの継母《ままはは》だったわけよね？　そして腹違いの弟が生まれた。後妻からすると、ゆきは余計な子よね？　当時のことだから家を継ぐのは男の子だとしても、上に生《な》さぬ仲の姉がいればやっぱ邪魔じゃない？　そして、ゆきの死因は分からない」

ええぇ、とあたしは声を上げた。

「継母がゆきちゃんをどうにかした、とか？　……まさかあ」

「考え過ぎかもしれないけど。でも、家を狙ってる『悪い魔女』よ」

「……あ」

「ゆきは——ミニーは自分の経験から、そんなことを吹き込んだのかもしれないじゃない。そして、そのあと悪い魔女も魔女の子供も死んだ。ゆきの復讐《ふくしゅう》だったのかも」

「でも、だったら長男が死んだ時点で、ゆきちゃんの復讐は終わったわけで」

「それでは気が済まなかったんでしょ。残り続けているうちに、自分が何に対して復讐しているのかすら分からなくなった」

「先走るな」

ぴしゃりとナルに言われて、綾子は首を竦めた。

「確証のないことを想像しても始まらない」

「だって……」

「第一、被害がゆきの復讐によるものなら、対象が八歳前後の子供に限られている訳が分からないだろう」

「それは……そうなんだけど」

「どっちかというと、ありがちだが、仲間を求めてるって話じゃねえの？」と、ぼーさんは首を傾げる。「要は、お友達が欲しいわけだろ。それも同じ年頃のお友達」

「仲間を求めるのに年齢を限定するの？」

あたしが言うと、

「やっぱお友達は同世代のほうが馴染みやすいじゃん」

……そういう問題かなあ。

「最初から目的はちびさんにあった。あの子を取り込んで、家族から切り離して孤立させ、犠牲者にして仲間に引き入れるつもりだったたってことだろ」

あら、と綾子が不審そうな声を上げた。

「だったら最初からあの子を殺してしまえばいいんじゃないの？」

「死ねば必ず仲間になるとは限らないだろ。全ての死者が霊としてこの世に残るわけじゃないからさ」

「……それは、そうだけど」

「残るだけの強い思いが必要だろ。ものすごく怯《おび》えて、ものすごく苦しむ。なんかそういう——激しい感情みたいなのが」

「激しい感情……ねえ」

綾子は不審そうだったし、あたしも首をひねった。

「なんか……変なの」

「何が」

「たとえば礼美ちゃんがミニーに追い詰められて、それで辛い思いの極限で……その……死んじゃったとして、だよ？　そしたらミニーを怨《うら》まないかなあ。その思いが残ったら、ミニーの仲間にならずに敵になっちゃうじゃん」

「あー……そういうことになるか」

ぼーさんは釈然としないふうに頭を掻く。

「でも、意外にそういう振る舞いをする例を見たことがないんだよなあ」

黙って耳を傾けていたジョンが、首を傾げた。

「仲間になる……ゆうのは、同化、なんとちゃいますやろか」

「同化？」

「はい。一体になる、ゆうことで。せやから、同じような立場の人や、同じようなことを考えている人を欲しがる、ゆう気がするんです。例えば自殺しはったお方の霊がいたとしますやろ？　そうすると、自殺を考えるような人を呼ぶ……ゆうか」

「ああ——寂しくて仲間が欲しいから、自分と同じように自殺しそうな人を呼ぶわけだ」

「はい。もっと悪辣《あくらつ》やと、そこに追い込んでいく」

……うーん。分かるような、分からないような。救いを求めてナルを見たら、ナルは溜息をついた。

「そうそう簡単に霊のことが分かったら苦労はない」

そりゃ、そうでしょうが。

「ただ、霊として残る要件は強い思いだ。霊とは基本的に残存した強い意思——思念だ、と看做《みな》すことができる。この家の場合は、仲間が欲しいという欲求がそれだろう。なぜ同世代の仲間に限られているのかは分からないが。とにかく、それは仲間を求める。欲しいという欲求のみの存在なのだと言うべきなんだろうな」

ナルは言って、部屋の隅に凝《こご》った闇を注視する。

「仲間を求めるのは、それがそういう存在だからだ。求めた結果、仲間が増える。増えた存在は大本の存在と同化する。少なくともこの家の場合、子供たちは集団で一個の霊存在を形成している。互いに互いを引き寄せてエネルギーを補い合う関係にあるから、個々は決して強い存在ではないのに、除霊しても弾《はじ》き飛ばされるだけで消えない。引き寄せられて戻ってくる」

「ああ、なるほど」

「ただ、同化するためにはそれが均質なものである必要がある、ということなんだろう。少なくとも似通っている必要がある。たとえば、寂しい子供の霊が仲間を欲した場合、同じく仲間が欲しい子供が死亡するか、同じく寂しい子供が死亡する必要があるのだと思う。前者の場合は『仲間が欲しい』という欲求が一致しており、後者の場合は『寂しい』という心性が一致している。最低でもどちらかが一致していることで初めて、両者は同化することができる」

「でも、ミニーはすでにいっぱい仲間を持ってるじゃない。とっくに満足してそうなもんなのに」

「そうだろうか？　たとえば仲間の欲しい霊が、新しく仲間の欲しい子供を得たとする。その両者が同化する——だが、仲間とは連帯する『他者』のことだろう。同化したら他者じゃない」

「あ、そうか」

「仲間を得たところで、新入りが望んでいるのは仲間だ。同じく仲間を欲している。両者の思いが同化したところで、欲望が強化されるだけだろう。寂しい子供の場合は、同じく寂しさが積み重なるだけで満たされるわけではない。つまり、同じものが積み重なっても、加算されこそすれ減じることはないんだ。だからいつまでも仲間を求め続ける」

……そっか。欲しいという思いだけがどんどん強くなるんだ。

「だから、礼美ちゃんを孤立させようとしてるわけね？　心性を一致させて、できれば欲求を一致させるために」

「だろう。しかも礼美ちゃんは、そもそも連中の心性に対して親和性があるんだ。引っ越して友達と別れ、新しい友達ができずに寂しかった。ある意味、親和性はキーポイントだろう。大沼さんの孫も一人遊びが多かったと言っていた。大人は病人の介護で忙しく、充分に構ってもらえない。大沼家の末娘もそうかもしれない。身体が弱くて、兄弟や友達と均質でいられない。その孤立感をきっかけにして、犠牲者にぶら下がる」

……取り込まれる、ってことだ。どんなに人間関係に恵まれた子供でも、ふっと孤立感を感じる瞬間があるだろう。それをきっかけに連中は目をつける。目をつけたら、目的を完遂するまで諦《あきら》めない。

「でも――これからどうすればいいの？」

それだ、とぼーさんや綾子がげんなりした声を上げた。

「大勢が集まって、あたかも一つの霊のように存在してるんだとしても、やっぱ核になるものがあるわけだろ。たぶん最初の死者で、そもそもの原因になった立花ゆきがそれなんじゃないのか？　つまり、ゆきを除霊するしかない」

だろう、とナルは呟く。

「ここはぼーさんの出番だな」

「ほいよ」

ナルはぼーさんにメモを差し出す。

「名前の下が生没年。その下が戒名。宗派は浄土宗」

「了解」

4

ぼーさんは礼美ちゃんの部屋で除霊を始めた。ジョンと綾子は、典子さんの部屋で礼美ちゃんに付いている。あたしとナル、リンさんは例によってベースで待機。メインのモニターとスピーカーには、ぼーさんの除霊風景が出ている。

……今度こそ反発があるだろうか。

『ナウマクサンマンダ、ボダナン、ビシュダゲンド、ドハンバヤソワカ。ナウマクサンマンダ、ボダナン、マカムタリヤ、ビソナキャテイソワカ。ナウマクサンマンダ、ボダナン、ダルマタタバク、カキャテイソワカ』

ぼーさんの祈禱《きとう》は仏教式のはずなのに、綾子やジョンのそれよりも意味不明だ。それがすごく奇妙な気がする。

そんなことを思いながら、他のモニターにも眼を走らせる。特に典子さんの部屋。ベッドで礼美ちゃんが眠っている。典子さんはその脇で身を起こし、考え込むように蹲《うずくま》っていた。その傍らに坐った綾子と、枕許に立ったジョンと。尾上さんはベッド脇に椅子を引き寄せ、さかんに周囲を見廻していた。時折、ジョンや綾子と何事かを喋っているようだ。たぶん落ち着かないのだろう。

しばらくしたときだ。リンさんの声がした。

「下がり始めました」

あたしはモニターの一つに眼をやる。礼美ちゃんの部屋のサーモグラフィーの映像だ。特に激しい変化は起こったように見えない。ただ、画面の端に表示された数字が思い出したように減っていく。

「マイクは」

「滝川さんの声がありますから。——しかし妙にノイズが少ないですね」

リンさんはコンピュータを見やる。

「対照するほどの異音はありません。ただし室温は下がり続けてます。一度——いや、もう二度は下がりました。特にベッドのまわり。——依然、ノイズはなし」

リンさんが言ったとたん、ぼーさんの真言に被ってピシリという硬い音がした。

「異音、始まりました。『鞭打《むちう》ち』音です」

コンピュータの画面には赤い対照コードが出ている。次いで立て続けに「不明」の文字。

「反応してるな……」

ナルはじっとモニターを見ている。サーモグラフィーの映像が変化し始めた。斑模様《まだら》が動き始めたように見える。注視していると、それがベッドだと分かる。ベッドの周囲がじわじわと青黒く染まり始めている。

「急速に下がります。三度──四度」

「音は？」

「ほとんどが不明音です。若干、異常音が混じっています。ほとんどが典型的なラップ音ですね」

そう、と呟いてナルは主モニターを見つめる。漫然とその様子を見ていたあたしは、ふいに棚に並んだモニター群の中に変な映像があるのに気づいた。

「ナル、居間！」

画面を示した。居間を映した映像だ。部屋の中には白い霧のようなものがたゆたうように流れている。ナルが腰を浮かせた。

「リン、居間の気温は」

リンさんがコンピュータを操作する。一瞬、驚いたように眼を瞠《みは》った。

「現在、摂氏四度です」

「──四度？」

ナルが驚いたように問い返す。四度といったら真冬並みだ。真夏のこの時期に。

「まだ下がります。二度、一度、——零度に達しました」

「なんで居間なの？」

「知るものか」

「あの煙は何？」

見ている間にもゆっくりと渦巻きながら濃くなる。

「たぶん靄だろう。急激に気温が下がったから……」

リンさんが硬い声で宣告した。

「マイナス二度」

……あり得ない。

「リン、スピーカー」

リンさんがスピーカーの音声を切り替える。部屋の中は完全な無音だ。

暗視カメラが映し出す妙にのっぺりとした暗い部屋の中。そこに白い靄がうっすらと漂っていた。何もない闇に靄はどこからともなく滲《にじ》み出るように生まれ、ゆるやかに流れていく。何の弾みでか、虚空で滞ったそれは透き通るような靄の塊を作り、そこで小さく円を描くようにして揺らめいた。それが崩れ、じわりと流れ、また別の場所で滞る。そここに生じた小さな靄の塊は、まるで子供の頭がいくつも群がっているようにも見えた。いや——。

「あれ、子供じゃない……？」

おそるおそる訊いてみると、

「そう見える……。数が多いな。最低でも十以上……」

「うん……」

渦巻いては円を描き、消えることを繰り返すので実数はよく分からない。ただ、数人どころでないことは分かる。煙状に透けた子供の頭がぼやっと揺れる。見えない子供が部屋の中に群がっているようだ。靄が漂い、透明な輪郭に沿って流れ、そのせいで見えないはずの姿が見えている――そんな印象。数も分からないほどの子供の群が半ば透けながら無言で集っている光景は、気味が悪いというより、何かしら胸が悪くなるような感情を抱かせた。

そのとき、居間のドアが開いた。ドアの隙間から小さな身体が滑り込む。

「礼美ちゃん……！」

あたしは席を蹴って立ち上がった。礼美ちゃんがなぜ？　ジョンと綾子は⁉

とっさにモニターに走らせた視線の中に、ぐったりと大人たちが寝入ったように俯《うつむ》いている映像があった。

礼美ちゃんは靄を見廻しながら、部屋の真ん中に歩いて行く。目は覚めているみたいだ。礼美ちゃんを迎え入れるように靄の動きが活発になった。そして、スピーカーから礼美ちゃんの声が。

『……どうしたの？』

　礼美ちゃんは靄に話しかける。

『みんな、眠らないの？　こんな時間に遊ぶの？　叱られちゃうよ』

　礼美ちゃんは小首を傾げ、

『もう……怒ってない……？』

　あたしは身を翻した。

「麻衣、お前が行っても危険なだけだ！」

　ナルの声を無視して、あたしは駆け出した。背後で、ナルがレシーバーに怒鳴る声がしている。

「ぼーさん、居間だ！　ついでに典子さんの部屋の間抜けどもの様子を見てくれ！」

　あたしは居間に駆けつけ、ドアに飛びつく。その瞬間、バチッと静電気が起きて、したたかに手を弾かれた。あたしの背後から手が伸びてきた。ナルの手だ。手には上着を巻いている。ナルがドアを開けた。

「礼美ちゃん！」

　部屋の中には靄が充満していた。ひやりと体温を奪われていく感じがして、すぐさまそれが痛みに変わる。凍えるほど寒い。その中にぽつんと礼美ちゃんが立っている。

「……麻衣ちゃん？」

振り返った礼美ちゃんの周囲にも靄でできた頭のようなものが集まっていた。あたしのすぐ前——手の届く範囲にも。それがゆらりと揺れながら、あたしを見ている感じがする。こちらに向き直ろうとゆらゆら体勢を変えているような。礼美ちゃんとの間に漂う靄の人影。気味が悪くてとても部屋の中に踏み込めない。あたしは大声で礼美ちゃんを呼んだ。

「礼美ちゃん、お姉ちゃんのところに帰ろう！」

「お友達が、あそぼ、って言うの」

「駄目よ、その子たちとは遊べないの」

でも、と不安そうに言い淀《よど》んだ礼美ちゃんの息が白い。それが靄になって流れて渦巻き、部屋中にたゆたう白いものが形を変える。

「礼美ちゃん！」

「でも、みんなが放してくれないの！」

礼美ちゃんが身を捩った。とっさに中に飛び込もうとしたあたしを誰かが止めた。ぼーさんだ。あたしを後ろに引きずるようにして退らせ、前に出る。

ぼーさんは指を組んだ。

「お嬢ちゃん、こっちにおいで」

「行けないの！　麻衣ちゃん、怖い！」

「大丈夫だよ。落ち着いてこっちに来るの」

飛び出そうとするあたしをナルが止める。止めないで。礼美ちゃんが。

「できないの！　麻衣ちゃん！」

ぼーさんが組んだ手を挙げた。

「オン、キリキリ、バザラ、バジリ、ホラ、マンダマンダ、ウン、ハッタ」

言って指を組み替える。

「オン、サラサラ、バザラ、ハラキャラ、ウン、ハッタ」

礼美ちゃん……！

「ナウマク、サンマンダ、バザラダン、カン！」

言葉と同時に、風に吹き千切られるように靄が切れた。礼美ちゃんが駆け出した。あたしに向かって駆けてくる。

「麻衣ちゃん！」

「良かった……」

あたしは礼美ちゃんを抱き止める。小さな身体が氷のように冷たい。全身が怯えでか寒さでか小刻みに震えていた。

「消えた？」

ナルがぼーさんに訊く。ぼーさんは頭を振った。

「いや。散らしただけだ……」

5

「戯《たわ》け者。何のためにあの子のそばに付いていていたんだ！」

ぼーさんが吐き捨てる。ジョンが項垂れた。

「すんません。面目もおまへん……」

ぼーさんが典子さんの部屋に行くと、詰めていた一同は、死んだように眠りこけていたのだ。

綾子が口を尖《とが》らせた。

「だって、突然、ふうっと眠くなって、気がついたら眠っていたんだもの。あれって、あいつらの仕業よ。前触れもなしにいきなりだもん、しょうがないじゃない」

「みんなを責めても始まらないよ。相手は集団なんだし」

あたしが言うと、ぼーさんは苦虫を噛《か》み潰したように顔をしかめた。綾子が嵩《かさ》にかかって頷く。

「そうよね。結局、大本を除霊しようとしても、その間に手下が自由に動けたら意味がないってことなんだわ。手下も大本も一緒くたに除霊しなくちゃ」

「そんな大層なことが、そう簡単にできたら苦労はねえや」

ぼーさんは吐き捨てるように言って、ナルを見た。

「なんか提案は？」

「……とりあえず、礼美ちゃんを家から出そう。ミニーの狙いは礼美ちゃんだし、礼美ちゃん自身、呼ばれて易々と降りてきたところからしても、まだミニーの影響下を脱していない」

「距離は結果に影響を与えないんじゃなかったっけ？」

「結果に至る経過を引き延ばすことができれば、除霊する余地ができる。震源地であるこの家にいるより、少しはましだろう」

かもな、とぼーさんは忌々しそうに頷いて口を引き結んだ。ナルは、

「護符や結界には多少なりとも効果があるらしい。距離が開けばさらに効果を期待できるかもしれない。礼美ちゃんをホテルか何か――籠城《ろうじょう》できる施設に預けて、部屋を封じる。礼美ちゃんの警護はジョンに頼む」

はいです、とジョンは生真面目そうに頷いた。

「松崎さんも一緒に行ってください。松崎さんの実力というのは拝見したことがありませんが、退魔法ぐらいはできますね？」

何よそれ、と綾子は眦《まなじり》を吊り上げたが、すぐに返す言葉のないことに気づいたのだろう、不承不承、というように頷いた。

「全員、護符を持っていってください。さっきのように眠り込まれては困る」

ぼーさんは周囲を見廻した。

「……ってことは、震源地の除霊は俺担当？」

「少なくとも、さっきの除霊はミニーたちに影響を与えていた。だからと言って、ミニーと子供たちと両方を一気に、というのは難しいだろうが、とにかく子供を祓《はら》って一人でも減らす。減らした結果、ミニーに肉薄できるかどうかやってみてくれ」

「……それで駄目なら？」

ナルは難しい顔で黙り込んだ。


早朝、典子さんと尾上さんが礼美ちゃんを家から連れ出した。その際、綾子がお守りを作って全員に持たせる。紙に筆で、わけの分からない漢字を書き連ねたお札を作って、それを折り畳んだものをハンカチを切って作った守り袋に入れ、首に掛けさせる。そして、同様のお札がごっそり。これはホテルを封じるためのものだ。

家を出る前、ジョンが念のために全員を祓った。そうして家をそっと抜け出す。それを見送ってから、祈禱の準備のために、残るあたしたちで悪戦苦闘しながら居間の家具を運び出した。居間に祭壇（ぼーさんによれば、正しくは修法壇《しゅほうだん》と言うらしいが）を設けるために。

空になった居間を掃除して水で浄《きよ》め、お香を塗って四角く棒のようなものを立てる。そこに金色の小さな器だの変わった形の小物だのを並べていく。あたしは横に控えて、それを手伝ったわけだけど、特に何かが消えたり動いたりすることはなかった。

「ミニーは悪戯《いたずら》を仕掛けてくる気、ないみたいだね」

「さすがに法器じゃ手出しできんのだろ」

「ふうん？　それにしても、大荷物だねえ」

「こんでも略式。それもお山の先輩に見られたら、どやしつけられそうなレベル」

あたしは呆《あき》れて破戒僧を見た。

「そんなで大丈夫なの？」

「形式が結果を生むわけじゃねえもん。俺にしちゃ、これでも大層な部類よ。個人の除霊でここまでしたのって久々だわ」

……へーえ？

「やっぱ、火を焚《た》いたりするの？」

そういう図をどこかで見たことがあるような。思いながら、あたしはつややかな木製タイルに覆われた床を見た。いろんな色の木を組み合わせて綺麗《きれい》な模様が描き出されている。ここで火を焚いたら拙いのでは。周囲の壁だって真っ白だし、（今や典子さんがそれを気にするかは疑問だけど）煤《すす》が付いたら目立ちそう。

あたしの視線に気づいたのか、

「火を焚ける舞台設定か、これ？」

「……だよね」

「基本的に、護摩法はやんないの、俺」

「ほんとに省労力なんだねえ」

……大丈夫なのかな、このおじさんで。

「そういう意味じゃない。ここなんかは広いし天井だって高いし、やってやれないことはないだろうが、六畳一間のアパートじゃ危なくてしょうがない」

それもそうか。

「火災報知器なんか付いててみ？　除霊する前にスプリンクラーが作動するべ」

「あー……そうだねえ」

解除すればいいんだろうけど、できない場合だってあるだろうし。被害者宅に行ってする除霊で火は使えないか。

「やっぱ、火を使えない場合はこうするとか、そういうの修行して教わるの？」

あたしは素朴な疑問をぶつけてみる。ぼーさんはきょとんとした。

「教わる？」

「だから、高野山にいたんだよね？　そこで習うの？　習ったり練習したり」

そもそも霊能者ってどうやってなるんだろう、という極めて素人的な疑問。

まさか、とぼーさんは呆れたように言う。

「お山はべつに拝み屋養成所じゃないぞ」

「じゃ、どうやって覚えるの？　師匠に付くとか？」

「そういう奴もいるだろうけど、拝み屋なんて、たいがいは我流じゃないか？」

そんな適当なことでいいんですかね。胡乱《うろん》な顔をしてしまったのか、ぼーさんは嫌そうに顔をしかめた。

「そりゃ、修法は習うわけだけど、だったら全ての真言僧が除霊できて当然だろ。儀式としての修法と拝み屋の除霊は別もんだよ。習えば誰でもできるってわけでもないし、現象だっていろいろだからマニュアルは通用しない。始まりは誰かに習ったとしても、実際にやってく中で試行錯誤するしかないと思うぜ。そうやって自分なりの効果的なスタイルを作っていく」

「我流ぅ？」

そう言って、ぼーさんは苦笑した。

「だから、拝み屋は怪しげなんだよな」

……なるほどねえ。

「正直なところ、どうにかなりそう？」

「正直なところ、やってみないと分かんない」

「……礼美ちゃん、大丈夫？」

ぼーさんは、ふっと真剣な顔をした。

「できる限りのことはする」

6

ぼーさんの手伝いを終えたあたしは、今度はナルとリンさんを手伝って、礼美ちゃんの部屋に集中していた機材をできる限り居間に運んだ。

機材の準備ができると、例によってベースでモニターを見守る。主モニターの中、家具が運び出され、がらんとした居間には夏の昼下がりに特有の気怠い光が射し込んでいる。待つことしばし。予定の時刻になって、ぼーさんが修法壇の前に立った。

『オン、サッバタ、ハナマダ、ノウキャイン、ミ』

言って合掌し、坐る。

……礼美ちゃんを助けてあげて。

ぼーさんが祈禱を始めるや否や、その声に抵抗するように、部屋が小さく軋《きし》みを発した。同時に気温が下がり始める。コツコツと何かを叩くような音、カタンと何かが落ちるような音。音に追い立てられたように、サーモグラフィーの映像が変わり始める。特に床だ。冷気が這っているのだろう、暖色から寒色へじわじわと染まっていって、床全体が鮮やかなブルーに変わるまでいくらもかからなかった。追尾カメラが移動する。カメラは居間の中央、少し窓寄りの床を映している。ちょうど、ぼーさんが修法壇を設けた、そのすぐ先だ。

……今、あのへんの温度が一番低い……。

窓が結露で曇り始める。床の上にうっすらと靄が漂い始めた。部屋の中が明るいせいで見えにくい。それでも居間全体が靄ってきたのは分かるし、部屋の隅に残った影の中で昨夜のように丸く渦を巻いているのが分かった。それは流れ、蠢《うごめ》き、たゆたうことを繰り返す。じわじわと、ぼーさんの周囲に集まり始めた。

「……大丈夫なの？」

あたしはナルを見る。ナルは無言だ。じっとモニターの映像を凝視している。パシッと居間のどこかで何かが弾けたような音がした。空気がざわめく。風音——とも違う、雑踏の音とも違う、強いて言うなら、無数の囁《ささや》き声が響き合っているような音だ。低く、微《かす》かに、けれども不穏な調子で波のように高低を繰り返す。

突然、モニターの中でぼーさんが揺れた。誰かに肩を突き飛ばされたみたいな動きだった。ぼーさんは一瞬だけ背後を見たけど、動じることなく儀式を続ける。その姿が霞《かす》んで見える。たぶん、それだけ靄が濃い。丸い靄の塊がぼーさんに群がっている——まるで、子供がしがみついているかのように。

靄が増えるのと同時に、徐々にぼーさんの声が低くなる。子供たちのせいだろうか、それとも、それだけ没入が深いのだろうか。

『オン、サラバタタァギャタ、ハンナ、マンナナウ、キャロミ』

これはもう、口の中で唱えるような調子だった。と、同時に靄が動きを止めた。同様にぼーさんも動きを止める。なぜか一瞬、ぼーさんの姿が消えたように見えた。黒い影になって溶けたように。

『キャタヤ、ハンジャサハダヤ、ソワカ』

強い声がした一瞬、さっと靄が切れた。覆い被さるように群がっていたモノが、切り裂かれたように吹き散らされて、同時に無数の悲鳴が重なったような声がする。短く地鳴りのような音がして、それに揺すられたように靄がみるみる薄れ始めた。

「……消えた？」

「だろう」

ナルは言って、リンさんを見る。リンさんが小さく頷いた。

「不明音、やみました。ただし──室温は変わらず」

言って、リンさんはちょっと眉をひそめた。

「低周波を検知」

あたしは首を傾げた。スピーカーからは何の音も聞こえない。さっきまで聞こえていたざわめきのような音も、ラップ音もやんでいる。

ぼーさんが、はっとしたように腰を浮かせた。その直後、再び地鳴りのような音が聞こえた。それは高まって、部屋が震動を始める。カメラが揺れ始めた。

「……なに？」

バシッと何かを叩き付けたような音がした。ぼーさんが半身をひねって退《さが》る。その膝先、床板の上に黒く罅《ひび》のように亀裂が入った。

『何だ？』

ぼーさんがさらに退る。バシッとまた音がして、短く床板が裂けた。そこに何かが落下して爆《は》ぜる。きらきらと欠片《かけら》が輝いて四散した。ぼーさんが腰を浮かせて背後の頭上を振り仰ぐ。ガラスだ。たぶん——シャンデリアのガラス。

狙い澄ましたように次の一つがぼーさんの肩口を掠《かす》めて落ちた。高い音を立てて弾け、欠片が飛び散る。シャンデリアにぶら下がっていた飾りだ。それが次々に落ちてくる。

「……拙《まず》い」

ナルが立ち上がった。視線はモニターを見つめたままだ。

「何か、いる」

あたしは改めてモニターを凝視した。足を掬《すく》われたように体勢を崩したぼーさんと、床に撒《ま》かれて光を弾いているガラスの欠片。きちんと並べられていたのに位置を崩した法器——そして、その向こう。

曇った窓から鈍く光が射し込んでいた。その前に何かがいる。薄墨を暈《ぼ》かしたような影が揺れている。それの足許から再び靄が流れ始めた。

ナルが部屋を駆け出す。思わずあたしもそれに続いた。ホールを駆け抜け、居間へと走る。ナルがドアを開けると、冷気が流れ出してきた。居間にはうっすらと靄が漂っている。何もないがらんとした空間、曇った窓。窓の前には何もない。モニターでは確かに見えていたのに。

「入ってくるな！」

ぼーさんがあたしたちに怒鳴った。その足許で激しい音がして亀裂が走り、ぼーさんが一歩を退る。足許では小刻みな地響きがしていた。見上げれば、重そうなシャンデリアが上下に揺すられている。

「ぼーさん、部屋を出て！　何かいるよ！」

あたしが叫ぶと、ぼーさんは問い返すように、わずかに首を傾けた。その額をシャンデリアの飾りが直撃する。顔を覆って蹈鞴を踏んだぼーさんを見て、あたしはとっさに部屋の中に駆け込んだ。よせ、とナルの声が聞こえたけど、足が止まらない。

「馬鹿！　来るな」

膝を突いたぼーさんにも止められたけど。

駆けつける足許を激しい横揺れが襲った。あたしは足を取られてバランスを崩す。とっさに踏ん張った足の下で、メキッという音がした。床が捩《ねじ》れているのが分かる。

……早く、部屋から引きずり出さないと。

ぼーさんの背中に手が届きそうになったとき、あたしは何かを通り抜けた。

それが何だかは分からない。濡れた冷気の塊のようなもの。

同時にイメージが脳裏に飛び込んできた。――怒りと憎悪。邪魔をされている、という腹立ちと、邪魔をする相手への強烈な敵意。

突然、身体が凍りついた。

ぼーさんの肩口まで伸ばした手。その手がもう動かない。きゅっと心臓が縮んだ気がした。凍ったような感じ、濡れた冷気で鷲掴みにされたよう。

……息が、できない。

片手で額を覆ったぼーさんが、あたしを見上げた。さっと二本の指を突き出す。

「ナウマクサンマンダ、バザラダン、カン！」

ふっと息が戻った。喉《のど》から鳩尾《みぞおち》へ冷ややかな痛みが走ったけど、それで身体が自由になった。

「大丈夫か？」

ぼーさんの声に頷き、衣を掴む。

「出よう。ここ、危ないから」

ぼーさんも今度は立ち上がった。ドアに向かって走る。足が縺《もつ》れる。床が震動して転びそうになる。つんのめったあたしの腕をナルが掴み、そのまま部屋の外に突き飛ばす。

廊下にまろび出たら、背後からぼーさんがぶつかってきた。仲良く転んで廊下に蹲る。

そのとたん、部屋の中の音がいっせいにやんだ。ドア越し、部屋の中の靄が薄れていくのが見えた。

……助かった。

大きく息を一つ。あたしの声にならない音に弾かれたように、ぼーさんがいきなり身を起こして駆け出した。

「ぼーさん？」

「綾子に電話だ。奴ら、礼美ちゃんのところへ行った」

「礼美ちゃんのところ……って」

ぼーさんは廊下を走る。

「部屋を出るとき、俺は奴の中を通り過ぎたらしい」

……あ！　あたしのあれも。

「たぶんそういうことなんだろう。イメージが飛び込んできた。奴は礼美ちゃんの行方の見当を付けたらしい」

玄関ホールの電話に飛び付いたちょうどそのとき、反対に電話がかかってきた。

……ぎくりとした。嫌な予感がする。

ぼーさんが、少し躊躇《ためら》うようにしてから受話器を取った。

――奴らは礼美ちゃんの許へ現れたのだった。

奴らのやったことは簡単明瞭《めいりょう》だった。突風のように現れて、礼美ちゃんをホテルの窓から突き落とそうとした――十五階の窓から。

とっさにジョンが、礼美ちゃんを庇《かば》って抱きかかえた。そのまま二人は激しい勢いで窓に叩き付けられた。

ジョンと礼美ちゃんが助かったのは、綾子のおかげでも、ましてや典子さんや尾上さんのおかげでもない。

ホテルの窓は強化ガラスでできていて、二人が叩き付けられた衝撃に耐えることができたのだ。

第七章

1

あたしたちは居間の亀裂を見つめた。綺麗《きれい》な木製タイルの床のあちこちに亀裂が入って裂けている。

「……このへんだったと思うよ」

あたしは窓の前の床を示した。縦横に亀裂が入って、心なしか窪《くぼ》むように撓《たわ》んでいる。

「ここに？　何かの影？」

訊《き》いたのは綾子だ。とりあえず、いったんは現象がやんだので、ジョンと綾子はホテルで起こったことを報告するために戻ってきていた。

「薄い影みたいな感じ。何の影かは分からなかったけど」

「……それ、実際には見えなかったのね？」

「うん。でも、通り抜けた冷気の塊みたいなの、あれがそうだと思う」

「冷気の塊……ねえ。で？　それって何者？　ミニー？」

分かんないよ、と答えようとしたら、ぼーさんが首を傾《かし》げた。

「あれは、ミニーじゃないと思う」

綾子が振り返った。

「根拠は？」

「ミニーは、祓《はら》ったから」

綾子は聞こえよがしに溜息《ためいき》をついた。

「本当だって。子供とミニーは祓った。いったんは消えたんだ。この向こう傷に懸《か》けて本当」

ぼーさんは絆創膏《ばんそうこう》を貼った額を示した。名誉の負傷だが、そういう言い方をすると信《しん》憑性《ぴょうせい》激減だよな。

「じゃあ、あんたたちが通り抜けたのは何者？」

「分かるわきゃあない。だが、あいつが御大《おんたい》なんじゃないのか。たぶんミニーのさらに上に真の黒幕がいる」

ジョンが首を傾げた。

「黒幕――それがミニーを操ってる、ゆうことやでっか？」

「操ってるのか何なのか。とにかくミニーと子供たちは一緒くたに祓った。手応《てごた》えはあったし、有象無象っぽいのと、もうちょっと骨のある奴と、確かにいた感じだったぜ。その場では消えたような手応えだったが――戻ってきたんだろうな。弾《はじ》き飛ばしただけってことか」

「そして、黒幕が出てきた？　そいつがここにいた奴？」

綾子は言ってヒールで床を蹴った。とたんに、メキッと音がして亀裂が広がる。大きく床が窪んだ。

「うわあ。おねーさまってば素晴らしいキック力」

綾子はぼーさんの頭をはたいて、

「ここ、すごく脆《もろ》くなってるみたいよ」

改めてもう一度蹴ると、さらに音を立てて亀裂が広がった。そこからすっと冷気が上がってくる。

ナルが膝をつき、亀裂の中を覗《のぞ》き込んだ。

「……何かある」

言って、あたしを振り返り、ライト、と宣《のたま》う。慌ててベースにハンドライトを取りに行って戻ってみると、亀裂はさらに広がって小さく口を開けている。ぼーさんがさらに床を蹴った。床板が落ちて、拳大の穴が開いた。その下には黒々とした闇が覗いている。ハンドライトで照らすと、床板の下には意外に広い空洞があることが分かった。高さは一メートル近くあるだろうか。すぐ真下に大きな切石が横たわっていた。

「……何だ？」

ナルが言う。ぼーさんや綾子が押し合いへし合いして中を覗き込み、同時に顔を上げて、

「……まさか、墓石？」

まさか。

見てしまったからには確認しないわけにはいかない。典子さんに電話して許可をもらい、道具を持ち出して床を本格的に剝《は》がした。床の下に現れたのは、普通のそれよりは明らかに大きいけれど、ごく当たり前の床下に間違いなかった。十和田さんが手入れしたときに工事をしたのかもしれない、真新しい感じのコンクリートが平らに流し込んであった。ただ、そこに墓石大の切石が三枚、唐突に並んで敷き延べられている。大きさはちょうど墓石ぐらいだけれど、明らかに墓石なんかではない。厚みは十五センチほどしかない。

「何だろな？」

ここまで来たら、この石はどかしてみるべきだよな。ぼーさんとナルとリンさんとジョンと、四人がバールやレンチを手に、床下に潜り込んで一枚ずつずらしていった。現れたのは、穴だった。石で囲まれた丸い縦穴で、深さは二メートル以上か。

中をハンドライトで照らしながら、ジョンが言う。

「これ、井戸とちゃいますやろか」

綾子が頷《うなず》いた。

「みたいね。しかもかなり古い井戸だわ」

穴の中には何もない。もちろん、水もなくて、ボコボコした土が見えるだけだ。片隅に古びた丸太か木片のようなものが見えていた。

「埋めてあるみたいだが」

言ったぼーさんの肩を、あたしはつついた。

「ねえ、まさか……」

「井戸の中に死体……ってか？」

「うん」

「分からん。そうかもしれん」

綾子が言う。

「だったら簡単だけど。掘ってお骨を捜せばいいんだもの」

「簡単に言うな。掘るとなったら、俺たちじゃ無理だ。専門の業者を呼ばないと」

「ねえ、破戒僧。ちょっと中に降りてみてよ」

綾子が言って、ぼーさんが顔をしかめた。

「えええ」

「あんたなら軽いでしょ。早く」

「なんか出て来そうで、やだー」

「ぶらないの。ささっとやる。中の土がどんなか知りたいのよ。ついでに、隅に見えてるあれが何なのかも」

偉そうに綾子が言って、しぶしぶぼーさんが降りていく。縁に手をかけ、周囲の石組みを足がかりに半分ぐらいを降りて、残りを飛び降り、中を検《あらた》めた。

「土は？」

「土って言うより、砂だな。——ああ、なるほど。隅のこれは竹の残骸《ざんがい》だ」

「やっぱりね」

綾子が妙に満足そうに頷いた。

「どういうこと？」

あたしが綾子の顔を見ると、

「竹が刺してあるのよ。あれ、井戸を気抜きした跡だわ」

「気抜き？」

「井戸の中の気を抜くの。空気とか気の抜け道を作るためにパイプを埋めるのよ。井戸を埋めるときはそうするもんなの。ちゃんとお祓いをして、これまで使わせてもらったことに感謝して、気抜きして埋める。昔は節を抜いた竹を埋めたのよ。でもって、水脈を汚さないよう、綺麗な砂利を一番下にして、細かい砂利、綺麗な川砂——と、だんだん粒子を細かくしながら敷き込んでいくの」

「へええ……」

「そんなもんなんやですか」

感心して仲良く声を揃えたあたしとジョンの脇に、リンさんの手を借りて井戸から出てきたぼーさんが這《は》い上がってきた。

「死体なんて、あり得んわ。正式に埋められてるもんな。祓う前に、井戸を浄《きよ》めてあるだろ。中を浚《さら》って掃除して。死体があったら、その段階で見つかってる」

せやったら、とジョンが言う。

「この井戸は関係ないんですやろか」

「じゃないのか？　普通は井戸の上に建物は建てないもんだけど。家相上、良くないって言うもんな。気抜きして埋めれば問題ないと思ったんだろうな。にしては、半端な埋め方だが、時間が経《た》って土が下がったのかね。普通はもう少し上のほうまで埋めるもんだが」

ふうん。思ったとき、ナルが呟《つぶや》いた。

「立花家じゃない……」

「へ？」

全員がナルを振り返る。

「この井戸が震源地だとしたら、立花家は原因じゃない、結果だ」

「ええぇ？」

「建物の下にあるんだ。つまりは、家の問題じゃない、土地の問題だ。原因は家が建ってから生まれたんじゃない。そもそも家が建つ以前にあったんだ」

あたしたちは顔を見合わせた。……確かに、そういうことになる、かも。

ぼーさんが呆《あき》れたように言う。

「立花家以前……って、それ、いつの話よ」

「調べてみないと分からない」

「立花家の直前とは限らないだろ。もっと何代も前だったりして。だとしたら調べるにしても限界があるぜ？」

ナルは無言だ。

「ここは、真砂子ちゃんの出番なんじゃないか？」

一瞬の間。そして綾子が踵《きびす》を返した。

「呼んでくるわ。こうなったら、黒幕の正体を知らないわけにはいかないもの」

今度はナルも、必要ない、とは言わなかった。

「やむを得ないだろうな」

2

真砂子は綾子の電話を受けて、取るものも取りあえず、という感じでやってきた。

夕暮れ間近、そこはかとなく夕闇が立ち始めたころに玄関のベルが鳴る。ジョンと一緒に出迎えたあたしがドアを開けると、とたんに、外の人影があたしにしがみついてきた。

「……真砂子、どうしたの？」

あいかわらずの着物姿だ。透けるような藍《あい》色の生地に包まれた肩が震えている。人形のような顔は真っ青だった。

「どうしやはりました。大丈夫でっか？」

おろおろと顔を覗き込むジョンに、

「なんですの、ここは」

真砂子はあたしの腕を握ったまま顔を上げた。

「こんな酷《ひど》い……こんなに険悪な幽霊屋敷を見たのは、初めてですわ……」

「酷い？」

頷く真砂子をジョンと二人で支えて、とりあえずベースに連れて行く。青ざめた真砂子は、ナルを見るなり、泳ぐように駆け寄っていってしがみついた。

……ちょっと、それはどうかと。

「原さん？」

ナルは無表情だ。べつに押《お》し退けるわけでもなく、さりとて抱えてやるほどの親切心もないらしく、淡々と真砂子を見降ろす。

「胸が悪いんですの。酷すぎます」

綾子がつかつかと真砂子に寄って行って、ナルから引き剝がすとソファに坐らせた。

「どう？　何か見える？」

「見えるなんて……」

真砂子は青い顔を振った。少なくとも本当に気分が悪そうではある。

「……この家は墓場のようなものです。霊の巣ですわよ」

……え。

真砂子は深く息をつく。

「子供の霊です。今はここには見えません。ですが、至る所に思念が残っていますわ。みんな、とても苦しんでいる……。寂しい、辛《つら》い感じが漂っています。そして……敵意、かしら。辛い気持ちが高じて、誰かをとても怨《うら》んでいる……」

「どのくらいの子供か分かる？」

真砂子は少し首を傾け、濡れたような眼差《まなざ》しを宙に向けた。

「まだ小さい……けれども、もう幼児ではない……。たぶん、小学校の低学年ぐらいですかしら……。そうですわね、不思議にみんなそのくらいです」

「何人ぐらい？」

「数は……数えきれません。十人やそこらでないことは確実ですわ」

ナルが真砂子に問いかける。

「呼び出せますか？」

「呼び出す必要なんてないくらいですわ。何をお知りになりたいの？」

「子供たちを支配しているのが何者なのか知りたい」

真砂子は少し険しい表情をした。耳を傾けるように——あるいは、意識を凝らすように小首を傾げて眼を伏せる。

「……子供たちのほとんどは、誰かの支配を受けています。それがリーダーですかしら。たぶん、同じ年頃の女の子……。……その子が子供たちを束ねています。古い霊だと思いますわ。少なくとも、十年や二十年前の霊ではありません」

「それは――」

ナルが言いかけたとき、真砂子が軽く手を挙げた。

「待ってくださいまし。……いいえ、その背後に誰かいますわ。……何者なのかしら。とても暗い……暗くて悪いものです。真っ黒い穴のように見える……」

真砂子は視線を周囲にさまよわせた。

「これは……何なのかしら。暗い穴です。とても深い……その底に、何かいる」

……あの、井戸？

「真砂子、ちょっと来て」

綾子が真砂子の手を取って、強引に立たせた。居間のほうへ引っ張って行く。

「……あれじゃない？　どう？」

居間の奥にある穴を示した。

真砂子はおずおずと穴のそばに近づき、中を覗き込んだ。じっと佇《たたず》み、床下の井戸に視線を注ぐ。この世の外のものを見ている眼だ。そうしてふいに青くなってその場を離れた。

「どうしたの？」

綾子が声をかける。

「あたくしには……この井戸が地の底まで続いているように見えます」

え？

「はるか底に、霊が……子供たちの霊が澱《よど》んでいる……まるで無数の死体を投げ込んだみたいに、折り重なって……」

……う……。

「出てくる様子はおまへんやろか」

ジョンが訊くと、真砂子は軽く首を振る。

「分かりませんわ……でもたぶん、今は大丈夫……」

言ってから、真砂子は自分の言葉に納得したように頷いた。

「大丈夫です。除霊なさったのね？　ずいぶん消耗している感じがします。今は身動きが取れないのではないかしら。でも、そんなに長くはじっとしていないでしょう。数が多いし、もともとの力が強い。しかも、とても焦っていますわ。何か、目的があるのでしょうね。先を急いでいる感じ……」

そう言ってから、少し身を震わせた。

「同じ年頃の女の子ですかしら。仲間に引きずり込みたいのですわ。なのに邪魔が入るから、それでとても苛立《いらだ》っています。この敵意は、みなさんに向けてのものでしょう。

障害をとても憎んでいる……強い害意を抱いています」

「その背後に、大本になる誰かがいます。……それはさほどに焦っていない……でも、とても腹を立てています。欲しいものが手に入らないことに激怒している……」

……うわあ。

「それが何者か分かりますか？」

ナルに訊かれ、真砂子は首を横に振った。

「姿が見えません。子供たちに覆われてしまっています。子供たちのイメージの中にも存在しません。子供たちも、それが何者なのか知らないのではないかしら。子供たちにとって、リーダーは古い女の子の霊です。……ゆみ？　……ゆき？　とても意地悪で、居丈高です。そして、他の子よりもうんと寂しくて、うんと辛い……」

……立花ゆき。

「とても貪欲《どんよく》です。この世で得られなかったものを、手段を選ばず、掻《か》き集めようとしている……」

「なんで、他のお子は黒幕を知らへんのですやろか」

ジョンが首を傾げた。ぼーさんも、

「リーダーはミニーだろ。たぶん、立花ゆきだ。だが、ゆきの背後には何者かがいる。その何者かは、他の子供たちとどういう関係にあるんだ？」

「独占しているのですわ」

真砂子はきっぱりと、そう言った。

「ゆきさんと仰《おつしや》るの？　その子は何者か——黒幕を独占したいのですわ。だからあえて、仲間に立ち塞《ふさ》がって接触させまいとしているのです。黒幕もゆきも、他の子供たちも、同じく仲間で同じ目的のために寄り集まっているのですけど、ほんの少し、何かが違う……子供たちが仲間を求めるのは自分のため、ゆきも同じく仲間を求めているのですけど、そうすることで黒幕の歓心を買いたいのですわ」

「黒幕は？」

「黒幕が仲間を求めるのは自分のためです。ゆきが集めてくれるので良しとしている。けれども、ゆきほど集めた子供に執着はなさそうです。ただ集めることだけを求めている感じ……ゆきのように、集めた子供を完全に支配していなければ気が済まないという感じではありません」

ぼーさんは頭を掻いた。

「イメージとしちゃ分かるが、肝心の黒幕が何者か分からないんじゃなあ」

「活性化すれば、存在感がもっと出てくるかもしれませんわ」

「できたら、活性化して危険になる前に知りたいんだがなあ」

ぼーさんの言に、真砂子が険のある表情をしたときだ。玄関のベルが鳴った。

3

表に出てみると、そこに立っていたのは曾根さんだった。

「所長さんに電話をもらったもんでね」

曾根さんが言う。背後からナルが、

「お待ちしてました。——どうでした?」

言って、ベースのほうへと促す。

「さすがにあまりにも古い話なんでね。どの程度、正確なのかは心許《こころもと》ないが」

どうやら、ナルは曾根さんに連絡して立花家以前のことについて調べてもらっていたらしい。

「古い知り合いを訪ねて覚えていることはないか、聞いてみた」

曾根さんは言いながらベースに落ち着く。

「立花の家が建つ前に、死んだ子供がいるらしいな。それはどうやら間違いないよ」

あたしたちは息を呑《の》んだ。

曾根さんはきちんと折り畳んだ用紙を開いた。

「立花の家が建つ前、ここは大島という家の地所だった。もともとはこのへん一帯を持っていた旧家でね。出自がどこの何者だったかはもう分からないが、当時は手広く商売をしている金持ちの商家だったらしい。屋号を大壱《だいいち》といったそうだ。言われてみれば、俺も大壱という店には覚えがある。酒や味噌《みそ》、醤油《しょうゆ》や米や大豆──そういうのを扱う大きな店だった。あちこちに出店があったね。ここにあったのはその大壱の本店だったんだ。本店と言っても、基本的には業者が出入りする問屋だったようだがね。近所の者が訪ねれば小売りもしてくれる、という感じだったらしい。それが大島家だったんだ」

言って、曾根さんは用紙に視線を落とした。

「大島家があったのは、俺の生まれる前の話だね。訪ねた連中も、みんなまだ生まれちゃいなかったから、親や年寄りからの又聞きだ。だが、大島家じゃ一人娘が死んでる。それも、ものすごく妙な話だったんだそうだ」

「……妙な話？」

曾根さんは頷いた。

「言われてみれば、俺も祖父《じい》さんか祖母《ばあ》さんから聞いたことがあったような気がする。当時にゃ有名な話だったんだそうだ」

曾根さんは聞き集めた話を語ってくれた。それは、確かに何かしら奇妙な話だった。

大島家の娘は──諸説あるけど──富子《とみこ》ちゃんという説が有力だ。一人娘で、八つかそこら。その子が家の中から姿を消した。ついさっきまでそのへんで遊んでいた、なのにいつの間にか消えてしまった。大島家は旧家で、しかも店や蔵が続いていて建物も大きかった。建物と建物の間にある中庭か路地か──そんなところで姿を目撃されたのを最後に、忽然《こつぜん》と姿を消してしまったのだ。家の裏手には池がある。最初に考えられたのは池に落ちたのではないか、ということだった。家族はもちろん、店の者や近隣の者までが総出で池を浚《さら》ったけど、富子ちゃんの姿は見つからなかった。ならば表に出たのだろうか。けれども家から表に出るためには、店を通り抜けねばならず、だったら誰かしら出て行く姿を見かけていそうなものだ。店自体は時折業者や客が出入りする程度で、街中《まちなか》の小売店ほど人の出入りが多いわけではなかったけれど、それでも常に人はいた。商売をしていたのだから当然だ。しかしながら、子供の姿を見たという人は誰もいなかった。

まるで神隠しのようだ——と噂されたけど、実を言えば、大島家のことをよく知る出入りの業者や近所の人たちはこっそり別のことを噂していた。富子ちゃんは、長年子供に恵まれなかった夫婦がやっと儲《もう》けた一粒種だった。そして、大島家はたいへんなお金持ちで、大きな商売をしていて、親類縁者が何人もその商売に関わっていたのだけど、おかげで家庭内でいざこざが絶えなかった。

誰ももう詳しいことは覚えていないらしい。けれど、実際に商売を取り仕切っている兄弟や、古参の番頭や、そのあたりで実権争いが絶えなかったそうだ。しかも昔のことでもあり、家族の中も養子や腹違いの兄弟だのが入り乱れていて、とても人間関係が複雑だった。子供がいなければ跡目をどうするのかきっと揉《も》めていただろう、と言う。逆に言えば、富子ちゃんさえいなければ——という人がずいぶんいた、ということだ。誰かが富子ちゃんに何かしたのじゃないか、と大島家を取り巻いた人たちは噂した。いろんな憶測が流れたらしい。

ところが、富子ちゃんが消えて半年か一年か、そのくらい経った頃に、富子ちゃんの死体が池に浮かんだ。奇妙なことに、富子ちゃんは死んで間もないように見えた。しかも彼女は、家族にも見覚えのない豪華な晴れ着を着ていたのだそうだ。

「娘はどこかに連れて行かれて、そこで大事に育てられていたんだろう、と噂になったそうだ。誰が何のために連れて行ったのか、なんで池に死体が浮いたのか、これもいろんな憶測が流れたらしいが、本当のことは誰にも分からなかった。ただ、ものすごく奇妙な話だったから、一種の怪談話のように語り伝えられたんだ。俺も、おっかない話として聞いた覚えがあるよ」

「そりゃ、確かに怪談めいてる……」

ぼーさんが半ば感心したように言った。

「そのあとの大壱は悲惨だった。一人娘が死んだのを嘆いて母親が死んだのを皮切りに、家族で死人が続いた。商売も急に上手《うま》くいかなくなった。事件があったり事故があったりで、身代があっちこっちしたあげく、最終的に分家か何かが商売を継いだんだが、その頃に家に雷が落ちて、家は全焼してしまったんだそうだ」

……えっ。

「なんとか商売は立て直したものの、結局は人手に渡って、大島家は離散しちまったらしいよ。俺の知ってる大壱は、だから大島家の手を離れてからのやつだね。本店も街中にあったしな。ここが焼けて、本店を移したようだね。ここはしばらく焼け跡のままだったが、何年かして整地されて何軒か家が建った。そのうちの一軒が立花だったんだ」

「家族が死んで、商売が傾いて……？」

綾子が呆れたように呟いた。

「おまけに一家離散？　なんなの、その何かが祟《たた》ったみたいな有様は」

……まったくだ。そう——まるで、死んだ富子ちゃんが祟ったような。

曾根さんは頷いた。

「そういう噂もあったようだね。親父は商売上のいざこざで刺されたって話だし、母親は人によっては娘を亡くして自殺したとも言うが。跡を継いだのは腹違いの弟かなんかで、これは家を継いですぐ、崩れてきた荷の下敷きになって死んだそうだ。誰かが死ぬたびに、やっぱりあいつだったか、と言われたもんらしい」

……ありがちな噂話だけど、この論理は怖いよな。祟り前提で人を裁くわけで。

同じことを考えたのか、ぼーさんは顔をしかめて、

「おちおち死んでもいられんよな。死ねば死んだってだけで犯人にされたんじゃ。——それで結局、被害はやまなかったわけだろ。一家離散ってんだから、ほぼ根絶やしだ」

「……よねえ。凄惨《せいさん》……」

「よほどの事情があったのかね」

「じゃない？　でもって、その経緯を聞けば明らかじゃない。ミニーはその子——大島富子なんだわ」

綾子は同意を求めるようにナルを見たけど、ナルは返事をしない。少し考え込むようにしてから、

「大島家以前——というのは、分からないわけですね？」

「だろうね。代々このあたりにいたというから、大島家以前は、相当前になると思うよ。もちろん、娘が死んだ以前にもいろいろあったんだろうが、さすがにそこまでは分からないね。娘の件も、あんまり奇妙な話だからみんな記憶に残していただけだからね」

綾子は不服そうに口許を曲げた。

「慎重派の所長さんは、天地開闢《かいびゃく》まで遡《さかのぼ》らないと気が済まないのかしら？　そこまでしなくても、滅茶苦茶怪しいじゃない。八つ前後で不審死を遂げた子供だもの」

でも、と呟いたのは真砂子だ。

「確かに、大島家のその後は、まるで富子さんが祟ったかのようですけど。だったら、そのあと、なぜ八つ前後の子供に被害が限られるのですかしら」

分かるわけないでしょ、と綾子は小声で吐き捨てた。

しかも、と言ったのはジョンだ。

「なんで富子ちゃんがゆきちゃんを操って、ゆきちゃんが子供たちを纏《まと》めるなんていう複雑なことになってるんですやろ。松崎さんは富子ちゃんがミニー、言わはりましたけ

ど、ミニーはあくまでも立花ゆきさんやと思うんです。問題は、ミニーを操ってる黒幕が何者なのか、ということですよって」

「だから、それが富子なんでしょ？　他に該当者がいないじゃない。少なくとも、因果の出発点は富子でしょ」

「ですね……」

ジョンは頷いたけど、やっぱり釈然としない様子だった。

気持ちはなんとなく分かる。八歳前後の子供たちを集める――それをそもそも始めたのが何者にしろ、実際にやってるミニーの手口と、「祟る富子ちゃん」は手触りが違うのだ。一家を根絶やしにする何者かと、子供に取り入って嘘八百で丸め込んで、脅して言いなりにしているミニーと。そう――この両者はあまり同化しそうにない感じ。同化できそうなほどの均質感がない。

……それとも、だから黒幕がミニーを操る、という二段構えなのかも。均質でないから同化できない、とか？

あたしはそう言ってみたけど、誰もが首を傾げただけだった。

ここに至っても、やっぱりこの家の「何者か」は得体が知れない。

「考え込んでても仕方ないだろ」と、ぼーさんが溜息をついた。「関係者がまだ生き残ってるのか、残ってるとしてもどこにいるのか分からないわけで。調べに行けるようなことじゃねえわけだし、考え込んでても答えの出しようがないだろ。それより問題はちびさんだ。こっちもいっぱいいっぱいだが、あっちもあんまり余裕はなさそうだぜ？

少なくとも決着をつけたがってる」

「だろうな」

ナルは言って、唐突に立ち上がり、上着を取る。曾根さんを促した。

「まさか、どっか行くの？」

「出掛けてくる。戻りはいつになるか分からない。——礼美ちゃんを死守してくれ」

……って、そんな。

「ナル！」

声をかける間もあらばこそ。

曾根さんを追い立てて、風のように部屋をすり抜けナルは出て行く。あたしたちはその背を、唖然《あぜん》として見送った。

4

「なーんなんだ、あいつはぁ!?」

完全に出遅れた恰好《かっこう》で、ぼーさんが毒づいた。

「死守しろって、簡単に言うなってば」

「……どうすんの、もう日が暮れるわよ」

綾子の咎《とが》めるような声に、

「俺に訊くな」

綾子は特大の溜息をついた。

「何なの、行く先も言わずに。あたしらだけ残して、どうしろって言うのよ」

「おや？　綾子はナルがいないと不安なのか？」

ぼーさんが笑う。綾子が睨《にら》みつけた。

「冗談言わないでよね。不安に思う必要ないでしょ。べつにいたって、除霊できるわけじゃなし。単に口煩《くちうるさ》いだけなんだから」

「そりゃそーだ」

「あたしが言いたいのは、あたしらが勝手にやったら、絶対文句を言うに決まってるってこと。何の指示もしてないくせに、あとで無能だとか何だとか、つべこべ言われちゃ堪《たま》らないわ」

……まあねえ。

「戻りはいつになるか分からないって、それ、今夜は戻れないかも、って話？　あたしらだけで何日持ち堪《こた》えればいいわけ？」

「やっぱ、いないと不安なんじゃん」

「違うって言ってるでしょ！　そんなはずないじゃない！」

……綾子、あんたムキになってないか？

「ないよなあ。十も年下の子供だもんな」

ぼーさんがニヤッと笑う。

「そこまで違わないわよ」

「でも、歳上には違いございませんわね」

言ったのは真砂子だ。綾子が真砂子を振り返る。

「年齢が何なのかしら？」

「妙齢の女性が、ずいぶんと年下の男の子を頼りにするなんて、かなり見苦しい感じがしますわね？」

……うわ。きつい。

「何の話？　ずいぶん突っかかるじゃない？　真砂子ちゃん、ナルに気でもあるの？」

「下世話な表現はやめていただきたいわ。そういう松崎さんこそ、年甲斐《としがい》もなく……」

「冗談、言わないでよね」綾子は言って、底意地の悪い笑みを浮かべた。「……分かった。せっかく来たのに置いて行かれて拗《す》ねてるんだ」

……いいかげんにしろ。そういう話をしてる場合か？

「拗ねる必要なんてございませんわ。べつに調査のときでなければ会えないわけじゃありませんもの」

……んあ？

綾子が不審そうな顔をした。

「まるでプライヴェートで会ってるような口振りね？」

「もちろんですわ」真砂子があっさり言ってのけた。「あたくし、もう何度もお会いしてますもの」

お人形のような整った顔でニッコリ笑う。

「……嘘つき」

綾子が睨む。

「失礼ですのね。じゃあ、一也《かずや》さんにお訊きになったら？」

……一也……さん？

一瞬あたしは、誰のことだか考え込んでしまった。それがナルの名前だと気づいて眩《め》暈《まい》がする。

綾子がようよう、上擦った声を出した。

「あーら。良かったわね。でもどうせ、仕事がらみでしょ？」

……だろーな。

「映画やコンサートは、あまり仕事とは関係ございませんわね」

……映画にコンサート？　あの、仕事馬鹿で映画どころかテレビも見ないナルが？

それじゃ、まるっきりデートじゃないのお！

真砂子は、憎らしいくらいあでやかな微笑《ほほえ》みを浮かべる。

驚きのあまり硬直したあたしたち。

一番に硬直から覚めたのは、ジョンだった。

「まあ、渋谷さんかて年頃なんやし、そういうことかてありますです。それより、いつ戻っておこしやすおつもりどすやろかいな」

……ジョン、言葉に動揺があらわれてるよ。

「とにかく」

ぼーさんは苦々しげに咳払《せきばら》いする。

「そういう些末《さまつ》なことはどうでもいい。この際、ナルがいつ帰ってくるかも問題外だ」

言って全員を見渡す。

「ナルがいたっていなくたって関係なかろう？　どっちにしたって状況は変わらない。俺たちには、奴を除霊するか、逃げるかどっちかしかない」

全員が口を噤《つぐ》み、考え込んだ。

「もう一度チャレンジしてみようぜ。綾子、ジョン、今度はお前ら、どっちがいい？　言っとくが、居間のほうは強烈だぜ」

綾子はチラリとぼーさんを睨む。

「それとも帰るか？」

「あんた、礼美ちゃんのほうに行って。あたしじゃ守りきれない。ジョンは礼美ちゃんのそばに必要だと思う」

「了解」

5

ぼーさんとジョン、――そして礼美ちゃんに会ってみたいという真砂子を送り出して、家にはあたしと綾子、でもって、いるのかいないのか分からないリンさんが残された。

綾子は、着替えてきた巫女《みこ》装束をベースで整える。

「ねえ、麻衣ちゃん」

ぎょっ。……麻衣……ちゃん？

「祈禱《きとう》の間、居間にいない？」

綾子は背中を向けたまま言う。

「あ、怖いんだ、霊能者のくせに」

「そんなんじゃないわよ！」

強気な顔であたしを振り返ったけど、すぐに情けない表情になる。

「そんなんじゃ、ないけど……ただ……」

「綾子って、本当に非力だよなー」

「失礼ね。常にってわけじゃないわよ。あたしにだっていろいろ事情があるの。ここは条件が良くないんだもの」

……条件、ねえ。

「……不本意ながら、現在のところ非力だっていうのは認めるけど……」

ごにょごにょと言うのが妙に微笑ましい。

「いいよ。いたげる」

ぱっと綾子は顔を輝かせ、そして背後を振り返った。

「よかったら……」

機械の山のほうを見たけれど、山の麓に鎮座しているお方はつれなかった。

「私はここで、データを集めなくてはいけませんから」

綾子はちょっとばかり忌々しそうに、

「……本当にいい性格よね。雇い主に似て。あの猫被《ねこかぶ》りの女たらしっ」

「は……？」

さすがのリンさんも、言葉の意味を摑《つか》みきれずに、ちょっと眼を丸くする。

「なんでもないわ。あんたのボスは裏表があるって話。──行こ、麻衣」

綾子は、あたしの手を乱暴に摑んで引っ張って行く。

……おい、綾子。あんたまさか、マジなんじゃないだろうなあ……？

まだ夕陽の最後の明かりが残っているうちに、綾子が祈禱を始めた。血のように赤い光が暗い部屋の中に射し込む。かえってなんだか不吉な感じだ。

綾子は祭壇に向かって深く一礼し、手を叩く。

「かけまくもかしこき、いざなぎのおおかみ、ちくしのひむかの、たちばなのおどのあわぎはらに……」

祈禱の開始と同時に、部屋が微《かす》かに軋《きし》み出した。

床を冷気が這う。ドア近く、床の上に坐ったあたしの足許、爪先を撫《な》でるように冷気が流れてきた。それが背筋を這い上がっていく感じがする。

あたしはカメラを振り返った。追尾カメラは、やはり古井戸のほうを向いている。冷気は穴の中から来る……。

ふらっと横揺れが来た。床が軋む。綾子の声が、途切れがちになる。

「みそぎはらえたまいし……ときに……なりませる……」

寒い。これを覚悟してブラウスを三枚重ねているのに。

夕陽が庭木の陰に入った。部屋の中を闇が侵食し始める。

「綾子！　続けて！」

「指図しないでよっ！」

気を取り直すように綾子は姿勢を正す。そのまわりでこつんとノックの音がする。気温がさらに下がっていく。息が微かに白い。

「みそぎはらえたまいしときになりませる、はらえどのおおかみたち、もろもろのまがごと、つみけがれあらんをば、はらえたまいきよめたまえともうすことを、きこしめせと……」

綾子の祝詞《のりと》に送られて陽が落ちた。部屋には闇が蟠《わだかま》る。綾子が点《とも》した蠟燭《ろうそく》の灯だけが揺らめきながら頼りない光を放っていた。

部屋の中に靄《もや》のようなものが漂い始めた。息をするのが怖くなる……。

「……っ！」

綾子が声にならない声を上げて、ふいに立ち上がった。

「綾子！」

「誰かが背中を叩いたのよ！」

そんなことで動じてんじゃ、ないって！

「しっかりしなよ！　あんた巫女でしょ！」

言ったあたしの腕を誰かが引っ張る。思わずあたしまで声を上げてしまう。

改めて周囲を見ると、いつのまにか靄に囲まれていた。薄いところ、濃いところ、濃淡を描きながらふらふらと揺れている。そればかりでなく、周囲からは人の気配がしていた。何の音もしないのに、大勢の人間に取り囲まれている、という感覚がある。冷ややかな視線を感じる。咎めるような無言の圧力が忍び寄ってくる。

じりじりとあたしと綾子は歩み寄る。もう祈禱どころじゃない。

「麻衣、やっぱり無理だわ！　出ましょう！」

「う……うん」

綾子が走り出した。同時に激しい横揺れが来る。あたしは足を掬《すく》われ、膝から床に転がった。

床がうねっている。あたしは痛みに膝を抱えた。

「麻衣！　早く！」

ドアのところで綾子が叫ぶ。

立ち上がろうとした瞬間、激しく部屋が揺れた。起き上がることができない。

「麻衣っ！」

再び起き上がろうと、膝を立て、両手をついたところで誰かがあたしの足を摑んだ。

思わず悲鳴が喉《のど》を突く。足許を振り返ると、膝から下が靄に覆われている。

必死で足を振るけれども離れない。誰かが足を引っ張る感触がする。それは冷たい汗をかいたように湿り気を帯びた手だ。摑まれた足首から悪寒が這い昇ってくる。いつの間にか、周囲には再び靄の壁ができていた。ふらふらと揺れながら、靄の濃淡が倒れたあたしの頭上から覆い被さるように忍び寄ってくる。

「綾子！　助けて！」

「麻衣っ！」

ズルッと身体を後ろへ持って行かれた。

あたしは思わず振り返る。後ろの床に穴がある。

前へ這うあたしの足を、さらに誰かが摑む。力任せに引っ張られる。

「やだ！」

叫んで床にしがみつく。それを難なく引き剝がす強い力。周囲に群がった濃い靄の塊、それがぞろぞろと穴に向かって流れて行く。圧力のない流れに呑まれてあたしの身体も引きずられていく。

綾子はパニックを起こしている。

「谷山さん！」

部屋にリンさんが飛び込んで来た。

「助けて！」

リンさんが駆け寄って来て長い腕を伸ばすが、届かない。

あたしの足に絡みつく冷たい手の感触が増えた。足が軋むほどの力で引っ張られる。

ガクンと足先が穴の中に落ちた。

「……リンさん！　落ちる！」

さらに伸ばしたリンさんの手。指先が届きそうになった瞬間、さらに引っ張られてあたしの腰が穴の縁から落ちた。リンさんの手が靄の向こうに遠ざかって見える。

早く助けて！　落ちてしまう！

あいつの住処《すみか》。冷気の中心。子供たちの霊が死体のように折り重なった。

激しい横揺れがきて、リンさんと綾子が転んだ。同時にあたしの身体が穴へ沈む。胸まで落ちて、縁の床板にしがみつく。

だめだ、落ちる！

爪も立たない硬い床。ギザギザの縁が胸を引っ掻いた。絶望的な感触がする。

ガクンと引っ張られて、胸が沈む。腕が軋んで床から離れた。

「麻衣っ！」

叫び声を上げる間もない。

とっさに伸ばした指が虚しく穴の縁を引っ掻いて、あたしの身体は落下を始めた。

耳の奥に二人の声。

言葉は聞き取れなかった……。

第八章

1

……暗い部屋だった。

典子さんの家ではない。畳と襖《ふすま》の広い座敷だ。開け放した障子の向こうは長い縁側で、縁側の外には庭がある。小さく纏《まと》まった刈り込みが島のように連なる先に、広い水辺が見えていた。典子さんちの裏にある池に似ている……。

広々とした庭には、ぽつんと子供が立っていた。ぼうっと霞《かす》んでよく見えない。それでもその子が礼美ちゃんくらいの年頃の女の子だと分かった。着物を着ている。いつの時代だろう……。

——……！　……ぉ！

家のどこからか、女の人の悲痛な叫びが聞こえていた。壁越しに聞こえる人声のように遠い。遠いからこそ、あたしの耳との間に横たわった虚空を貫いた声音は、余計なものを削《そ》ぎ落とされて心情を直截《ちょくさい》に伝えてくる。胸が痛くなるような声だ。泣いてはいない。けれども今にも泣き出しそう。ぎりぎりの瀬戸際で踏みとどまったまま呼ぶ声。

女の子にはその声が聞こえていないのだろうか。振り向くこともなく、庭で鞠《まり》をついている。淡々として見えるくらい無心に。

すっと庭を黒い影が横切った。墨色をした影は庭に降り立ち、そこで男の影になる。

男は女の子に近づいていく。女の子が手を止め、男を振り仰いだ。

……駄目。

どうしてだろう。どこからかその光景を見ているあたしは、叫びたくなる。駄目だよ、その人の相手をしては駄目。

男は女の子に何事かを話しかける。女の子の顔を覗《のぞ》き込むようにして屈《かが》み込んだ肩の線が、どこか媚《こ》びているように見えた。女の子は手を差し出す。その手を男が握る。忘れられた鞠がてんてんと弾んで転がった。

どこかで悲しげな叫びが続いている。

行っては駄目。その人について行ってはいけない。

そう思うのに、声にならない。

墨色をした男は女の子の手を引いて行ってしまう。池のほうへ。池の上へ。女の子は手を引かれるまま、水面を歩いて遠ざかる。

悲しい声。喉《のど》を裂くような叫びだ。とても遠い——なのに、ふと、これは自分の声なんだと気づいた。ずっとあたしが叫んでいたんだ。夢の中の叫びのよう。辛《つら》い夢を見て

——……こぉぉ！

実際に叫び声を上げてしまって、それを夢の中から聞いているような。

あたしは夢の中で駆け出す。女の子のあとを追う。池の上には深い霧が立ち籠《こ》めていて、もう何も見えない。追いかける足が止まった。

……行ってしまった。

間に合わなかったんだ。引き留められなかった。消えてしまった。

胸の痛みに耐えかねて、あたしは涙を落としながら身を屈める。俯《うつむ》いた視線の先に暗い水面があった。暗く丸い小さな水面。深い井戸だ。遠く鏡のような水面に自分の影が映っている。髪を結った年嵩《としかさ》の女のシルエットとして。

涙が零《こぼ》れた。水面に落ちて高い音とともに鏡の表面が掻《か》き乱される。自分の姿も千切れて乱れ、形を見失ってしまう。

あたしは吸い込まれるようにその水面を見つめた。——見つめる女を、いつの間にか座敷の中から見守っていた。井戸の縁に手をかけ、縋《すが》りつくようにして中の水を覗き込んでいる姿。今にも膝が崩れてその場に蹲《うずくま》ってしまいそうだ。井戸の縁に縋った腕で、かろうじて身体を支えている。まるで井戸の中——水鏡に女の子の行方を捜すみたいに。

その姿があまりに痛々しくて、思わず駆け寄りたくなる。立ち上がろうとしたところで、後ろから伸びた手に押し留《とど》められた。

振り返るとナルが、あたしを見ていた。とても寂しい眼の色だ。無言でただ首を横に振る。そうすることがとても心に痛いふう。

あたしは視線を女に戻した。女は井戸の縁に身を屈めたまま嗚咽《おえつ》している。女は泣いて、泣いて、そうして一声叫ぶと身を傾けた。井戸の中へと。

深い虚《うつ》ろな水の音が。

……そこでぽっかり目が覚めた。

今のは何？

夢……だよな。夢なのは分かり切ってる。でも、どうしてこんな夢を見たんだろう。不思議に思いながらぼんやり身を起こすと、全身が痛んだ。周囲を見ると、土と石ころ。手を伸ばせば届く距離に丸みを帯びた石を積み上げた壁がある。

はっと周囲を改めて見た。ここはあの穴の中だ。

思った瞬間、上から声が降ってきた。

「麻衣！　大丈夫!?」

頭上を振り仰ぐと、穴の縁に手をかけて、中を覗き込んでいる綾子の顔が見えた。一瞬だけ、それが夢の中の女に重なって見えた。井戸の水面に映った、覗き込んでいる女の顔。――もちろん気のせいだ。覗き込んでくるのは間違いなく綾子で、でも、夢の中の女と同じく、とても取り乱したふうだった。幸いなことにそんなに遠くない。互いに手を伸ばしてぎりぎり届くか届かないか、という程度。

「綾子……」

「大丈夫？　怪我は？」

「ないよ。でも、昇れないよお」

「今、リンが足場になるものを探しに行ってるわ。大丈夫？　本当に何でもない!?」

綾子の声は本当に心配そうで、夢の中で聞いた女の声を思い出す。

「痛いけど平気。怪我はないみたい」

答えるのと同時に、走ってくる足音が聞こえた。すぐに穴の縁からリンさんが顔を出した。彼は穴の縁に手をかけると、身軽に下へ降りてきた。

「怪我はありませんか」

「うん。ないみたい」

にこりともせずに頷《うなず》いて、リンさんは綾子を振り仰ぐ。

「椅子を渡してください」

綾子が上から椅子を降ろした。長身のリンさんがそれを受け取る。

それを見ながら、あたしはぼうっと周囲を見た。

……埋められた井戸。

なんだか突然、分かってしまった。

この井戸は女が身を投げた井戸だ。女の子供はいなくなった。彼女はそれを悲しんでここに身を投げた……。

リンさんが椅子の上から手を伸ばした。その手に支えられて、穴の底から脱出した。

「いま、何時?」

あたしは穴から這《は》い出て、綾子に訊《き》く。今度から、調査のときはスカートはやめよう、なんて場違いなことを思いながら。

「十時。まだまだこれからよ」

……すると穴の中には、大した時間いなかったんだ。あの夢も、一瞬の間に見たんだなあ。


「——人攫《ひとさら》いぃ?」

綾子があたしの足の擦り傷に薬を塗りたくりながら言う。思いっきり不審そうというか、ちょっぴり小馬鹿にした調子だった。

「だと思うんだよね。……それでね、たぶんあれが富子ちゃんだと思うんだけど、その子がいなくなって、お母さんが井戸に身を投げるの。結構意味ありげな夢でしょ?」

富子ちゃんが死んで、お母さんが死んだって曾根さんも言ってたし。

「お馬鹿な夢、なんじゃないの?」綾子が鼻で笑った。「霊能者でもないあんたの夢に、意味なんてあると思う?」

こいつ、さっきまでオロオロしてたくせに。

リンさんは考え込む様子だ。

「……真偽のほどは分かりませんが……案外、的を射ているかもしれませんね」

「あ、やっぱし、そう思います？」

リンさんはさらに考え込む様子だ。綾子が溜息まじりに弱音を吐いた。

「ねえ、どうしたらいいと思う？　あたしにはあいつを祓《はら》うなんて無理だわ」

「……力業《ちからわざ》では無理でしょうね」

リンさんはやっと口を開いた。

「私の意見を言わせていただくなら、ナルが戻るまで手出しは控えるべきです。祈禱《きとう》というのは、言わば力で相手を抑え込む技ですから反発も大きい」

「だって、他にどうするのよ。ナルを待つって、あいつ、いつ帰ってくるの？」

「ナルだって状況は分かっています。時間を無駄に使うはずがありません。すぐに戻って来るでしょう」

「……ずいぶんボスには甘いのねえ」

リンさんは冷ややかな視線を綾子に向けた。

「ナルが周囲の期待を裏切ったことは、一度だってありませんから」

素っ気なく言って、あたしを振り返る。

「少しここで休んだほうがいいでしょう。頭を打っているといけないので」

「うん……」

実はさっきからあちこちが痛い。身体がぎしぎし悲鳴を上げている。あたしはおとなしくカウチに横になった。

2

ふうっと吸い込まれるような浮上感。

あたしはぽっかりと目を覚ます。周囲は暗い部屋、勝手に作業を続けている機械の山。見慣れたベースだ。

けれども見慣れないことに、機材の前には、リンさんでなくナルが坐っていて、あたしのほうを見守っている。

ナルのはずがないよなあ。まだ戻ってきてないもんな。あたしが寝てる間に戻ってきたんだったら、リンさんとか綾子がここにいないはずはないもんな。あたし、また寝惚《ねぼ》けてるんだ……。

そう思ったけど、無理に目を覚ます気にはなれなかった。ナルと視線が合う。ふわっとした笑みが返ってきた。

うん。その笑顔って好きだなあ。

「……ナル？」

あたしは声をかける。横になったままで。

ナルが首を傾《かし》げた。どうした、と訊いている。

「礼美ちゃん、助けてあげられる？」

このままあたしたちが負けてしまったら、礼美ちゃんは井戸の中に連れて行かれてしまう。たくさんの、この家で死んでいった子供たちのように。

「……大丈夫」

ナルが微笑《わら》った。

そっか。大丈夫か。だったらきっと、心配はいらないんだ。

「……真砂子とデートしたでしょ」

ああ、あたしは何を口走ってんだ、この非常時に。

ナルはくすりと笑う。

「誤解だ」

優しい笑顔だ。あたしは満足する。

……だったら、いいんだ……。

突然、賑《にぎ》やかな人声がしてベースのドアが開いた。

あたしはそれで本当に目を覚ました。慌てて身を起こす。

ドアから入ってきたのはナルだった。

……あれ？　あたし、まだ寝惚けてるのかな？

ナルはあたしに視線を向ける。

「目が覚めたか？」

優しさの欠片《かけら》もない声――というより、あからさまに足手まといなお荷物に向ける声だ。

……本物のほうだよ……。

「戻って来たの？」

「それは確認が必要なことなのか？」

……言わずもがなの質問で申し訳ございませんな。

ナルは後ろを振り返る。

「リン、今までのぶんを再生してくれ」

はい、と答えて、あとに続いて入って来たリンさんが機材の前に坐る。誰もいない椅子の上に。

リンさんに続いて、ぼーさんたちが入ってきた。ジョンも真砂子もいる。礼美ちゃんについてホテルにいるはずなのに。

「礼美ちゃんは？」

あたしが訊くと、ぼーさんは肩を竦《すく》めた。

「典子さんと尾上さんに任せて残してきた。ナルがそうしろとよ」

……えっ？

「ナル、大丈夫なの？」

「大丈夫だろう」

あっさり答える。

「だろう……って、そんな、無責任な」

「今夜中に決着をつける」

ナルが闇色の瞳《ひとみ》を上げる。不安も躊躇《ちゅうちょ》もない眼だ。

「できるの⁉」

「何のために人が駆けずり廻ったと思っている」

綾子が露骨に不審そうな声を上げた。

「簡単に言うけど、勝算はあるんでしょうね？　あんたはお出掛け中で知らないでしょうけど、あいつ、半端じゃないわよ」

ナルが憐《あわ》れむような眼を綾子に向けた。

「奴が桁外《けたはず》れの力を持っていることぐらい、最初から分かっている。ポルターガイストの様子を見れば一目瞭然《りょうぜん》だ」

言葉に詰まる綾子の脇から、ぼーさんが身を乗り出した。

「そんじゃ、その勝算とやらを聞かせてもらおうか。ひょっとして黒幕が何者か分かったとか？」

「もちろんだ」

「まじ？　何者だ？」

ナルはモニターから視線を離して腕を組む。

「大島ひろ」

「……って、誰さ」

「大島富子の母親だ」

全員がぽかんとナルを見た。……母親？　でも、この家の霊は子供だったんじゃあ。

他のみんなも同様に思ったのか、いっせいに怪訝そうな顔をした。

「曾根さんの話にあっただろう。富子が死んですぐ、その母親も死亡した」

ふっと、夢の中の悲痛な声が甦《よみがえ》った。痛々しい叫び——そして、彼女が落ちていったときの水音。

「しかしだな」

言いかけたぼーさんを遮って、

「表向きには、死体が上がった直後に病死したことになっているようだ。だが、手段は明らかでないが、地元の伝説では自殺したという説が根強い。事実、寺の過去帳によれば、ひろと富子は同日の死亡になっている。伝説では、池に浮かんだ死体を手繰《たぐ》り寄せ、富子だと確認するやいなや、ひろはその場を駆け出した。家人が追いかけて捜したところ自殺した死体が見つかったのだという」

リンさんがぼそりと声を挟んだ。

「井戸に身を投げた……とか」

ナルは怪訝そうに、

「そこまでは分からないが、あの古井戸が巣穴になっているところからすると、可能性は高い」

で、とぼーさんが不審そうな声を上げた。

「その女が、例の黒幕だと？　なんでひろが子供を操るわけだよ」

「原因ははっきりしているだろう。ひろは子供を求めているんだ」

あのねえ、と綾子は憎々しげに口許《くちもと》を歪《ゆが》めた。

「同化するには心性が一致してなきゃならない、とかいう屁理屈《へりくつ》はどこに行ったわけ？」

……だよな。霊の同化は心性の一致が条件だ、という話だったのでは。

真砂子が口を挟んだ。

「子供が欲しい母親と、母親が恋しい子供たち、ということではございませんの？」

ぼーさんが顔をしかめた。

「分かりやすいが、手軽すぎらあ。子供が欲しい母親が子供を連れてって、母親が恋しい子供が連れていかれたら、双方満足して円満に成仏しそうなもんだろーが」

「でも、連れてきた子供たちは、実際には富子ちゃんではありませんわ。ひろも、ゆきさんの母親ではない。だから双方満たされない、という話なのでは？」

「だったらこの家に住んだ母親も連れて行かれて当然じゃないのか？　母親が死んだのは、ゆきの母親だけだし、この母親は実母じゃない」

……ああ、そっか。

「話を聞けば、ひろが子供を捜すというのは分かる。自分の娘を取り戻したいんだろうさ。だが、死んだ娘を取り戻したいってえ話と、仲間が欲しいってえ子供たちの話がどう関係するんだ？　黒幕が大島ひろだというのは、もっともらしいが、子細に見ると平仄《ひょうそく》が合わない」

ぼーさんの言に、いや、とナルは言い切った。

「それでいいんだ」

いいって、とぼーさんは問い返す。ナルは頷いた。

「ひろは娘を求めている。娘とは、八歳前後の子供のことだ。八歳前後の子供が欲しい、という欲求は、当の八歳の子供にしてみれば、同じ年頃の子供が欲しい――仲間が欲しいという欲求として読み替えられる」

「――あ」

あちこちで小声が上がった。

「八歳前後の子供が欲しい、という欲求で彼らの思念は一致している」

なるほど、とぼーさんが呻《うな》った。

「それで八歳前後か」

「ひろは富子を捜しているんだ。取り戻したいと思っている」

綾子が突っかかる。

「それは分かったわよ。問題は、その執着をどうやって解くかってことじゃないの？」

「子供を連れて来てやればいい」

はあ、と綾子は口を開けた。

「連れてくるって、どうやってよ？　富子はもう死んでるんじゃないの」

分かってる、とナルは露骨に不愉快そうだ。

「もちろん富子自身を連れて来るのは不可能だ」

「……だったら……！」

ナルは綾子を無視する。

「原さん、家の中の様子は？」

真砂子が、何かに聞き入るように首を傾げた。

「居間に……たぶん居間にいますわ。まだホテルには行ってない……」

綾子が割って入った。

「富子を連れて来る方法はないわけでしょ？　だったら処置なしってことじゃない！

あたしたち、自分の身の安全を考えるべきじゃない？」

ナルは冷たい視線を向けた。

「プロの言葉とも思えませんね」

「プロだって力の限界ってもんがあるわ。冗談じゃないわよ、この家、異常よ。あたし
もたくさん幽霊屋敷を見てきたけど、こんな無茶苦茶なのは初めてだわ」

……そんな。礼美ちゃんをどうするの？　見捨てるの、このまま？

あたしはぼーさんを振り返る。ぼーさんも、のほほんと頷いた。

「確かになあ。下手すると、こっちまで地縛霊にされそうだもんなー」

「……ちょっと」

ぼーさんを怒鳴りつけようとしたら、反対に綾子に怒鳴られた。

「ものにはね、引き際ってもんがあるの！」

「あのねっ！」

ムキになって怒鳴ったとたん、ナルが静かな声を挟んだ。

「帰りたい人間は帰ればいい。その程度の霊能者なら必要ない。むしろ邪魔だ」

ぐっと綾子が詰まる。

ぼーさんがナルの顔をしみじみと見つめた。

「本当に勝算はあるのか？」

「信じる信じないは御随意に」

素っ気なく言われて、ぼーさんと綾子は顔を見合わせる。

「んー……」

ぼーさんが頭をがしがし掻いて立ち上がった。

「そいじゃあ、ナルちゃんを信じて、もう少し己を酷使してみっか」

「しょうがないわね……」

綾子もしぶしぶ立ち上がる。

「できる限り踏ん張ってみるさ。なんかあって倒れたら、そこまでだ」

「骨ぐらいは拾ってあげるわよ」

綾子の声に、

「ついでに礼美ちゃんに遺影を渡すのを忘れんでくれ。このおにーさんが身を擲《なげう》って君を守ったのだからして、生涯花嫁になった気分で……」

「──花嫁になった気分で手を合わせて、顔を上げたら、さっさと忘れて新しい人生を満喫するよう言っとくわ」

……口の減らない奴らめ。でも、良かった。ありがとう……。

3

「──で？　どうすりゃいいんだ？」

ぼーさんの問いかけに、ナルが指示を始める。

「とにかく手下の数が多すぎる。しかもこれは祓っても切りがない。問題はあの女だ。女を引きずり出さなければ対処の仕様がない」

「簡単に言ってくれるじゃない。どうやって引きずり出すのよ」

綾子の不審そうな声に、

「以前、女が出てきたのは子供たちを祓ったときだった。吹き飛ばされた子供たちは決して消えたわけでも浄化したわけでもないが、いったんは弾《はじ》き飛ばされるようだ。全ての元凶は女だからすぐに引き戻されるが、これには若干のタイムラグがある。結果、子供たちが出払ったタイミングで女が出てきたと考えるのが妥当だろう。だったら、今度も同じく子供たちを散らせばいい」

「効率の悪い話ねえ。しかも、タイムラグは幾らもないわよ」

分かっている、とナルは頷く。

「松崎さん、霊を通さない護符を」

「ホテルに貼ったやつ？　言っておくけど大して役に立たないわよ」

「多少なりとも効けばいい。大量に作って貼る」

綾子は不服そうに言った。

「これを告白するのは悔しくてたまんないけど、すぐに突破されちゃうと思う」

「いいんだ。ジョンも手伝ってくれ」

「はい。そやけど……」

言いかけるジョンを手で制して、

「家を封じる。内側に向けて」

「内側？」

問い返したぼーさんに、ナルは頷いた。

「霊が礼美ちゃんのそばに侵入できないようにするのではなく、この家から出られないようにする」

「……できるかねえ」

「効果は大してなくていいんだ。家全体に結界を張って鬼門だけを開放する」

「鬼門って？」

あたしがうっかり声を上げると、

「うるさいぞ、麻衣」

……はい、申し訳ございません。

「北東の方角。悪鬼邪霊が出入りする方角だ。その真偽はともかく、鬼門以外は護符で封じられていて通りにくいとなれば、連中は家を出てホテルに向かうのに鬼門を使うだろう。出入りを一ヵ所に制限して、そこで松崎さんとぼーさんが構える」

「出てきた霊を散らすわけか？」

「そう。家自体を封じておけば、戻るのにもそれなりの障害になる」

「そうやって、できるだけタイムラグを稼ぐわけだ」

ナルは頷き、

「ジョンは居間に来てくれ。援護を頼む」

「はいです」

ジョンのお返事を受けて、ナルは立ち上がる。ぼーさんがそれを制した。

「ちょい待ち。子供らを追っ払う手はずは分かったが、肝心の女を引きずり出したとして、その除霊は誰がやるんだ？　ジョンだけじゃ手に余ると思うぞ」

……そりゃそうだ。

「いや、べつにジョンを過小評価するわけじゃないが、前例から言っても——」

ぼーさんは言いかけ、ちょっとばかり驚いたようにナルを見た。

「まさか、お前さんか？」

ナルの返答はない。微《かす》かに不敵な笑みを見せて軽く手を叩く。

「始めよう」


午前四時。——家の壁は護符だらけになった。さらには奴らが居間から外に出ないよう、ジョンが居間の壁に聖水で十字を描く。いつだか、礼美ちゃんに施したおまじない。奴らはしばらくの間、礼美ちゃんを見つけられずに家中を暴れ廻った。

ただし家の一角だけ護符がない。鬼門の方角は奴らに開放されている。ぼーさんと綾子がそこに構える。ジョンとナルは居間へ。リンさんが機材を守る。

あたしと真砂子はベースで待機しているようナルに言われたのだけど、肝心の真砂子が一緒に居間に行くと言って聞かない。邪魔だとナルが言い放っても頑として頷かない。ナルが相手だっていうのに、真砂子とも思えない聞き分けのなさだ。

やがてナルのほうが折れた。

「麻衣、少し危険になるが、原さんのそばに付いててくれ。万が一、憑依《ひょうい》されでもして妨害されると面倒だ」

露骨なまでに邪険な物言いをする。さすがにちょっと真砂子が可哀想かも。

もはや夜明けが近かった。空にはまだ光の気配もないけれども。

ナルはどうするつもりなのだろう。女は子供を——富子を捜している。富子がいなくなって、その悲しみが結び目になってこの世に留まっている。富子が見つかれば、女は喜んでこの世を離れるだろう。——でも、どうやって？

富子ちゃんはもう、この世のどこにもいない。

「ジョン」

ナルに促されて、ジョンが頷く。見慣れた手順で静かに祈禱を開始した。間もなく、家全体が身震いするような家鳴りがした。

——始まった……。

あたしはつい、部屋中に視線をさまよわせる。家具が取り除かれた室内。裂けたままの床。壁も天井も表面の漆喰《しっくい》に細かな亀裂が入っている。

何の影もない。何も見えない。ただ、ギッと床が歪む音がする。硬いものが転がるような音を立てて床の上を震えが走る。誰かが壁をノックし始めた。ぱらぱらと剝《は》がれた漆喰が落ちる。天井のどこかで重いものを投げ出したような音がする。

真砂子は青い顔をしていた。数珠《じゅず》を握りしめた手をもう一方の手で固く握り込んで、その手が細かく震えている。

「大丈夫？　ベースに戻らなくていい？」

あたしが小声で話しかけると、真砂子はきっぱりと首を横に振った。

「いいえ。ここにいますわ」

こんなに緊張してるのに。そんなにナルのそばにいたいのだろうか。——つい否定的な調子で考えてしまうのは、あたしだって怖いからだ。真砂子さえおとなしく引き退《さが》ってくれれば、あたしも安全圏のベースに戻れる。井戸に引きずり込まれるような悲惨な経験は一度で充分だ。前回は怪我をせずに済んだけど、今回もそうだとは限らない。

「除霊には二つありますの……」

ふいに真砂子が言った。怯《おび》えたように周囲に視線を投げながら。

「浄霊と除霊。浄霊は霊に語りかけて、拘《こだわ》りを解いてやるのですわ。橋の向こうに行けない原因を取り除いてあげますの。……でもこれは、霊媒にしかできない……」

真砂子は辛そうに息を吐く。

「霊とコミュニケートする能力が必要ですわ。ナルにはその力がない——霊媒じゃないのですもの、除霊するつもりなのですわ」

「……除霊って？」

「力ずくで霊を吹き飛ばすような感じですかしら。犯罪者がいたとしますでしょ？　喩《たと》えるなら説得して自首させるのが浄霊で、有無を言わさず処刑してしまうのが除霊ですわ。除霊はしてほしくありません。少なくともあたくしの前では……」

相手は問答無用の乱暴者で……ええと、子供たちをたくさん犠牲にしていて、今だって礼美ちゃんを狙《ねら》っていて。

真砂子はあたしの思考を読んだように、首を横に振った。

「ナルや――滝川さんたちにとっては、霊というのはあくまでも『残存した意思』にすぎないのですわ。少なくとも、ナルたちはそんなふうに捉《とら》えている……。でも、あたくしにはそうは思えませんの。だって女も子供も、こんなにも生々しい人の感情を残していますもの……」

生々しい人の感情――苦しみと悲しみ。富子、という悲鳴が甦った。あれはたぶん、夢なのだけど、彼女が井戸に身を投げた瞬間の狂おしいほどの悲しみと辛さは胸の奥に残っている。……あんなふうに辛かった。そしてたぶん、今も辛い。

「霊によってはもう感情なんて残っていなくて、残された邪念だけで機械的に動くモノになっていたりしますわ。人としての人格だって残っていませんし、そうなるとコミュニケーションを取ることだってできません。でも、あの女と子供たちは違う……」

……まだ、モノになっていない……。

「殺してほしくはありませんの……」

……よく分からない。けれども、真砂子はこの世の外を見ているんだ、と思った。たぶん真砂子にとっては、霊も人間も同じような存在なんだろう。どんなに危険でも、非

「でも……」

情にはなりきれない……。

真砂子が語る間にも、部屋に満ちた騒音は大きくなる。床が軋《きし》む。そして、足音。大勢の子供が動き廻る音がする。冷気が床を這って、白いものが漂い始めた。部屋をうっすらと満たし始めた白い靄《もや》が所々で凝《こご》って、微かに子供の輪郭のようなものを現し始める。

靄が描くのは、ちょうど子供ぐらいの大きさをした頭部の輪郭だけだ。半透明の影に目鼻立ちはなく、だから表情もない。なのに暗い視線を感じる。今にも何かが押し寄せてきそうな圧迫感を感じる。怒りを含んだ威圧感のようなもの。ジョンの祈禱に、白い靄がゆらゆらと揺れる。

突然、誰かがあたしの肩を突いた。振り返っても誰もいない。何者かが髪を引っ張る。ジョンも何かに驚いたように身じろぎをした。そのたび、聖水の瓶を振って滴を散らす。近寄った霊を遠ざけているのだろう。

きしきしと床が小刻みに震える。地震の予兆のようだけど、それがずっと続くのが気持ち悪い。身体の芯《しん》を揺すられて眩暈《めまい》がする。その場に踏ん張ることが難しい。

部屋の温度が下がっていくのが分かる。たゆたう靄がだんだん濃くなる。一塊が流れてくると、まるで誰かに小突かれたような感触がある。彼らは怒ってる。断然、あたしたちの存在が気に入らないのだ。ジョンが何度も聖水を撒《ま》くけど、煙のようなものが薄れて千切れるだけ。流れて行った靄は別の場所で絡み合い、薄い塊を作る。

「……原さん、どうです」

居間の入口に立ったナルが真砂子に問いかける。

「祈禱が効いています。ずいぶん数は減りました。居間の外へ逃げて行きます」

そのあとの、泣き叫びながら、という呟《つぶや》くような声は、あたしにしか聞こえなかっただろう。

部屋に蠢《うごめ》く子供たち。みんなこの家に捕らわれて出られない。どこへも行けない。懐かしい家族の許へも帰れない。寂しくて悲しくて、仲間を呼んでも寂しさだけが加算されていく。そのうえ、こうして祈禱にまで苦しめられなきゃならない。彼らにしたら——子供たちが生きている時のようにものを感じ、考えるとするなら——自分たちがどうしてこんな思いをしなきゃならないのか、分からないだろう。欲しいものが手に入らない。手に入れようとすれば邪魔をされ攻撃される。ちっとも思うままにならなくて苦しいままで、なのに誰も助けてはくれない。

……真砂子の気持ちが少しだけ分かる。子供たちが可哀想だ。このまま消されてしまうんだろうか。

あの女だってそうだ。娘を亡くして、悲しくて。いなくなった富子ちゃんを捜して、捜して、ここに悲しい檻《おり》を作った。

だからと言って、このままにはしておけない。生きている礼美ちゃんを渡すわけには、絶対にいかない。こんな悲しい子供たちの仲間にするわけには。

居間に満ちた靄が少し薄れた。子供たちが減っている証拠だ。

「子供たちを浄霊できないの？」

あたしの声に真砂子は首を振る。

「無理ですわ……あの女がいる限りは。子供たちを捕らえている女を浄霊しないことには……」

言いかけ、はっと息を呑んで、真砂子は急に口を噤《つぐ》んだ。怯えたように見開いた眼を、床に口を開けた穴に向ける。

「……出てきますわ……」

声と同時に、ふいに音がやんだ。薄い薄い靄が無音でたゆたう。真砂子とあたしの息づかい。その狭間《はざま》に、突然、澄んだ音が聞こえた。

深い空洞の中に水滴が落ちる音だ。高く、か細く、澄んだ音。

穴の中から――。

穴の中が微かに光った。燐光《りんこう》のような暗い蒼《あお》い光だ。濃い靄に覆われたそこに人の影が迫《せ》り上がってくる。うっすらと女の姿。髪を結っているのが分かる。それが乱れているのも。着物姿らしいシルエット。それ以上は分からない。ひときわ濃い靄の上に浮かび上がった今にも消えそうなほど淡い影。

「――富子さんはいません！」

真砂子が堰《せき》を切ったように声を上げた。

「どんなに捜しても、見つけることはできませんのよ」

蒼ざめた女は、首を垂れて深く俯いている。

「……ずっと捜していらしたのね？　けれども、どの子も富子さんではなかった。そうですわ、その子たちは富子さんに出会うことはありません。どれほどに捜しても、こちら側に留まっている限り、富子さんに出会うことはできないのです。集めた子供たちを自由にしてあげてくださいまし。みんな本当のお母さんのもとに帰りたいのですわ。——きっと富子さんが、そう思っていたように」

女の姿は、今や腰のあたりまで穴の上に現れている。その穴の縁に靄が湧き上がって溢《あふ》れてくる。靄の間に白いものが蠢いていた。虫のような白いもの。白い、小さな子供の——指。

子供の指が穴の縁にかかる。指で床を引っ掻いて手を差し出す。

真砂子が声を詰まらせた。

——昇って来ようとしている。

床に指をかけようと足掻《あが》く小さな手の隣に、新たに子供の手が現れた。一つ増え、二つ増え——やがて、いくつもの子供の手が穴の上に昇ろうとして靄の間から蠢き始める。

床に爪を立て、身体を引き上げようとのたうつ。

「……来ないで」

真砂子の悲鳴じみた声は上擦って掠《かす》れる。あたしは声なんか出ない。

ジョンがあたしたちの前に立ち塞《ふさ》がった。そのとき、深く俯いていた女がすうっと目線を上げた。

怨《うら》みを込めた眼差《まなざ》し。女は真砂子の言葉など聞く気がないのだ。富子ちゃんが恋しくて恋しくて、欲しいという執着から離れることができない。

女は陰火のように点《とも》った一対の眼を部屋の中にさまよわす。邪魔する者の数を確認するように部屋の中を眺め渡したその眼がふいに止まった——ドアのそばの黒い影に。

闇に溶け入るほど黒い影。ほのかにその顔だけが白い。女の眼がその影に釘付けになる。なにか激しい感情が能面のような顔を漣《さざなみ》のように揺らした。

すっと闇の中に白い手が掲げられる。ナルは白い右手を翳《かざ》した。

「ナル、やめてください！　少し待って！」

真砂子が悲鳴じみた声を上げる。ナルは真砂子のほうに眼もくれない。白い手を真っ直《す》ぐに挙げて、手の中にあるものを女に向かって突き付けた。女の眼は餓《かつ》えたようにその手を見ている。

「お前の子供はここにいる」

ナルの静かな声。翳したのは板を人の形に切って、そこに札を貼ったものだった。

「集めた子供ともども……連れて行くがいい」

ナルが板を投げた。

女が何かを叫んだ——ように見えた。両手を伸ばす。闇の中にほの白く軌跡を描くようにして、ゆっくりと回転しながら飛んでくる板に向かって。回るうちに輪郭が溶けて、半透明の花弁が開くように形を変えた。小さな子供の姿へと転じ、身を屈めた女の両腕の中にふんわりと飛び込んだ。

あたし、知ってる。あの子が富子ちゃんだ。

女が小さな影を抱き取ったように見えたとたん、女の影が揺らいだ。白く淡い光が滲《にじ》んで広がる。眩《まぶ》しくはないのに女の姿が溶け込むようでよく見えない。何かを抱き込むように屈められた身体の線が微かに見て取れるだけ。じんわりと滲んだ光にそれすらも溶け落ちて、不思議なほど静かで暖かい光が部屋の中に満ちていった。煙のように霞んだ子供たちが、ほんの一瞬、ぼんやりと姿を現して光の中に溶け入り薄れていく。消える刹那《せつな》、安らぐように微笑ったような気がした。

滲んで広がった光が薄められたように消えていくと、あとには薄藍色の闇が残った。

真砂子が腰を浮かす。

「……消えましたわ」

部屋の中は何事もなかったかのように静まり返っている。ただ薄暗いだけの、少しばかり荒れた部屋だ。

「……浄化した……」

4

——そして夜明けがやってきた。

あたしたちは居間に集まった。床に開いた穴を取り囲み、底を窺《うかが》う。

「真砂子、どう？」

綾子の声に、真砂子が笑みを作った。

「……もう誰もいませんわ。この家には霊はいません」

一人、二人と床に腰を降ろした。しばらくは全員で押し黙っていた。疲れ切って口を開く気にもなれない。よほど緊張してたんだろう、肩も背中もガチガチで、坐ってもしばらく力の抜き方が分からない。仕方ないので、じんわりそれが解けていくのをぼーっと坐って待っていた。

「……なんで浄化したのかしら」

綾子が誰にともなく問いかけるように呟くと、ナルが、

「望みが叶ったから」

「望み？」

「子供を手に入れた」

……分かんない。

分からないときはジョンに訊くべし。あたしは学習効果に基づいてジョンをつついた。

「ねえ、さっきの板は何？」

ところが、頼りのジョンも首を傾げている。

「なんですやろ」

ならば本人に訊くしかない。仕方なくナルに訊くと、

「見た通りだ。ヒトガタ」

ぼーさんが口を挟んだ。

「別名、偶人《ぐうじん》、木人《もくじん》、桐人《とうじん》、な」

綾子が首を傾げた。

「人の形に切った桐の木を、呪う相手に見立てるんでしょ。あれは人を呪う方法だと思ってたわ。呪いの藁《わら》人形の原形だもの」

ナルはゲンナリした様子だ。

「呪術には必ず白と黒があるものなんだ。白は人を助け、黒は人を害する。同じ呪法が白と黒を兼ねることは多い」

そっか、とぼーさんが声を上げた。

「密教の怨敵《おんてき》退散の法も、両方の意味に使うもんな」

「でも、それがどうして浄霊の役に立つの？」

あたしが訊くと、ぼーさんが、

「ヒトガタ――偶人ってのは、形代《かたしろ》なんだ。形代って分かるか？」

「いまいち」

「レプリカみたいなもんかな。超自然的なレプリカ。偶人を麻衣に見立てれば、麻衣の代わりになる。麻衣に見立てた偶人に病気や災いを呼び寄せて、これを封じて川に流して清める――これが流し雛《びな》ってな、今の雛祭りの原形」

「へえ」

「あの偶人を富子ちゃんに見立てたってことだろ。女はあれを自分の子供だと思ったんだ。念願叶って、浄化したってわけ」

「てことは、騙《だま》したわけ？　つまりは富子ちゃんの偽物でしょ？」

……それってちょっと酷《ひど》いんじゃあ。

「まあ……そこはそれ……なあ？」

ぼーさんが誤魔化そうとするように笑ってナルを見ると、ナルは再びゲンナリしたように溜息をついた。

「偽物という言い方は正しくない。確かに偶人は見立てた本人そのものではないが、麻衣に見立てた偶人に釘を打てば麻衣は死ぬ――その程度には本物だ。偽物と言うより代替物と言うべきかな」

「……やっぱり騙した気がするんだけど」

「そういう次元で論じても意味がないと思うが。富子を求めている女に富子の代替物を与えたわけだから、厳密な意味では騙したことになるんだろうな。ただし、女のほうもそれで良かったわけだろう。そもそも女は富子本人を求めていなかった。富子本人でなければならないのなら、富子以外の子供を引き込むはずがない」

「それはそうだけど……」

そう言っちゃうと、身も蓋《ふた》もないと言うか……。

「伝説によれば、ひろは娘の死体を確認するなり自殺している。死体を発見したことで絶望したのだと解釈するのが普通だが、これは裏を返せば、娘の死を認めたくなかった、ということだ。失踪《しっそう》して半年、ひろは娘の帰宅を待っていた。生きた娘が自分の手許に戻ってくることを望んでいたのだろう。にもかかわらず、死体として帰ってきた。ひろは娘の遺体をそのままに、逃げ出して命を絶った。──絶つことで娘の死を拒絶したのだろう」

「じゃあ、富子ちゃんが死んだことを理解してなかったってこと?」

そうじゃない、とナルは言う。

「所詮《しょせん》は推測だし、推測に意味があるかどうかは分からないが。──ひろは娘が死んだことを知っていたんだ。その事実を受け入れたくなかった。けれども同時に、富子は戻ってこないことを分かってもいたんだろう。だから必ずしも八つでなくても良かったし、女の子でなくても良かったんだ」

真砂子がぽつりと言う。

「嘘でもいいから、戻ってきたのだと実感したかったのですわ……」

真砂子を振り返ると頷く。

「やはり死んでなんかいなかった、戻ってきた、と」

「ふうん……」

そっか。――そうかもなあ。

しかし、とぼーさんが言う。

「よく偶人が作れたな。そのために出て行ったのか？」

「そう。女と富子の素性を調べに。古い街だから可能だったな。もっと人口の流動性の高い都市部だったらアウトだった」

ふうん……。

全員が納得したように――あるいは虚脱したように沈黙した。ふっと息を吐いて立ち上がったのはナルだ。黙ったまま、居間を出て行く。そのあとを、同じく無言でリンさんが追った。これでようやく決着がついたわけで。てことは、しかるべく動かねばならないのだろーけど、今はもう動きたくない。頑《かたく》なに坐っていると、ぼーさんがごろりんと横になった。

「ナルが陰陽師だったとはなあ」

溜息と一緒に。

「おんみょうじ、って？」

「陰陽道の遣い手。……分からんだろうな、それじゃ」

「分かりません」

ぼーさんは苦笑しながら身を起こす。

「なんてえか——まあ、中国から来た呪術。日本じゃ古くからあってな、平安時代には陰陽寮ってえ役所まであった。人形を使う呪術の本家は陰陽道。神道でも使うけどな。まあ、偶人を死者に見立てて浄霊するなんて高度な技は、陰陽師にしかできんだろ」

へえええ。

「すごいじゃない」

綾子が呟く。あたしは綾子を振り返った。

「すごいの?」

「まあね。ちょっと恰好《かっこう》良いわよ、陰陽師って」

ほえー。

「あー、疲れた」ぼーさんが言って立ち上がる。「もう御免だ、こんなしんどい事件は」

「賛成」

綾子も言って立ち上がる。ジョンも真砂子も溜息とともに埃《ほこり》を払って。全員がようやく緊張を解いて三々五々、居間を出ていった。

一息ついてから、機材の撤収準備をした。力仕事に関わらない綾子と真砂子は、かいがいしく家の中の整理をしていた。はっきり言って、綺麗《きれい》な家の中は見るも無惨な有様だ。それでも家中の窓を開けて風を通し、居間を簡単に片付けると、ちょっとだけ人間の住処《すみか》らしい雰囲気が戻ってきた。

そうこうしているうちに、連絡を受けたのだろう、典子さんと礼美ちゃんがホテルから帰ってきた。

ナルが典子さんに事情を説明する。

「本当に、もう大丈夫なんでしょうか」

不安そうな典子さんに、

「心配ないでしょう。気になるのでしたら、転居されても構いません。そのほうが安心できるかもしれませんね」

ナルの言葉に、典子さんが安堵《あんど》したように礼美ちゃんを抱き寄せる。

礼美ちゃんは、あたしと眼が合うとニッコリ笑った。小さい子独特の、ぴかぴかした笑顔だ。それを見た瞬間、本当に終わったんだ、と思った。

「よかったね」

なんとなく呼びかけた。礼美ちゃんの小さな胸の中で、この事件がどんなふうに整理されるのかは分からないけれど。

こっくり頷いた礼美ちゃんがあたしに駆け寄ってきた。いつのまにか顔色が沈み込んでいる。

……どうしたの？

礼美ちゃんがあたしの手にしがみつく。

「麻衣ちゃん、帰っちゃうの？」

「うん。お片付けが済んだらね」

「もっと泊まっていけばいいのに」

礼美ちゃんの子供らしい不満そうな表情に笑みが漏れた。

……大丈夫だね。もうこんなに元気なんだもん、すぐにこんな事件なんて忘れてしまって、もとの礼美ちゃんにもどるよね。

「いつ、帰るの？」

訊かれてあたしは、ナルの顔を見る。

「明日」

「明日、だって」

「こんばんは、泊まる？」

「うん」

「じゃあね、麻衣ちゃん、礼美のお部屋に泊めてあげるね。気に入ったら、もっといてもいいんだよ」

典子さんが、耐えかねたようにクスクス笑い出した。あたしも堪《こら》えきれずに笑い出す。

礼美ちゃんはキョトンとしていた。

その日は一日、のんびりと家の片付けを手伝い、その夜、もう一晩、様子を見るために森下邸に泊まった。あたしは礼美ちゃんのリクエストどおり、礼美ちゃんと典子さんの部屋で眠った。

ノックも騒音も何もない、とても静かな夜だった。

エピローグ

東京、渋谷、道玄坂。

あたしは渋谷サイキックリサーチのオフィスで、ビデオテープの整理をしている。

「The Case of Morishita」——すなわち、「森下事件」と書いたラベルをテープに貼って、リンさんがつけたメモを清書していく。

これは何かなあ。「Corridor of Ground Floor」。……分かんねえなー。いいや、このまんま写しちゃえ。

まったくもう、こいつらはどーして横文字を使いたがるのかねえ。あたしは何かというと横文字を使いたがる、昨今の風潮には怒りを覚えるぞ。横文字で書きゃ恰好良《かっこう》いかのような勘違いはいかがなものか。

義憤に駆られながらせっせとビデオの整理をしていたら、ドアが開いた。

おっと、お客だ。慌てて笑顔をこさえ、きびきびと立ち上がったら無駄な労力だった。

……なんだ、またか。

「よっ」

ぼーさんが暢気《のんき》そうな顔で手を挙げた。

森下事件が終わって二週間。以来、頻繁にやって来るんだよな、こいつ。

「暑いねえ。麻衣ちゃん、俺、アイスコーヒーがいいなー」

「お客でもない人間に、お茶を出せ、と？　それともぼーさん、今日こそは依頼？」

ぼーさんが、情けなさそうな表情をする。

「どーしてここの人間は、いつもそう冷たいんだ？」

「営業方針です」

「なんだ、そりゃ。なー、頼むよ。コーヒー。今度、映画でも奢《おご》ってやるから」

御遠慮申し上げ仕《つかまつ》る。……心の中で呟《つぶや》きながら、あたしは坐り直した椅子から、改めて立ち上がる。

「はいはい。冷やしコーヒーね」

言ったそのときだ。ドアが開くと同時に、

「あ、あたしはアイスティーにして」

げ。綾子っ。

驚いたのはあたしだけではない。ぼーさんと綾子も同様のようだ。

「なによ、あんた、こんなとこで油を売ってていいの？」

「その言葉、そっくり返してやるよ」

「あたしはちょっと用があって近くまで来たから。挨拶ぐらいしとこうかと」

その用とは、左右に提げたブランドショップの紙袋と無関係ではあるまい。

……って、まったく休憩所扱いじゃん。

「久しぶりね。元気だった？」

取って付けたように綾子はあたしを見る。

「お陰様で」

「ナルは？」

綾子の問いに、あたしは丁寧に答えてやった。

「所長でしたら、所長室で瞑想《めいそう》中でございます」

「なによ、それ」

「知らない。そう本人が言ってるもん。なんだか知らないけど、地図を広げて考え込んでんの。あたしは、旅行の計画を練ってるだけと見たね」

「へえ」

「でも、あれやってるときに邪魔すると大目玉を喰《く》らう。だから、ナルは諦《あきら》めて、お茶飲んで帰れば？」

綾子はちょっと唇を尖《とが》らせた。

「お茶が済んだら言われなくても帰るわよ。あたし、アールグレイにしてよね」

……へいへい。

なんちゅー勝手な客だ。おっと、客じゃなかったか。

キッチンに入ろうとすると、再びドアの開く音がした。

……今度こそお客――なんてこったい。

「あ、こんにちは、です。お久しゅうに」

とっても和やかな笑顔が見えた。

「あら、ジョンじゃない。ちょっとぶり」

「よう。元気か？」

なんとなく答えは予想できたけど、あたしはいちおう訊《き》いたりする。

「調査以来だねえ。どうしたの、ジョン？」

「近くまで来たんで、寄らせてもろたんです」

……やっぱりなあ。ま、いいけどね、ジョンだから。

「お茶淹《い》れるけど、何がいい？」

「……間の悪いときに来てしもうたみたいですんません。お手間のかからへんもんにしてください」

……うんうん。いいねえ。この控えめな言い方。見習えよ、ぼーさんに綾子。

あたしは薬罐《やかん》を火にかけて、お茶の準備をする。ティーポットやらグラスやらを並べながら、いやーな予感をひしひしと感じていた。

ぼーさんが来て、綾子が来て、おまけにジョンが来た、と。すると、まさか……。

そこに、所長室のドアが開いて当のナルが出てきた。

「麻衣、お茶……」

言いかけて、オフィスを見て眼を見開く。

「……何の御用ですか？」

「いやー」

「ちょっとー」

各々が言い訳を口にするのを冷たく眺める。

「……麻衣、なんなんだ、この騒ぎは」

「存じません。ファンクラブじゃないの？　――お茶、何にする？」

「なんでもいい」言って一同を見渡す。「ここは喫茶店じゃないんだが？」

「まあまあ」

ぼーさんが、にこやかに手を振った。

「堅いことを言いなさんなって。――旅行に行くんだって？」

「誰が？」

「地図を眺めているんだろ？　まさか、本当に瞑想してたわけじゃないよなあ？」

「そのつもりだったけど、この有様じゃ不可能だな」

溜息まじりに言いながらも、ジョンの隣に腰を降ろした。

……これは所長のお許しが出たということか。

その後、典子さんちが引っ越すことになったようだ、とか香奈さんが改めて挨拶に来て、典子さんと話し合いをもって和解したらしいとか、柴田さんは結局、仕事を辞めて子供と同居することにしたようだとか、互いが事後報告を交換するのを聞きながら、あたしは一人笑って、お茶を淹れる。

ま、いいか。どうやらこれで仕事をサボれるみたいだし。

トレイにグラスを並べてキッチンを出たとたん、計ったようなタイミングで、再び(正確には四たび)ドアの開く音がした。

……まさか。

全員の視線がドアに集まる。

ドアを開けて涼しげな着物姿の女の子が姿を現した。

……ああ、やっぱり。

「なによ、真砂子じゃない。何の用?」

「あら、そういう松崎さんこそ」

「あたしは、ちょっと近くまで来たから—」

「あたくしもですわ。こんにちは」

真砂子がナルに笑いかける。とたんに、ナルがそそくさと立ち上がった。

「れ?　お茶は?」

あたしがいましもテーブルに置こうとしたグラスを示すと、

「いい。僕はちょっと出てくる」

……は？　出るって、突然？

真砂子は小首を傾《かし》げた。

「あら、お出かけですの？」

「ああ……。ちょっと」

ナルは真砂子のほうさえ見ずに、オフィスを逃げ出す態勢だった。

「お供しますわ」

「いや、結構。ごゆっくり」

ひょっとして、真砂子を避けてない？

そう言えば……今回の事件でも、綾子が真砂子を呼ぼうと言うのに、ずいぶん反対していたような。

「ああら、出掛けるんだったら、あたしも御一緒するわよ」

綾子が皮肉っぽく追い打ちをかけた。

「いや……」

ナルは真砂子と綾子を見比べる。真砂子がちゃっかりナルの腕に手をかけた。

「あたくし、お供させていただきたいわ」

……こいつはー……。ふふん、ナルが他人の言うことなんか聞くもんか。ノーと言ったら絶対にノーの人間なのよ。

が、しかし。

「…………」

声にならない呟きを漏らして、ナルはそのまま歩き出した。真砂子の手を振り解《ほど》かずに。

……がーんっ。

真砂子が得意そうな眼であたしたちを振り返る。

「御免あそばせ」

しばらく、全員で呆然《ぼうぜん》と閉じたドアを見つめてしまった。

「……なによ、あいつっ！」

綾子の罵声《ばせい》は、どちらに向けられたものなのか分からない。

ぼーさんが、あたしのほうへ身を乗り出した。

「なあ、麻衣？　ナルは真砂子になんか弱みでも握られてるのか？」

「弱み？　ナルにそんなもん、あると思う？」

「……しかし、弱みを握られてるんでなきゃ、今のは何なんだよ」

……そんなこと訊かれましても。

「確かに……」ジョンまでが首を傾げる。「さっきの様子はなーんか、変でおました」

「麻衣。いつも訊こうと思ってたんだけどな」

ぼーさんが言って、ちょいちょいと手招きし、声を潜める。

「ナルって、本当にここの所長なのか？」

「いまさら何を仰《おっしゃ》いますやら。——当然、そうだよ」

「オーナーとかいないのか？」

「いないよ」

……たぶん。

「なんで？」

あたしが訊くと、ぼーさんは、

「なんでって、お前……。この事務所の家賃、いくらすると思う？」

綾子もふと気づいたように、

「……そっか。仮にも渋谷だもんね？　駅まで至近だし、まだビルは新しいし、事務所だって広いし……」

「だろ？　おまけにあの機材だ。超高感度カメラ一台の値段は？」

……高い。とほーもなく高い。それは前に聞いて知ってる。

ジョンがサラッと言った。

「パトロンでもいるのと違いますか？」

……おいっ、おいっ、おいっ！

ジョンは、愕然《がくぜん》としたあたしたちを見廻して、

「僕、なんぞ変なことでも言いましたか？」

「……パトロンって、お前な……」

ぼーさんの声に、

「けど、欧米やったら、ようあることです。超心理学ゆうのは、まだ理解されてない学問ですから、どこの研究所も後援者がいるのが普通やと思いますけど。大きな財団が後援してるところかてありますし、博士号や教授職を作ってる財団かて」

「ジョン、……あのな」

「ハイ」

「日本語は気をつけて使え。日本でパトロンつったら、意味が少し違うんだぞ」

「……はあ？」

……あー、びっくりした。

「しかし、その線は悪くない」ぼーさんが腕を組む。「ひょっとして、後援者がいてさ、それが真砂子の父親とかな」

「あ、そやったら、原さんの誘いは断れませんね」

「だろ？」

綾子も身を乗り出す。

「こういう可能性もあるんじゃない？　……ナルは実はお坊ちゃま」

……うーむ。

しばし全員で考え込んだあと、綾子がいきなり立ち上がった。

「考えても始まらないか。……麻衣、お土産《みやげ》があるわよ。パイがワンホール」

うわお。ホールってことは、丸々一個？

「わーい。贅沢《ぜいたく》ぅ」

箱を覗《のぞ》き込んで歓声を上げたあたしに、僕も、とジョンが困ったように包みを差し出してきた。

「これ……芋羊羹《いもようかん》なんですけど」

あらら。見事に和洋バラバラ。でも、スイーツには変わりないよね。

「クッキーか何かにしたら良かったどすね」

「いいよう。嬉しいー」

「あ、俺も持ってきた。サンドイッチ」

ぼーさんまでが某有名店のカツサンドを引っ張り出し。

……なんなんだ、いきなりのこのお茶会モードは。

ま、いいか。

「ナイフある？　手伝うわよ」

綾子が言って立ち上がり。楽しくお茶の準備をしたりして。わいわい準備しているさなか、リンさんが資料室から出てきて、無礼講状態のあたしたちを見るなり、きっぱり廻れ右して部屋に戻ったのが気まずくもあり、おかしくもあり。……でも、叱られなかったから、たぶんセーフなんだろう。

そう意見の一致をみて、食べ物を並べ、それぞれがグラスを手に取ると、なんだか乾杯でもしないと収まりがつかない感じ。

あたしたちはお互いの顔を見てから、誰が言い出すでもなく、

「……先日は」

「お疲れさまでした」

「したっ」

解説

朝《あさ》宮《みや》運《うん》河《が》（書評家・ライター）

都内の高校に通う主人公・谷山麻衣《たにやままい》が、心霊現象の調査事務所である渋谷サイキックリサーチの所長・渋谷一也《しぶやかずや》（ナル）らと怪事件を解決してゆく――。

「ゴーストハント」は二〇一〇年から一一年にかけて、小野不由美《おのふゆみ》が連続刊行した長編ホラーシリーズである。ホラー小説にはオカルトに精通した探偵役が、超常現象と対決する「心霊探偵もの」と呼ばれるサブジャンルがあるが、「ゴーストハント」もその流れを汲《く》んでいる。『屍鬼』『残穢』などホラーの里程標的傑作を執筆してきた著者が、全七巻にわたって心霊探偵ものに挑んだ野心作、それが「ゴーストハント」だ。

第一巻『ゴーストハント1　旧校舎怪談』から最終巻『ゴーストハント7　扉を開けて』まで、各巻は読み切りホラー長編としても高い完成度を誇るが、ひとつながりになることで予想外の景色を浮かび上がらせる。さりげなく張り巡らされていた伏線が、最終巻で一挙に回収されてゆく展開は、ミステリとしても一級品だ。情け容赦のない怖さと、水も漏らさない構成の緻密さの共存。書評家という仕事柄、国内外のホラーにはよく目を通しているが、ここまでハイレベルな長編ホラーシリーズはちょっと思い当たらない。

念のためにおさらいしておくと「ゴーストハント」は、小野不由美初期の代表作である「悪霊」シリーズ（一九八九〜九二）に大幅なリライトを施したものだ。少女小説の文庫レーベル〈講談社X文庫ティーンズハート〉より刊行されていた「悪霊」シリーズは、同レーベルでは珍しい本格ホラーとして人気を集めた。作家の辻村深月《つじむらみづき》もリアルタイムで接し、大きな影響を受けたという。

シリーズ完結後は長らく入手困難な時期が続いていたが、コミック化、アニメ化の影響もあり、「悪霊」シリーズを愛する人の輪は着実に広がっていった。そして約二十年の沈黙を破り、メディアファクトリーより「ゴーストハント」が刊行される。半ば幻の作品と化していた「悪霊」シリーズが、ブックデザイナー・祖父江《そぶえ》慎《しん》の装丁をまとった美しい単行本として二一世紀によみがえったことは、往年の愛読者はもちろん、新世代の小野不由美ファンにも大きな喜びをもって迎えられた。

今回初めてこのシリーズを読む方は、麻衣の軽妙快活な一人称の語り口や、小野作品にしては珍しいラブストーリー要素を、ちょっと意外に感じるかもしれない。これは「主人公は少女、語りは一人称」という当時のティーンズハートのルールに従ったものだ。しかし著者はこうした制約をうまく逆手に取り、少女小説である「悪霊」シリーズを徹底的に恐怖と驚きで染め上げていった。そのリライト版である「ゴーストハント」にも、少女小説だからできることを探し、果敢に挑んでいった若き小野不由美の才気がたしかに刻印されている。

シリーズ第二の事件が描かれる本書『人形の檻』では、渋谷サイキックリサーチのオフィスに森下典子《もりしたのりこ》という女性が相談に訪れる。彼女が兄一家と暮らしている古い館では、奇妙な音が聞こえたり、物が勝手に移動したりという怪事が頻発しているというのだ。依頼を受けたナルは、寡黙な助手のリン、アルバイトの麻衣とともに森下邸に向かった。もちろんカメラなど大量の機材も一緒だ。プロローグで麻衣が語っているように、ナルの仕事は心霊治療や占いではなく、「不可解な現象を科学的に調査する」ことなのだ。

『人形の檻』の特色としては、まず「幽霊屋敷」を扱っていることがあげられよう。霊に取り憑かれた洋館はこれまで多くの作家たちが手がけてきたホラー小説の花形ともいえる題材である。ヘンリー・ジェイムズ『ねじの回転』、シャーリイ・ジャクスン『丘の屋敷』、リチャード・マシスン『地獄の家』と傑作がいくつも思い浮かぶが、生活スタイルの違いからか、日本では洋館を舞台にした長編ホラーはそれほど多く書かれていないようだ。『人形の檻』はその空白地帯に、ストレートの球を投げ込んだ小野不由美流の幽霊屋敷小説なのである。

戦前に建築された水辺の洋館、不協和音を響かせる家族、敷地を覗きこむ老人、怪しげなフランス人形……といくつもの要素を重ね合わせることで、まがまがしい閉鎖空間を作りあげてゆく。ゴシック風の怪奇小説が好きな私などは、これだけで嬉しくなってしまう。間取り図が掲載されているわけではないのに、屋敷の構造がすっと頭に流れこんでくる描写力にも驚嘆だ。

前回の事件で知り合った僧侶の滝川法生《たきがわほうしょう》（ぼーさん）、巫女の松崎綾子《まつざきあやこ》と偶然再会した麻衣たちは、協力して調査を進めるが、それを拒否するかのように、屋敷では異常な出来事が相次ぐ。家具が移動し、身近な物がなくなり、コンロが炎を噴き上げる。個人的にぞっとしたのは、部屋中の家具が一瞬のうちにありえない状態に変わっていた、という現象だ。あからさまに幽霊が出てくるわけではないのに、この世ならざるものの感触がひしひしと伝わってくる。

常識的に考えるなら、この世に幽霊などいないだろう。しかし優れたホラー小説は、読んでいる間だけ「いるかもしれない」と思わせてくれる。『人形の檻』はまさにそうした小説だ。邸内に設置した計器が反応するとき、普段は自信たっぷりのぼーさんや綾子が慌てるとき、読者の心で黄信号が点滅しはじめる。そこで描かれるすさまじい恐怖シーン。ありえないものをありうると感じさせる著者の卓越したテクニックは、死者の復活を描いた『屍鬼』などに顕著だが、それはこの『人形の檻』ですでに確立している。

除霊をくり返し、聞き込みを進めても、森下邸を苦しめているものの正体はなかなか見えない。ポルターガイスト、ミニー、典子の姪《めい》・礼美《あやみ》が口にする「おともだち」、礼美の体についた傷。繋がりそうで繋がらないパーツを前に、麻衣たちは頭を抱える。この逃げ水のような捉えどころのない事件を、どう収束させるかが本書のポイントである。なかなか全体像が見渡せない事件は、ナルの（かの『残穢』にも匹敵するような）執拗かつ入念な調査によって、ついに素顔を明らかにする。事件の深奥に潜んでいるのは、おそろしく邪悪で、同時に物悲しい存在だ。「ゴーストハント」ではしばしば孤独や絶望が引き起こす怪異を扱っているが、本書の事件もそうである。深い孤独の影を宿したホラーとしても、『人形の檻』は忘れがたい作品なのだ。

そしてそれに向き合うナルたちの視点が、静かな優しさと共感に満ちている。容赦なく怖ろしい出来事が描かれる一方で、すでにこの世にない者、声を上げられない者への思いも描かれる。その絶妙なバランスがあるから、私たちはこのシリーズを最後まで安心して読み通すことができるのだ。

なお、この死者を思いやるという隠れたテーマは、城下町の古家に潜むものたちを「営繕」によって鎮めてゆく、著者の近作「営繕かるかや怪異譚」シリーズにも受け継がれている。今回久しぶりに『人形の檻』を読み返し、これは小野ホラーの原点とも呼べる作品でもあったのだな、と気がついた。

二〇一二年、著者は『鬼談百景』『残穢』を同時刊行し、読書界の話題をさらった。互いにリンクする部分をもつこの二冊の怪談小説が、実は「ゴーストハント」とも密接な関係を持っていることをご存知だろうか。

百物語の形式で短い怪談小説を収めた『鬼談百景』は、「悪霊」シリーズ執筆当時、全国の読者から寄せられた多数の実体験談をもとにしているのだ。当時、編集部にファンレターを送った熱心なファンがいなければ、『鬼談百景』もその姉妹編である『残穢』も、決して生まれることはなかっただろう。作家と読者の深いつながりを感じさせるこのエピソードが、私はとても好きだ。

約三十年前に生まれた麻衣やナルの物語は、こうして今も生き続けている。今回の文庫化を機に、読者の輪がさらに大きくなることを、本シリーズの長年のファンとして願っている。

本書は、二〇一一年一月に小社より刊行
された単行本を文庫化したものです。

ゴーストハント２

人形《にんぎょう》の檻《おり》

小野不由美《おのふゆみ》

令和２年 ６月25日　初版発行

発行者●郡司 聡

発行●株式会社KADOKAWA
〒102-8177　東京都千代田区富士見2-13-3
電話　0570-002-301（ナビダイヤル）

角川文庫 22205

印刷所●株式会社暁印刷
製本所●株式会社ビルディング・ブックセンター

表紙画●和田三造

◎本書の無断複製（コピー、スキャン、デジタル化等）並びに無断複製物の譲渡および配信は、著作権法上での例外を除き禁じられています。また、本書を代行業者等の第三者に依頼して複製する行為は、たとえ個人や家庭内での利用であっても一切認められておりません。
◎定価はカバーに表示してあります。

●お問い合わせ
https://www.kadokawa.co.jp/（「お問い合わせ」へお進みください）
※内容によっては、お答えできない場合があります。
※サポートは日本国内のみとさせていただきます。
※Japanese text only

©Fuyumi Ono 2011, 2020　Printed in Japan

ISBN 978-4-04-108201-0　C0193

◇◇◇

角川文庫発刊に際して

角川源義

第二次世界大戦の敗北は、軍事力の敗北であった以上に、私たちの若い文化力の敗退であった。私たちの文化が戦争に対して如何に無力であり、単なるあだ花に過ぎなかったかを、私たちは身を以て体験し痛感した。西洋近代文化の摂取にとって、明治以後八十年の歳月は決して短かすぎたとは言えない。にもかかわらず、近代文化の伝統を確立し、自由な批判と柔軟な良識に富む文化層として自らを形成することに私たちは失敗して来た。そしてこれは、各層への文化の普及滲透を任務とする出版人の責任でもあった。

一九四五年以来、私たちは再び振出しに戻り、第一歩から踏み出すことを余儀なくされた。これは大きな不幸ではあるが、反面、これまでの混沌・未熟・歪曲の中にあった我が国の文化に秩序と確たる基礎を齎らすためには絶好の機会でもある。角川書店は、このような祖国の文化的危機にあたり、微力をも顧みず再建の礎石たるべき抱負と決意とをもって出発したが、ここに創立以来の念願を果すべく角川文庫を発刊する。これまで刊行されたあらゆる全集叢書文庫類の長所と短所とを検討し、古今東西の不朽の典籍を、良心的編集のもとに、廉価に、そして書架にふさわしい美本として、多くのひとびとに提供しようとする。しかし私たちは徒らに百科全書的な知識のジレッタントを作ることを目的とせず、あくまで祖国の文化に秩序と再建への道を示し、この文庫を角川書店の栄ある事業として、今後永久に継続発展せしめ、学芸と教養との殿堂として大成せんことを期したい。多くの読書子の愛情ある忠言と支持とによって、この希望と抱負とを完遂せしめられんことを願う。

一九四九年五月三日

角川文庫ベストセラー

鬼談百景　小野不由美

旧校舎の増える階段、開かずの放送室、塀の上の透明猫……日常が非日常に変わる瞬間を描いた99話。恐ろしくも不思議で悲しく優しい。小野不由美が初めて手掛けた百物語。読み終えたとき怪異が発動する――。

営繕《えいぜん》かるかや怪異譚《かいいたん》　小野不由美

古い家には障りがある――。古色蒼然とした武家屋敷、町屋に神社に猫の通り道に現れ、住居にまつわる様々な怪異を修繕する営繕屋・尾端。じわじわくる恐怖。美しさと悲しみと優しさに満ちた感動の物語。

Another（上）（下）　綾辻行人

1998年春、夜見山北中学に転校してきた榊原恒一は、何かに怯えているようなクラスの空気に違和感を覚える。そして起こり始める、恐るべき死の連鎖！　名手・綾辻行人の新たな代表作となった本格ホラー。

深泥丘《みどろがおか》奇談《きだん》　綾辻行人

ミステリ作家の「私」が住む〝もうひとつの京都〟。その裏側に潜む秘密めいたものたち。古い病室の壁に、長びく雨の日に、送り火の夜に……魅惑的な怪異の数々が日常を侵蝕し、見慣れた風景を一変させる。

深泥丘《みどろがおか》奇談《きだん》・続《ぞく》　綾辻行人

激しい眩暈が古都に蠢くモノたちとの邂逅へ作家を誘う。廃神社に響く〝鈴〟、閏年に狂い咲く〝桜〟、神社で起きた〝死体切断事件〟。ミステリ作家の「私」が遭遇する怪異は、読む者の現実を揺さぶる――。

角川文庫ベストセラー

Another エピソードS 綾辻行人

一九九八年、夏休み。両親とともに別荘へやってきた見崎鳴が遭遇したのは、死の前後の記憶を失い、みずからの死体を探す青年の幽霊、だった。謎めいた屋敷を舞台に、幽霊と鳴の、秘密の冒険が始まる——。

深泥丘奇談《みどろがおかきだん》・続々《ぞくぞく》 綾辻行人

ありうべからざるもうひとつの京都に住まうミステリ作家が遭遇する怪異の数々。濃霧の夜道で、祭礼に賑わう神社で、深夜のホテルのプールで。恐怖と忘却を繰り返しの果てに、何が「私」を待ち受けるのか——!?

幽談 京極夏彦

本当に怖いものを知るため、とある屋敷を訪れた男は、通された座敷で思案する。真実の〝こわいもの〟を知るという屋敷の老人が、男に示したものとは。「こわいもの」ほか、妖しく美しい、幽き物語を収録。

冥談 京極夏彦

僕は小山内君に頼まれて留守居をすることになった。襖を隔てた隣室に横たわっている、妹の佐弥子さんの死体とともに。「庭のある家」を含む8篇を収録。生と死のあわいをゆく、ほの暝（ぐら）い旅路。

眩談 京極夏彦

僕が住む平屋は少し臭い。薄暗い廊下の真ん中には便所がある。夕暮れに、暗くて臭い便所へ向かうと——。暗闇が匂いたち、視界が歪み、記憶が混濁し、眩暈をよぶ——。京極小説の本領を味わえる8篇を収録。